uma
mãe

uma mãe

ALEJANDRO PALOMAS

Tradução
Marly N. Peres

Casa da Palavra

Este livro foi revisado segundo o Novo Acordo Ortográfico da Língua Portuguesa.

Título original
Una madre

Copidesque
Isabella Pacheco

Revisão
Nina Lopes

Capa
Retina 78

Imagem de capa
Olga Ekaterincheva / Shutterstock

Fechamento de arquivo
Leandro Dittz

Diagramação
Abreu's System

CIP-BRASIL. CATALOGAÇÃO NA PUBLICAÇÃO
SINDICATO NACIONAL DOS EDITORES DE LIVROS, RJ

P212u

P212u
Uma mãe / Alejandro Palomas ; tradução Marly Netto Peres. - 1. ed. - Rio de Janeiro : Casa da Palavra, 2015.
240 p. ; 23 cm

Tradução de: Una madre
ISBN 978-85-7734-535-9

1. Romance espanhol. I. Peres, Marly Netto. II. Título.

15-20801

CDD: 863
CDU: 821.134.2-3

CASA DA PALAVRA PRODUÇÃO EDITORIAL
Av. Calógeras, 6, 701 – Rio de Janeiro – RJ – 20030-070
21.2222 3167 21.2224 7461
editorial@casadapalavra.com.br
www.casadapalavra.com.br

O bom equilibrista sabe que
o verdadeiro vazio está acima.

A todos os que mantêm o equilíbrio.
A minha mãe.
E a Rulfo, sempre.

Primeiro livro
Algumas luzes e muitas sombras

"Não se pode encontrar a paz evitando a vida, Leonard."

Virginia Woolf, no filme *As horas*, baseado no romance homônimo de Michael Cunningham

Um

Mamãe havia dito que ela mesma compraria as flores, mas com tanta correria acabou se esquecendo de passar essa tarde pela floricultura, e ficamos sem. Agora conta uvas ao meu lado. Ela as arranca delicadamente do cacho enquanto escuta o rádio, tocando em três pontos do pequeno apartamento: no aparelho que está no balcão da cozinha, no que foi deixado ligado no quarto e, finalmente, no que ela tem instalado no banheiro, e que raramente desliga. Sentados à mesa da sala de jantar, ela conta uvas e eu dobro guardanapos vermelhos com gravuras de Natal, enquanto o creme de aspargos esfria no forno, junto a um assado de algo que supostamente deveria ser peru, mas que parece outra coisa.

Do outro lado da ampla janela é noite escura. No chão, perto do sofá, Max dorme enroscado, com a cabeça no meio de uma pequena poça de baba, dando alguns chutes, em sonhos. Shirley, a cadelinha da mamãe, também dorme ao lado dele na cesta, embaixo de um cobertor xadrez.

Barcelona. Hoje é dia 31 de dezembro.

– Nós seremos cinco – diz mamãe. – Isso sem contar a Olga, claro.

Olga é a namorada da Emma, ou, como a Silvia a chama quando Emma não está por perto, "a agregada". É por isso que mamãe sempre a conta à parte. Não que ela faça isso com desprezo. Simplesmente conta como as mães fazem: os meus de um lado, os demais do outro. Aqui, quem tem o meu sangue, e ali, quem não tem.

– Mesmo que o tio Eduardo chegue um pouco mais tarde, porque o voo dele está atrasado – acrescenta ela, separando doze uvas e guardando-as na primeira tigela. Em seguida, continua a contagem. Quando nota que eu não digo nada, ela para e olha para mim:

– Está tudo bem?

Confirmo com um movimento da cabeça. Mamãe está nervosa e animada. Está assim já faz algumas semanas, desde que soube com certeza que hoje à noite estaremos todos juntos. Finalmente, depois de tantas tentativas frustradas, nós, que somos seu sangue, vamos nos sentar à mesa para celebrar o final do ano e brindar juntos. Esse é um grande dia, e ela não esconde, até porque isso é algo que nem sabe fazer. Desde que se divorciou do papai, sempre acontece alguma coisa, algo acaba dando errado, e o jantar de véspera de Ano-Novo fica capenga, no fim das contas. No primeiro Natal, Emma passou quase um mês presa na Argentina, porque a companhia aérea na qual ela estava viajando tinha ido à falência, deixando todos os viajantes de todos os voos em terra. Tio Eduardo foi o próximo a faltar: decidiu se mudar para Lisboa, um ano depois, e na época do Natal estava aguardando a chegada de contêineres com a mobília, que pelo visto tinham se perdido ao longo do caminho e finalmente aparecido em Tanger. E no ano passado foi a vez de Max e eu. No dia 31, ao meio-dia, enquanto eu brincava com ele no parque, a bola bateu numa árvore e foi parar na rua. Max fez o que nunca tinha feito: correu atrás da bola como se sua vida dependesse disso e, ao sair à rua, um 4x4 o atropelou. Passamos a noite no serviço de urgências da faculdade de veterinária: ele passou milagrosamente ileso, embora em observação, e eu com dois *trankimazins* na veia, deitado em uma maca entre Max e um shar pei com cara de buda mal-humorado, que uivava sem parar porque, aparentemente, tinha alguma coisa no intestino. Foi por isso que, para mamãe, o jantar se tornou outra vez um mar de poucas luzes e muitas sombras.

Esta é, finalmente, a noite da mamãe, e ela está saltitante desde as seis horas da manhã, tão animada que, entre o nervosismo, a falta de jeito que a caracteriza e o pouco que enxerga, as vítimas disso tudo se amontoam ao lado da lata de lixo, em um recorde histórico.

– Leve isso pra fora antes que a Silvia chegue, por favor, Fer – implora com uma expressão de angústia, antes de se sentar à mesa com as uvas. – Você já sabe como sua irmã fica quando eu quebro alguma coisa – acrescenta, enquanto espia com o canto dos olhos o saco com os restos do abajur de porcelana, três copos, dois porta-retratos, uma jarra de água e um bule de chá supostamente da China, que até então tinha sido a estrela de sua coleção de horrores em miniatura, cortesia de um jornal que ela se recusa a ler, mas compra "por causa dos presentes".

Agora ela olha para mim, do outro lado da mesa, e, de repente, há em seus olhos tanta expectativa contida, tanto desejo de que a noite seja um sucesso, e que ela possa receber todos aqui, que, apesar de minha mãe ter tornado meu dia tão difícil, preciso reprimir a vontade de abraçá-la e dizer que não se preocupe, que tudo vai ficar bem.

– Você acha que eles vão gostar? – pergunta pela enésima vez, virando-se para olhar para o forno. – É que... Eu estava pensando que talvez seja pouca comida. Embora ainda tenhamos as duas saladas. E o tio Eduardo vai com certeza trazer alguma coisa do Duty Free. E, além disso, tem os torrones que a Silvia trouxe no dia de Natal, e...

– Acalme-se, mãe. – Eu a interrompo com suavidade. – Vai ter comida de sobra.

Essa conversa, nós já tivemos pelo menos uma dezena de vezes nas últimas três horas. Vai dar para todos? Será suficiente? Será que eles vão gostar? Está muito quente? Não seria melhor diminuir um pouco a calefação? Acendemos as velas já ou esperamos que eles cheguem? E os aperitivos? Ah, sem aperitivos? O que você acha?... Perguntas. Mamãe lança perguntas no ar como se estivesse revendo os ingredientes de uma receita que já não permite muitos ajustes, porque chegou a hora e, a esta altura, todos já devem estar a caminho. Suas perguntas escondem outras, de profundidade diferente, e encobrem as que realmente a mantêm assim, sofrendo com antecedência, entre a ansiedade e uma emoção quase infantil que ela ainda não aprendeu a controlar, mesmo com o passar dos anos. São essas perguntas que a atormentam e que nem ela nem nenhum de nós pode resolver antecipadamente, porque algumas famílias são assim – nós somos assim –, intensas assim, imprevisíveis assim e impulsivas assim. Essas perguntas todas são do tipo que, se mamãe se atrevesse a lhes dar voz, soariam como: "Você acha que a Silvia vai se comportar e não brigar com a Olga? E que não vai começar a falar de política nem contra os bancos ou contra seu pai, e teremos uma festa em paz? E o tio Eduardo não vai nos contar uma daquelas histórias cabeludas de suas viagens, que fazem a Olga ficar assim tão... tão... ? E me diga que nenhum vizinho do prédio vai aparecer, como há dois anos, quando o Sr. Samuel, do 1º C, chegou com a pobre mulata cubana, quase nua, perguntando se tínhamos uma garrafa de rum, e a cubana que depois voltou porque queria ficar com a gente e... Ai, meu filho, me diga que não."

Desde que o papai não está mais aqui, muitos nós foram desfeitos, a tensão é menor, e já não somos obrigados a lidar com tantas coisas; por isso o jantar de Ano-Novo ficou muito mais leve, mas o fim do ano ainda é uma data difícil para nossa família. Por esse motivo, chegamos tensos a esta noite, e determinados, cada um vindo do lugar onde mora, a, se possível, corrigir a tensão do ano anterior e passar uma noite leve, conversando em voz baixa sobre bobagens e compartilhando um senso de humor no qual todos nós nos reconhecemos e que nos torna mais família, que nos fala melhor daquilo que somos quando estamos juntos.

Até hoje, as tentativas têm sido sempre frustradas.

A isso é preciso acrescentar que, algumas semanas atrás, algo parece ter alertado mamãe. Ela está inquieta e preocupada. Inconscientemente, pressente coisas que ainda lhe são estranhas, verdades ainda não perfiladas. Luzes e sombras. Está lenta. Faz mais barulho.

Não imagina que talvez possa ter razões para estar assim. Razões que desconhece.

Ainda.

– Não, não tenho nada, está tudo bem – respondo, tentando esquecer o último jantar em que estivemos todos, e o tio Eduardo quis nos surpreender com um "presentão" (foi assim que ele o anunciou, batendo com uma colherzinha de chá numa taça de champanhe, mas com tanto azar que o vidro se quebrou na terceira batida, salpicando a toalha da mesa de caquinhos). O presente em questão era umas pastas coloridas com informações detalhadas sobre como nos tornarmos parceiros da Dignitas, a empresa suíça que ajuda as pessoas a se suicidarem. À pasta, estava anexada uma cópia do formulário para escrever o testamento em vida. Olga, católica da linha mais rígida que se pode imaginar, ficou verde; e Emma começou a chorar, do jeito que sempre faz, em silêncio, porque a cachorra dela, Lua, tinha acabado de morrer, e de repente ela se sentiu culpada, não me lembro bem por quê. Depois disso, os mais velhos acabaram bebendo um pouco demais, e tio Eduardo caiu da escada (mamãe mora no primeiro andar), e nós tivemos que chamar uma ambulância. No caminho para o hospital, ele continuou a sacudir no ar a sua cópia do testamento em vida, enquanto gritava ao enfermeiro, arrastando as palavras como um velho bêbado: "Vocês são todos uns assassinos e veados, mas comigo não vão conseguir! Inferno, mais do que inferno!".

Sim, deixando Olga de lado, ainda somos cinco. Duas gerações de irmãos: a de mamãe – tio Eduardo e ela – e a minha: Silvia, Emma e eu, como dois trilhos paralelos que atravessam o tempo, separados esta noite pela mesa, os pratos, as xícaras e as múltiplas interpretações da nossa história comum.

Sem papai. Sem avós.

Mortos. Idos. Ausentes, todos.

E aqui estou eu, contando uvas com mamãe como se não fosse nada, temendo – exatamente como ela – o que a noite talvez nos traga, a esta mesa posta para sete. "Que nada dê errado, por favor, que nada dê errado", imagino-a rezando em silêncio. Enquanto isso, recordo, de repente, a confissão que Silvia me fez há meras 48 horas, e cujo peso venho sentindo sobre os ombros desde então, como uma segunda pele.

No meu radar particular pisca, já faz algumas horas, uma luzinha vermelha que conheço bem. É uma luz que cintila, cada vez com mais intensidade, na tela retangular da minha mente, vermelha sobre fundo branco, como os guardanapos que estou dobrando.

De um lado da mesa, mamãe respira profunda e lentamente, soltando o ar pelo nariz. Do lado de cá, onde estou, eu a olho e a sinto próxima. Mamãe é parte de mim, do que gosto e do que não gosto de ter comigo. "É muitas coisas. Às vezes, demais", penso, enquanto continuamos arrumando a mesa e, no rádio, alguém ri. Falam sobre uvas, sobre anos anteriores e coisas que não interessam nem um pouco. Lugares-comuns. Desvãos de tempo. Lacunas. Ruído de Natal.

Falta pouco.

Eles devem estar prestes a chegar.

Dois

Mamãe se vira para olhar para a cozinha e entrecerra os olhos. Há luzes demais acesas, e a fotofobia – a dela – não perdoa. Sessenta e quatro por cento de deficiência; isso é – dentre muitas outras coisas – mamãe, embora na ONCE (Organização Nacional dos Cegos) não a tenham admitido no dia em que foi até lá, porque nos disseram que a fotofobia não era passível de comprovação e só aceitavam pessoas com deficiência visual superior a 65 por cento. Quando saímos da consulta com o médico que a avaliou (um sujeito infame, com dentes escuros e uma corcunda que mais parecia uma colina galesa, que nem mesmo se levantou para nos cumprimentar quando entramos, e que não olhou para mamãe em nenhum momento), nos sentamos do lado de fora para uma bebida. Era agosto, e fazia um calor terrível. Mamãe estava ausente, desfrutando sua cerveja, como uma menina. O asfalto ardia. O ar também.

– Bem – disse ela, por fim, com o bigode cheio de espuma e um sorriso feliz que prometia uma dessas tiradas que a Silvia geralmente não aceita bem e que o tio Eduardo, querendo parecer jovem e atualizado, descreve como "de arrepiar". – Está vendo como não estou tão mal?

Eu olhei para ela.

– Não – falei, com a mandíbula cerrada. – Você teve um ano ótimo, na verdade. Só lhe removeram dois melanomas das costas, enxerga como um morcego e mora em um apartamento subsidiado para pessoas de mais de 65 anos, com uma cadela minúscula que come lenços de papel usados e uma vizinha chamada Eugênia, que vende Tupperware importado e joga o lixo na caçamba pela janela. Você está ó-ti-ma, mãe. Todos estamos ótimos. Na verdade, nós somos a Família Ótima. Não sei por que não nos ligaram do *Informe Semanal* para participarmos do especial de verão.

Ela comprimiu um pouco os lábios e, em seguida, bebeu um bom gole de cerveja.

– Que exagero, filho – respondeu, negando com a cabeça. – Você está com raiva. Percebi. – E, virando os olhos, acrescentou: – É uma corrente vibratória que estou sentindo aqui – finalizou, apoiando os dedos indicadores no esterno.

Sim, eu estava com raiva. E muita. Do médico corcunda dos cegos, do calor demoníaco daquele meio-dia infernal, de mim mesmo, por não ser capaz de lidar com as coisas, do humor e da despreocupação da mamãe. "Eu deveria voltar a fumar", pensei, em um acesso de mau humor, ao vê-la molhar novamente o bigode com espuma, com cara de felicidade. Não consegui evitar uma nova cutucada:

– Pois é, quando soube que só tinha 64 por cento de cegueira, você se tornou muito observadora, mamãe.

– Hihihi.

A risadinha dela se transformou em tosse, e a tosse espalhou um rasto de espuma em cima da mesa. Quando ela quis pegar um guardanapo para limpar, a mão varreu tudo o que encontrou ao seu alcance, e a garrafa saiu voando, arremessada em direção à calçada, rolando até o bueiro. Dois rapazes cheios de tatuagens, que estavam sentados em cima do encosto de um banco, trocando algo que não eram figurinhas e ouvindo rap em um daqueles aparelhos de celular de origem duvidosa, começaram a aplaudir.

– Que fofos – disse mamãe, acenando com a mão. Eles sorriram para ela. Entre os dentes do rapaz da esquerda brilhou um par de coroas de ouro e um brilhante. O da direita colocou um baseado na boca e deu uma tragada que deve ter lhe calcinado metade do cérebro. – Viu como não estou tão mal?

Não pude deixar de sorrir. Nessa hora, o celular dela tocou, uma espécie de tijolo com tela fosforescente e teclas grandes como pratos, que o tio Eduardo tinha trazido para ela de Hong Kong e do qual, toda vez que alguém ligava, saía a voz de uma mulher chinesa, declamando uma página inteira do I Ching.

– Eduardo! – gritou mamãe, quando finalmente atendeu. E a chinesa parou de cantar com sua voz metálica. – Sim, sim, sim. Eu estou aqui com o Fer, no terraço de um café. Sim. Não. Ah! Que bom. Não, ainda não foi dessa vez que eles me deram a subvenção, porque me falta um ponto. Não é fantástico? Sim, é o que eu já sabia. Estou ótima. Claro. Sim, comemorando com uma cerveja. Ai, você não sabe o nervosismo que eu tenho passado, Eduardo. Dá para imaginar que me fizeram entrar em um daqueles quiosques com um cão para vender raspadinha? Mesmo eu gostando tanto de jogar na loteria!

Quando desligou, ela guardou o telefone na capa de couro rosa do Bob Esponja e olhou para mim.

– Está acontecendo alguma coisa com você?

Eu queria dizer que sim, que algo estava acontecendo comigo. Que nós tínhamos ido até lá naquele calor de derreter as palmeiras, em pleno verão, dia 17 de agosto, à procura de algo, e que esse algo era uma ajuda para que ela pudesse lidar melhor com a vida; que a resposta certa teria sido "Sim, senhora, há uma ajuda", e que a resposta errada foi "Não, senhora, não há ajuda". Mas ela estava tão animada e feliz, protegendo os olhos com a mão para poder ver alguma coisa, com aquela cara de quem nunca quebrou sequer um prato, que a minha resposta foi:

– Como eu queria gostar de cerveja.

Ela torceu ligeiramente a boca e suspirou.

– Mmm .... É tudo uma questão de tentar, filho. – Bebeu mais alguns goles, enquanto do banco dos adolescentes vinha uma nuvem tóxica de maconha que encheu meus olhos de lágrimas, mas mamãe nem reparou. – Eu, no começo, e estou falando de muitos anos atrás, não gostava, de jeito nenhum. Me dava nojo... E agora você vê. – Bebeu outro bom gole e continuou: – Ei, talvez você possa pedir à Ingrid para fazer Reiki em você. Perfeito! Se ela trabalha com alcoólatras e animais, isso significa que também pode trabalhar com os abstêmios.

Engoli em seco. Ingrid é uma amiga sueca da mamãe. Ela tem 50 anos e, além de trabalhar em uma agência de turismo que organiza viagens de aventura para as ex-repúblicas soviéticas, está apaixonada por Arundel, um rapaz 25 anos mais novo, que ela não viu mais do que meia hora por dia durante uma semana. Ingrid tinha se machucado em uma sessão de xamanismo, porque o xamã tinha batido com uma espécie de chocalho de ferro no quadril dela, que se deslocou um pouco. Arundel era o fisioterapeuta. O rapaz, casado e com um filho, acabou voltando para a Venezuela pouco depois de concluir o mestrado em Barcelona, e desde então Ingrid economiza como uma louca, durante o ano inteiro, para passar o verão em uma ONG de Caracas, porque, depois de ter lido *O Segredo*, está convencida de que o destino vai levá-la para Arundel e que ele está esperando por ela, embora ainda não saiba disso. Ingrid também é professora de Reiki para animais de criação, mas não exerce muito, porque alguns meses atrás fez uma prática com um garanhão árabe e o cavalo tentou montá-la. Como resistiu, o bicho arrancou metade do cabelo dela.

– Mãe, Ingrid é uma louca que um dia vai aparecer picada em pedaços, na fogueira de algum xamã daqueles que chicoteiam em público. Por favor!

Ela passou a mão no rosto e discordou com a cabeça.

– Você acha? Coitada, ela é tão boa... Sabia que ela não cobra dos pacientes?

– Não, mas isso não me surpreende. Na verdade, o que me surpreende é que ela tenha pacientes.

– E no outro dia ela me disse que um homem perguntou se ela podia fazer Reiki em... bem, na ferramenta dele, porque o... aparelho não estava funcionando, e a estúpida não pensou duas vezes antes de dizer que sim.

– E?

– Ela usou as mãos.

– E?

– Bem, parece que funcionou.

– Mãe...

– E a coisa subiu.

– Mãe!

– Ai, meu filho, só estou contando o que ela me disse.

Enfim. A mamãe não enxerga. Menos ainda quando há excesso de luminosidade. E quando não enxerga, como agora, e está sentada a uma mesa, é preciso vigiá-la, porque, como mexe as mãos desse jeito, geralmente tudo acaba indo parar no chão. Às vezes, até ela.

– Você quer que eu apague alguma lâmpada, mamãe?

Ela pisca e coloca uma uva na boca. Em seguida, diz que não com um movimento lento da cabeça e cobre os olhos com a mão, como uma viseira. E diz:

– Sinto que está acontecendo alguma coisa com a sua irmã.

Eu me encolho um pouco. Quando a mamãe começa com um de seus "sinto que", sei que a coisa vai acabar mal, porque já não começa bem. Eu me pergunto se ela sabe mais do que diz e se o que quer de verdade é coletar informações. Não, não pode ser que Silvia tenha contado algo. Não à mamãe.

– Tenho duas irmãs, mamãe – digo a ela, me levantando para desligar o rádio e tentando minimizar seu comentário. – De qual das duas estamos falando?

– Da Emma, é claro.

Respiro mais tranquilo.

– Sim, é verdade, com a Emma sempre acontece algo.

Ela nega com a cabeça e estala a língua.

– Que coisa, não? – diz ela, enquanto o olhar escapa pela janela. – Sempre acontece algo com a Emma e nunca acontece nada com a Silvia.

Ela tem razão. No seu mecanismo mental, de uma estrutura toda peculiar, cabem verdades que às vezes soam como tapas, e que desarmam a todos nós. Tem sido sempre assim.

– E você... humm... com você bem que já poderia começar a acontecer alguma coisinha, não é mesmo, querido? – conclui ela, virando-se para mim.

Sabia que a minha vez ia chegar. E sei muito bem por que mamãe diz isso. Ela também.

Não insiste. No rádio, um cantor famoso canta uma música natalina, e a apresentadora conta uma história sobre uma noite de final de ano que ela passou em Roma, com direito a lentilhas e a uma calcinha vermelha, e que não tem a menor graça. São quase nove horas.

– Eu queria gostar do Natal – digo, mudando de assunto. – Mesmo que fosse só um pouco. Como as outras pessoas. Pessoas normais, quero dizer.

Ela franze a testa e inclina a cabeça ligeiramente. Em seguida, desliga o rádio. Silêncio.

– É – responde ela –, eu gosto muito. Do Natal, quero dizer. – Olha atentamente para uma uva, com a lupa que tem sempre com ela. E acrescenta, como se estivesse falando para si mesma: – Das pessoas normais, um pouco menos.

Nós dois rimos, ela com aquela risada tão contagiante que me cativa, e eu com a que tenho, que às vezes vem e às vezes não.

– Isso parece uma frase do tio Eduardo.

– É que é mesmo uma frase do tio Eduardo – diz ela com um sorriso.

O meu iPhone toca sem parar. Vários toques. Até quatro sons diferentes que se intercalam e que para a mamãe parecem muito engraçados: o do Facebook, o do Twitter, o dos e-mails e também o do WhatsApp, especialmente do grupo de *paddle*, que cresce semana após semana, e que agora está tentando chegar a um acordo para incluir até trinta pessoas. Essa gente não para, nem no final do ano.

– Não se esqueça de colocar taças de champanhe só para mim e para a Silvia, OK? – diz mamãe.

– E para o tio Eduardo não?

Ela nega com a cabeça.

– Ele parou de beber. – Vendo que estou a ponto de dizer alguma coisa, mamãe ergue a mão. – Pelo menos, é o que ele diz.

Levanto uma sobrancelha. Ela encolhe os ombros.

– Melhor não fazer perguntas. Só sei que ele não está bebendo. Além disso, você sabe como é, conhece o seu tio – comenta ela encolhendo os ombros novamente. – Algumas luzes e muitas sombras. Coisas dele, do jeito dele.

Mamãe conta outro grupo de doze uvas e, quando termina, acrescenta:

– Ah, ele também me disse que tinha algo para contar.

– Algo que quer nos dizer? Como o quê?

– Eu não sei, Fer – responde ela sem olhar para mim. – Do seu tio se pode esperar qualquer coisa, o que me dá medo.

Algumas luzes e muitas sombras. Essa é uma expressão muito nossa, bem característica da nossa família. Foi a avó Ester quem cunhou o termo, quando a catarata fez a sua parte – e fez bem –, e ela recusou-se simples e terminantemente a fazer cirurgia. Nós achamos graça e, pouco a pouco, fomos adotando a frase, em diferentes situações, por exemplo, quando mamãe nos perguntava como estávamos e nós não queríamos dar muitos detalhes, ou quando tínhamos que explicar a entrada de alguém na vida de um dos três e as coisas não estavam bem definidas. Então, ao longo do tempo, a tal frase acabou servindo um pouco para tudo: uma fruta não muito atrativa no supermercado, um restaurante que não é ruim, mas que também não é nenhuma maravilha... Esse tipo de coisa.

Isso de algumas luzes e muitas sombras me leva inevitavelmente a pensar no papai. E o que penso não é bom. Nem preciso comentar. De papai, já falamos muito, mamãe e eu. Do que não é bom, quero dizer.

– Parece mentira que faz quase quatro anos que o papai não está mais conosco – confesso. Não sei por que digo isso. De repente, vejo a mim mesmo assim, com uma taça em cada mão, e não consigo pensar em nada melhor para dizer. Faço o comentário e me arrependo na mesma hora.

Mamãe para de contar uvas.

– Ah, sim? – pergunta ela com uma voz distraída. – Tanto assim? – Todos os anos, em um dos almoços e jantares que organizamos no Natal, algum de nós fala disso, e a cada vez ela finge surpresa.

– Sim.

– Veja só! – Ela suspira. – Que coisa, não é? – Põe as uvas em uma tigela, que depois coloca de lado. – Pois disseram no rádio que este já é o dezembro mais seco dos últimos trinta anos. E eu acho que em um canal está passando desenho animado, um desses de crianças. *Os Simpsons* ou algo assim. O que você acha?

Mamãe é especialista em contornar conversas que não lhe interessam. A pouca visão dela e a falta de jeito com que se move fisicamente pelo mundo contrastam com o bom jogo de cintura com o qual ela consegue escapar de tudo que a incomoda. Ela é especialista em falar assim, desse jeito, em perpendicular às intervenções dos outros, como que soltando as palavras. Desde que vive sozinha neste apartamento com a cadelinha, quando não quer continuar uma conversa, ela a interrompe com uma frase pela metade, que muda completamente seu rumo. Agora, percorrendo a sala de jantar com os olhos, a voz alarmada diz:

– Espero que eu não tenha me esquecido de limpar nada. Você sabe como fica a Lady Pano quando anda por aí passando o dedo em tudo.

Lady Pano é a Silvia. O apelido, fui eu que inventei, e só a mamãe e eu o conhecemos e compartilhamos secretamente, desde que ela me contou que toda quinta-feira, quando a Silvia come aqui na casa dela, a primeira coisa que faz, depois de dar dois beijos de bochecha com bochecha na mamãe, é correr para checar a cozinha e o banheiro. Normalmente isso termina com ela de avental, luvas de borracha e pano na cintura. E uma bronca na mamãe, é claro. "Você não pode viver assim, mãe", repete uma vez, ou duas, com o cigarro na mão, tensa como um chicote. "A merda vai engolir você." A cena é sempre a mesma: Silvia mastigando raiva e nicotina, e mamãe comendo sorvete ou uma caixa de biscoitos de chocolate com leite na frente da TV, concentrada na novela da tarde. Qualquer uma. "Ah, querida", responde mamãe com um sorriso de beatitude que é, na verdade, uma careta que significa "Não dou a mínima" e uma voz de vovó boazinha que quer dizer "Não seja tão intolerante com a sua mãe, filha". E então, quando nota Silvia olhando para ela como se quisesse fulminá-la, tenta consertá-lo com um dos seus "Afinal, um pouco de poeira nunca fez mal a ninguém. Acalme-se e sente-se comigo para ver TV. Vem, meu bem, vem", enquanto dá uns tapinhas na almofada do sofá sem diminuir um único centímetro de seu sorriso, como se estivesse falando com uma retardada.

– Tem certeza de que ela não vem com o Peter? – pergunto a mamãe, enquanto coloco os talheres de sobremesa e as taças de vinho em cima da mesa. Peter é o marido de Silvia. Além de norueguês, ele lida com informática e é tão quieto que, por vezes, chega a ser assustador. Silvia e ele se conheceram em um simpósio de otimização de recursos ou algo assim, cerca de dez anos atrás. Na época, ela morava fazia uns dez anos com o Sérgio, um colega de trabalho dela que mamãe e papai adoravam, mas que ela trocou pelo Peter, pois, segundo disse: "Você tem que saber mudar de marcha a tempo, embora a direção seja a mesma e a velocidade também", uma frase que o tio Eduardo não demorou a aproveitar para traduzir de acordo com o seu próprio dicionário, dizendo à mamãe: "Em outras palavras, a marcha do norueguês funciona. Não é como a do outro."

Mamãe olhou para ele como se estivesse vendo um táxi passar no meio do deserto. Quando finalmente entendeu a mensagem, o tio Eduardo terminou seu resumo com uma frase mais infeliz ainda: "Mas eu não o culpo, coitado. Me diz: que homem pode com uma fera como essa garota?"

A questão é que, desde que Peter e Silvia moram juntos, ele sempre passa o Natal em Tromso – "a cidade onde se costuma aplicar raios ultravioleta nos universitários, para eles não cometerem suicídio, e onde os supermercados têm seguranças na seção de bebidas." Foi a Silvia quem nos contou isso, na volta da primeira vez em que esteve lá de férias com o Peter – e com a mãe e o irmão dele, Adam, que, aparentemente era ativista do Greenpeace no Mar do Norte, até que a polícia o pegou com dois quilos de cocaína escondidos no porão do barco com o qual o rapaz se dedicava a perseguir os baleeiros durante o dia, e a fornecer a neve artificial no porto durante a noite. A versão sempre positiva da mamãe é que a Silvia e o Peter passam o Natal separados porque "eles são um casal muito progressista" e porque, como diz a Ingrid, "sempre é bom arejar os chacras e deixar a aura respirar". A versão do tio Eduardo é muito diferente: "O Peter é de Marte, e a Silvia é do País do Nunca Jamais, e quem é que sabe por que, depois de tantos anos, ele ainda não nos apresentou a família, aquele esquisitão com olhos de bacalhau e cabelo bagunçado, que eu tenho certeza que deve ter alguma cabana escondida lá sobre o gelo, cheia de cadáveres de velhinhos dissecados."

Quando lhe pergunto se tem certeza de que o Peter não virá hoje à noite, mamãe olha para mim e balança a cabeça, assentindo.

– Absoluta – responde, agrupando facas e garfos de sobremesa. – A Silvia me ligou hoje à tarde e disse que viria sozinha. O Peter não volta da Noruega antes do dia 2.

– Que pena – digo. – Outro final de ano sem desfrutar da alegria e simpatia do Peter. Não sei se conseguiremos superar isso.

Ela olha para mim e sorri. Em seguida, balança a cabeça, lentamente.

– Não seja mau – pede. – Peter é um bom rapaz.

Vendo a minha expressão de pouco convencimento, acrescenta:

– E isso, do jeito que andam as coisas, é muito.

Quando trago as taças, ela me olha da mesa, protegendo de novo os olhos com a mão.

– É melhor lavá-las – diz ela, deixando escapar um suspiro de resignação. – Lady Pano com certeza vai acabar colocando todas elas no lava-louça. Ah, e já que você está aí, pegue uma Coca Light da geladeira pra mim, por favor?

Estou a ponto de perguntar se ela também quer que eu dê uma olhada nos talheres e copos, mas nesse momento toca o interfone e os dois cachorros começam a latir como se estivessem possuídos, correndo em direção à porta.

– Pronto – diz mamãe com a voz tensa. – A sua irmã já está aqui. – Ela vai até o interfone, abre e, ao voltar para a sala de jantar, deixa a porta da rua entreaberta. Quando se senta de volta à mesa, abre a lata de Coca-Cola, bebe um bom gole e fica olhando para o quadro pendurado na parede da sala, bem acima do sofá de couro branco. É um enorme retrato da avó Ester, com uma moldura de madeira escura e sóbria. A vovó está sentada com as costas muito eretas e usando um vestido de festa verde, de um ombro só. Posa na frente de uma estante de madeira, olhando para a frente, muito séria.

Os cães latem, ansiosos para cumprimentar Silvia, que já está subindo a escada; mamãe se vira para me olhar e diz:

– Não sei por quê, mas há dias estou com a sensação de que esta noite teremos mais de uma surpresa.

Ela diz isso e fareja como um cão de caça, agita os dedos das mãos, superanimada:

– É como uma vibração... humm... holística, filho. Você... não sente?

"Ho... lística?"

Eu podia ter contido a gargalhada, mas não consegui morder a língua a tempo.

– Isso é o que você disse no ano passado, mamãe, e, se eu me lembro bem, você teve um jantar que foi tudo menos holístico. Por favor!

Ela comprime os lábios e deixa escapar um pequeno suspiro de aborrecimento, enquanto anoto mentalmente que devo renovar os esforços para tentar evitar que a Ingrid e a mamãe se vejam tanto. Então se vira para olhar o retrato da mãe dela, ergue a lata para o quadro e faz o sinal da cruz uma, duas, três vezes.

– Ai, mamãe, graças a Deus que você se foi a tempo e não teve que ver no que nós nos tornamos. Embora eu saiba que você nos entende, não é? – diz ela, baixando a voz, bem quando a porta se abre e Max pula em cima da Silvia, empurrando-a com seus 75 quilos de grande dinamarquês amoroso e babão, e jogando-a diretamente na parede, com um chiado.

Três

Dois mil e nove foi um ano de grandes mudanças na família. Em um dia de novembro estranhamente ameno, alguma coisa aconteceu e, desde então, não houve mais como voltar atrás: uma pequena porca do andaime que nos suportava sobre a realidade se desprendeu, caindo do alto ao vácuo, e se distanciou rua abaixo. Nós a ouvimos rolar no asfalto e não lhe demos importância. Estávamos errados.

Quando quisemos pensar sobre aquilo, descobrimos que a porca em questão era a peça que continha toda a estrutura, e que a estrutura não passava por uma revisão desde o início dos tempos. Em algumas semanas, o andaime de nossas vidas desabou, especialmente o da mamãe e o meu, e nós tivemos que recomeçar, cada um com o próprio naufrágio a reboque, salvando uns móveis que nem sempre chegaram intactos à terra, e desde então continuamos tentando nos reinstalar.

Para a mamãe, tudo começou – como sempre – com o papai, embora naquela ocasião, e para surpresa de todos, as coisas tenham acontecido de modo diferente. Um dia, ela e meu pai tiveram uma de suas brigas. Aparentemente, eles tinham recebido uma notificação de uma instituição financeira de cobranças de inadimplência, ameaçando embargar não sei o quê, por causa de um dos mil empréstimos que papai tinha pedido durante sua vida de vigarista ativo, e do qual mamãe era – como não... – avalista única. A coisa não teria ido mais longe (ninguém tinha nada em seu nome), se mamãe não tivesse descoberto que o empréstimo em questão era de 10 mil euros, que ele havia pedido a um banco para instalar um sistema de ar-condicionado em casa. Aparelho esse que nunca chegou, o que meu pai se recusou a justificar. Em um ataque de desespero e cansaço nada comum para ela, mamãe colocou meia dúzia de coisas em uma mala de mão e disse ao papai que estava indo por alguns dias para a casa do filho – isto é, a minha – porque precisava pensar.

– Estou cansada, muito cansada – disse. – Preciso de alguns dias.

Foi então que ela se mudou lá para casa.

Tudo teria ficado assim, não fosse o fato de que dois dias antes eu tinha entrado pela porta da frente no meu próprio deserto particular e de que, ao contrário das outras vezes, quando meus tropeços com os homens me levaram para o abismo e eu tinha procurado consolo na minha família e no amigo da vez, naquela ocasião eu havia decidido me calar e engolir sem perturbar ninguém. Quarenta e oito horas antes de mamãe aparecer com sua mala, Andrés, meu parceiro durante quatro anos, tinha chegado em casa com Max, uma bola de pelo preto de dois meses e meio, que, de acordo com o que ele me disse, resgatara do canil de um cliente que estava prestes a fechar.

– E como sei que você sempre sonhou em ter um cachorro – disse –, é agora ou nunca.

O que ele não contou foi que a bola de pelos era um truque. Naquela mesma noite, no jantar, veio a segunda parte do presente.

– Acho que deveríamos dar um tempo, Fer – sugeriu, enquanto mastigava a salada mista comprada pronta sem tempero, que sempre comia antes do jantar. "Um tempo para quê, exatamente?", lembro de ter pensado. "Para mastigar mais devagar, para sair de férias, para nos casarmos, agora já é permitido...?" Olhei para ele, que sorriu. Tinha um pedaço de alface preso a um dente e parecia uma velha cigana de circo, com o canino preto e o aro na orelha. Então eu entendi. Entendi que a frase, usada assim, depois de ele me dar um cachorro e com aquele sorriso de culpa, só podia significar uma coisa: "Temos que dar um tempo para que eu possa deixar você sem me sentir culpado, porque estou apaixonado por outro e você já não está mais nos meus planos. *Stop*. Um tempo para organizar a despedida. *Stop*. Para que você não perceba que sou um porco, e que faz tempo que eu sei, mas como sou tão sacana, prefiro lhe dar um cão e deixá-lo acompanhado quando me mandar. *Stop.*"

– Temos que dar um tempo, é verdade – falei. Depois saí da mesa e, sem sequer levantar a voz, acrescentei: – Enquanto você termina de comer a salada, vou sair para dar uma caminhada com Max nos braços. Se não se importa, eu gostaria que, quando nós voltarmos, você não estivesse mais aqui.

Esse foi o final de Andrés e o princípio de Max. E esse era o Fer que dois dias depois encontraria no portão de casa sua mãe, que, é claro, não conseguia se lembrar do número do meu apartamento e, para não incomodar, se sentou na calçada, em cima de sua mala vermelha, vendo as pessoas passarem, com a mão sobre os olhos como um vigilante de praia arrastada pelas ondas cidade acima.

Eu preferi não perguntar. Subimos em silêncio e, quando abri a porta, Max saiu para nos cumprimentar feito louco, entre saltos e latidos. Mamãe, que ama animais acima de tudo, deixou a mala no chão e o abraçou, como se não houvesse amanhã. A paixão foi instantânea.

Atrás de Max, um mar de páginas de livros rasgados e mastigados cobria tudo: o hall, a cozinha, a sala de estar e o que dava para ver do corredor. Eu queria morrer de alguma coisa. Em vez disso, tudo o que consegui pensar em dizer foi:

– O Andrés foi embora, mãe.

Ela continuou abraçando Max, que não parava de lamber seu rosto, até que de repente pareceu se dar conta do que tinha acabado de ouvir. Do chão, olhou para cima e, ainda acariciando o cão, me disse com o olhar vidrado:

– Ai, meu filho!

Ela soltou um suspiro de emoção e acrescentou, com um olhar de pena:

– Como é que você não me disse que tinha um cachorro?

Ficamos olhando um para o outro por alguns segundos, eu incapaz de dizer ou fazer qualquer coisa de que não fosse me arrepender, e ela totalmente afetada pelos estímulos que nesse momento lhe sacudiam a parte do cérebro onde deveriam ter lugar as sinapses e que, no seu caso, nem sempre são bem processados. Por fim, fechou os olhos, abraçou Max e, com voz de mãe, disse:

– Por que é que nesta família nunca dizemos as coisas que realmente importam?

Eu a teria estrangulado ali mesmo, a mamãe, a Max e à mala, mas ao observá-la daquela forma, com o cão entregue a ela sobre o piso coberto de páginas roídas, eu me vi, nos vi a todos, e tive vontade de rir. E isso é algo em que nós somos bons nesta família: rir das coisas quando os tons dramáticos tocam o catastrófico e o abismo do perigoso nos chama, hipnotizando-nos a partir das trevas. Em nossa família – e aqui não entra a parte amarga da família de papai –, o riso chega sempre a tempo, poupando-nos com um empurrão de cair no abismo e dando-nos margens de alívio e temporalidade que, finalmente, acabamos agradecendo.

Às vezes.

Senti vontade de rir, sim, primeiro um pouco. Depois, quando mamãe me viu e se juntou a mim, não havia mais quem pudesse nos parar, basicamente porque o riso dela é um daqueles contagiantes, que nasce no estômago e se espalha na mesma hora por todo o corpo, atirando seus tentáculos na direção de tudo o que a rodeia. E, claro, o que aconteceu foi que eu acabei sentado no chão, com as costas na parede e chorando tudo o que não tinha chorado nas 48 horas que havia passado em casa limpando xixis e cocôs de cachorro mal desmamado, enquanto ia esbarrando nos quatro anos de convivência que tinham acabado de se esvair pela janela. E enquanto eu chorava, Max se sentou ao meu lado olhando para mim, e mamãe ficou em silêncio e recolheu devagar as páginas do chão, tão quieta e respeitosa que fiquei envergonhado de tê-la ali me vendo chorar daquele jeito.

Por fim, quando me acalmei, ela se aproximou, carregando os resíduos roídos e picados da trilogia Larsson, sentou-se ao meu lado e me abraçou.

– Filho, não é para ficar assim – disse ela, me apertando forte contra o peito. – Afinal, eu nunca gostei dessa porcaria de sueco. E dessa menina louca... a bipolar dos piercings que gosta de levar chicotadas, então, o que você quer que eu diga...

"Meu Deus", pensei, ainda nos braços da mulher que nunca amadureceria. "Nós não temos jeito." Ao meu lado, Max latiu e fez xixi no carpete.

*

O que aconteceu durante as quatro semanas seguintes se resume assim:

Em ordem cronológica:

1. Recebi um fax do proprietário da minha casa, no qual ele me comunicava que tinha decidido não renovar meu contrato de aluguel, que expiraria em 37 dias exatos.

2. Três semanas depois de mamãe desembarcar lá em casa com sua mala, o carteiro veio nos visitar. Dessa vez o fax era para ela. Incluía a cópia de um acordo de divórcio elaborado pelo advogado (e parceiro no crime) do papai. Mamãe esteve a ponto de ter um ataque. Nem chorou. Pediu que eu o lesse para ela. Sentamos no sofá e ela ouviu em silêncio cada uma das dez miseráveis cláusulas pontilhadas de erros ortográficos do acordo (basicamente papai a deixava na rua, sem pensão – como bom vigarista em cadeia, há muitos anos não tem nada no seu nome –, com alguns móveis da avó e três plantas), fazendo que não com a cabeça e acariciando Max, que, sentado em seu colo, roía a lã do casaco. Quando terminei de ler, mamãe pegou o acordo e deu uma olhada, enquanto enxugava as lágrimas e balançava a cabeça, linha por linha.

De repente, sua expressão mudou.

– Acho que preciso tomar algo forte – disse. Entrei em pânico. Ela estava mais branca do que já é, e a mão que segurava o fax tremia um pouco. "Meu Deus", pensei, enquanto revisava mentalmente o arsenal de drogas legais que eu guardava no armário do banheiro. "O que vou dar para ela?" Mamãe olhou para mim e, com uma voz mecânica, perguntou:

– Tem Gelocatil?

Tive vontade de perguntar se ela não queria dizer Rivotril, mas quando fui falar, ela me entregou o fax, que estava segurando entre o indicador e o polegar, como se acabasse de pegar um rato morto do chão.

– A data – disse. – Olhe a data. – Antes que eu tivesse tempo de ler, ela acrescentou com uma voz que eu nunca tinha ouvido: – É de sete meses atrás.

Fui para o banheiro, remexi o armário embaixo da pia e voltei para a sala de estar com o remédio. Mamãe continuava segurando o fax no alto, como se estivesse pedindo esmola em uma esquina, com uma lata de Domund. Acariciei seus cabelos, dei-lhe meio Lorazepam e tomei a outra metade. Depois, mais calmos, reunimos coragem e paciência e ligamos para a Emma, mas sem sorte. Caiu na caixa postal. Decidimos tentar a Silvia. Como esperado, com a Silvia, veio o pior.

E o pior acabou sendo... muito pior.

3. Um mês após a chegada de Max em casa, eu finalmente pude levá-lo à veterinária para ser examinado e vacinado. Aprendi então que um dos imponderáveis de ser pai de um bebê, seja criança, cão, gato ou monstro de duas cabeças com antena de celular em uma delas, é ser corajoso frente à fraqueza, lúcido diante do desespero e inteiro quando a situação é fragmentada. Em suma: tem que dar duro e saber que "vacinar" não vem de "vaca", mas de "vacina", e que as vacinas – todas – incluem uma agulha inserida na pele. Quando a veterinária se virou para mim, de seringa em punho, eu sorri e, tateando, procurei o apoio de uma cadeira que não encontrei, enquanto tentava lhe dizer "um – momento – espere – um – momento – que – isto – você – não – tinha – me – dito", e desabei no chão, cortando a sobrancelha e quebrando uma costela, embora isso da costela eu só tenha ficado sabendo horas mais tarde.

Quando saímos da consulta, Raquel, que era o seu nome – espero que ela ainda se chame assim –, me acompanhou até a porta.

– E lembre-se – disse ela, enquanto me dava a carteira de vacinação do Max –, agora você já pode começar a sair com ele, mas não o deixe correr muito. Até 1 ano, os grandes dinamarqueses têm os ossos bem pouco endurecidos e devem trotar devagar e continuadamente. É melhor que ande.

Fiquei parado onde estava, com Max em meus braços, enquanto na minha cabeça uma chuva de bombas de fragmentação explodia, como um cordel de pólvora de más notícias.

– Os... grandes... dinamarqueses? – perguntei. Então olhei para Max e o imaginei com oitenta quilos, as patas como quatro vigas modernistas, babando aos montes, no pequeno apartamento que eu tinha alugado no dia anterior na Barceloneta, e deitado comigo no meu sofá-cama de 1,35m x 1,90m, com a pata em cima da minha barriga e dormindo, encolhidos, os dois, encostados na parede.

– Mas eu não sabia...

Raquel não me deixou continuar.

– Eles são preciosos. Você vai ver – afirmou ela. – Vai mudar a sua vida.

Eu saí à rua com a minha bolinha preta e peluda nos braços. Mamãe estava esperando por mim, sentada em uma cafeteria da praça, com seu café com leite e um segundo croissant.

– É um grande dinamarquês – falei, desabando ao seu lado, em uma cadeira meio quebrada onde algum cafetão do bairro tinha grudado um chiclete. – O maldito idiota do Andrés me deu um grande dinamarquês para me devorar quando for mais velho e não tiver dinheiro para comprar os duzentos quilos de carne e arroz que ele devora por mês. Bem que eu já desconfiava que o presentinho era um truque.

Mamãe riu, pegou o Max dos meus braços e, cobrindo-o de beijos, disse:

– Não fale bobagem. – E continuou: – Como um dinamarquês pode ser tão preto?

Eu olhei para ela, incapaz de acreditar no que acabara de ouvir, enquanto minha mãe rasgava uma ponta do croissant e Max o arrancava de sua mão com uma mordida. Ela riu, encantada.

– Mamãe, os grandes dinamarqueses são o ponto intermediário entre um 4x4 e a mãe do *Alien*. E crescem como cavalos trotadores. E fazem uma montanha de merda como bolos de casamento kosovares. E não se encaixam em lugar nenhum. E... e...

"Meudeusdocéuporquetemqueaconteceristocomigoporra!", eu lembro que pensei ao mesmo tempo em que visualizava Andrés e seu rosto de auditor agressivo, holerite de cinco mil euros por mês e relógio Prada, e eu imaginava esmurrando a língua dele, com os 101 romances policiais baratos que tinha me deixado de herança e que Max havia se encarregado de destroçar em suas horas de solidão.

Mamãe riu.

– Que exagero. – Max lambeu o rosto dela, enchendo-o de migalhas de croissant. Minha mãe riu e passou a mão na bochecha. – E que besteira, isso. Andrés lhe deu este fofo – disse, atiçando-o. Ela não olhou para mim quando acrescentou: – Sim, é que Andrés pode ter lá as questões dele, eu não nego, mas era bastante generoso. E cavalheiro. E quando um homem é cavalheiro, é até o fim.

Eu pedi um café ao garçom, que mais parecia um drogado e tinha um cheiro que não era de sabão, e sentei nas minhas mãos, pressionando-as na cadeira para me conter de estrangular mamãe.

– Sim – rosnei. – Como você quiser.

– Humm. Você está com raiva, filho – disse, encolhendo os ombros e dando um beijo no focinho do Max. – E isso é normal, acredite se quiser. Ingrid diz que, quando a energia é transformada, o nosso poder interior se extingue como uma vela para liberar o nosso... humm... o que era? – Piscou, olhando para uma menina com dreadlocks que tocava um par de tambores marrons na fonte da praça, enquanto seu pelotão de cãezinhos dividia uma baguete que ela havia tirado do lixo. – Ah, sim! Ou seja, se dói é porque você tem o terceiro olho... humm... preso ou... alguma coisa.

Olhei para ela. Respirei profundamente.

– Eu tenho o terceiro olho como o ralo da banheira do papai, mamãe. Embora, no meu caso, cheio de pelo de um cão que, antes que eu me dê conta, terá se tornado um tiranossauro rex.

Mamãe olhou para mim e fez que não com a cabeça, e Max, sentado em cima dos joelhos dela, estendeu-me a pata.

Eu tentei sorrir.

Em vão.

Quatro

Três anos se passaram desde aquela tarde. Pouco tempo depois da minha primeira visita ao veterinário, o destino da mamãe e o meu entraram em seus respectivos trilhos, e a normalidade, ou o que mais podia se parecer com ela, instalou-se outra vez em nossas vidas. Ao menos aparentemente. Eu me mudei com o Max para o meu novo destino, um mini-quitinete-sótão-sem-elevador-e-com-chuveiro-ideal-para-pessoas-sozinhas na Barceloneta, e mamãe, aconselhada pela onipresente Ingrid, divorciou-se "de forma amigável" do papai e se mudou temporariamente para a casa do tio Eduardo. Enquanto decidia o que fazer com sua vida e com as paupérrimas restantes economias que lhe restavam da herança dos avós, que papai não tinha conseguido pegar, mamãe adotou uma cadelinha com orelhas de Gremlin e um rabo que mais parecia a mangueira do gás, e que ela chamou de Shirley.

– Você vai ficar encantado com a Shirley – disse ela ao telefone. – Vai ver só.

Eu não consegui me conter.

– Shirley? Posso saber que nome é esse?

– É um nome.

– Mãe, você adotou um cão, não uma menina dominicana.

– Eu sei. – E depois: – Shirley, como Shirley MacLaine.

"Meu Deus", pensei. "Não é possível que minha mãe comece, na idade dela, a andar por aí gritando 'Shirley' pelos cantos, como uma vendedora de sutiãs de mercadinho. Vou ter que falar com a Silvia."

Antes que eu pudesse dizer mais alguma coisa, ela recomeçou:

– É que eu li o livro.

Não entendi.

– O livro? Que livro?

– O de Shirley MacLaine, Fer, que livro seria?

– E?

– Bem, acontece que ela não nasceu como você e eu.

– Ah, não?

– Não, não!

– Mamãe, acho que eu vou desligar.

– Eu já disse que essa mulher tinha alguma coisa – continuou ela.

Parou de falar. Esperou. Quando percebeu que eu não dizia nada, prosseguiu:

– Shirley veio à Terra em um OVNI – disse baixando um pouco a voz. – Ela explica tudo no livro. E fala com eles da casa dela. E sem antena.

Eu desliguei. Não quis mais saber.

Poucas semanas depois, ela estava morando, com a ajuda de Silvia, num apartamento especial para pessoas de mais de 65 anos. O apartamento é um dos dezesseis de um prédio branco de três andares chamado Los Guindos, com áreas diáfanas e adaptadas, paredes feitas de placa de gesso e fachada de azulejos brancos e que, nas palavras de Silvia, é "um cargueiro de bandeira falsa cheio de velhos pobres, encalhado no meio de um oceano de mechas loiras, pérolas, golden retrievers, empregadas bolivianas e maltratadas por suas patroas fascistas". Bem embaixo da sacada da mamãe, uma praça com jardins de grama e bancos de design como potros de tortura é preenchida diariamente com adolescentes que usam uniformes de colégios ingleses, cheios de espinhas, feromônios e vários baseados que enchem o ar de fumaça, ofuscando a vista de mamãe e a mantendo bastante calma. O apartamento é pequeno: uma sala, cozinha com varanda, banheiro e quarto de casal com duas camas. Quanto aos outros residentes, é mais do que provável que algum deles acabe levando um tombo em algum momento da noite, porque neste edifício os aposentados andam de um andar para outro com uma alegria e facilidade digna de estudo.

– Eles me deixam louca – reclamava mamãe esta tarde, como muitas outras vezes, quando, antes de começar a pôr a mesa, me atualizou sobre os infortúnios do edifício. – Hoje, enquanto assistia à novela da tarde, a chata da Eugênia bateu à porta.

Eugênia é a vizinha da frente. Ela mora sozinha em um apartamento mobiliado como um endereço qualquer alugado por algumas horas, na praia das Américas: cheio de lâmpadas de luz branca, aquelas de baixo consumo, plantas de plástico e todos os tipos de rádios, batedeiras, relógios e aparelhos variados que sempre estragam e que ela traz para casa da mamãe quando sabe que Emma ou eu estamos visitando, para que os consertemos. Além disso, é viciada em televendas e ela mesma revende os produtos Stanhome secretamente, para que não cancelem sua aposentadoria. Sempre que a mamãe fala dela, olha para a porta, como se Eugênia pudesse ouvi-la de sua casa. É que a vizinha aparece a qualquer hora do dia ou da noite, porque, além de todas as qualidades que tem, ainda por cima sofre de insônia.

– Quando abri a porta – continua contando mamãe –, Eugênia estava ali parada com uma caixa de fósforos e um isqueiro na mão, e me disse: "Ei, Amália, para ligar o forno, o que você acha que é melhor: fósforos ou um isqueiro?" Eu respondi o isqueiro, é claro, por causa daquilo tudo sobre a madeira e as florestas, porque Ingrid diz que quando queima um fósforo, chora uma raiz, e, em seguida, a Pacharrama...

"A Pa... charrama?"

– Muito bem, mãe. Falou e disse.

– Muito bem, não, Fer – retruca ela, discordando com a cabeça e colocando o dedo na têmpora, sem tirar os olhos da porta.

– Ah, não?

– Filho, é que neste edifício tudo é elétrico. Você não vê que não confiam em nós? Imagine o que seria isto com todos estes – aponta o queixo à porta – mexendo com isqueiros, fósforos e aquecedores a gás. Pum! Pum! Pum! – Dá uma risada, cobrindo a boca como uma menina sapeca, e eu rio com ela, porque é difícil não rir com a mamãe e sua risada contagiante. Depois nós começamos a arrumar a mesa e a preparar as coisas para o jantar.

Tão lindamente.

Até agora.

Na porta, Silvia está apoiada na parede. Espalhadas ao seu redor, um par de sacolas com presentes embrulhados com papel da FNAC – que ela pronuncia "Efenac" "porque essa palavra não é em castelhano, onde vamos parar?!" – e, pendurada no punho, a bolsa marrom de marca, na qual ela guarda, entre outras coisas, kleenex, lenços umedecidos para limpar as lentes dos óculos, escova de dentes, fio dental, creme para as mãos, as luvas de borracha cor-de-rosa para pratos, as de látex transparente para outro tipo de emergência, gaze, absorventes, Ibuprofeno, um pano descartável, um pano de pó e uma caixa de sachês dose única de KH7 que manda trazer de Andorra e que sempre a acompanham quando visita a mamãe. Em cima de Silvia, Max lambe o seu rosto, babando-a toda, enquanto ela dá gritinhos e Shirley pula em sua mão e mordisca uma luva.

De onde estamos, nem mamãe nem eu conseguimos ver o rosto dela. Só o que podemos é ver o rabo duro de Max se movimentando como um minicatavento e ouvir os gemidos entrecortados de Silvia, afogados intermitentemente pelos lambidos de Max, soando como algo tipo "humfff", "monstro demônio", "eca", "de cima", "com todos estes vírus", "que tenha todas as vacinas", até que mamãe diz, resmungando, sem olhar para mim:

– Acho que não começamos bem a noite, filho. – E um segundo mais tarde: – Que Deus tenha piedade de nós!

Eu me viro para olhar e me deparo com ela agarrando sua lata de Coca-Cola com ambas as mãos, como um náufrago agarra sua tábua de salvação, olhando para a porta com os olhos semicerrados, obviamente deslumbrada com a luz fluorescente vinda do corredor. Quando, momentos depois, sacudindo a bola com guizo, consigo convencer Max a entrar novamente e se sentar ao meu lado, o que fica na porta é Silvia colada à parede com a cabeça virada para nós e uma tamanha expressão de ódio que até eu preciso desviar meu olhar.

Então ela diz, contraindo a mandíbula:

– Este piso está imundo, mãe. – Baixa os olhos e comprime a boca, em uma expressão de nojo que conhecemos bem, nós e, especialmente,

Jenny, a pobre menina peruana que vai limpar a casa. – Há quanto tempo você não passa um pano de chão nestes azulejos?

Mamãe encolhe os ombros, revira os olhos e olha para o retrato da avó Ester com cara de "O que será que eu fiz para esta menina ter saído assim?", e, enquanto Silvia se ajoelha, ela vira de costas e tenta se pôr de pé. De repente me ocorre perguntar à mamãe, baixinho:

– Suponho que você já lhe disse que afinal Olga vem para o jantar, certo?

Mamãe pisca e toca o pescoço distraidamente com o indicador e o polegar. Depois engole saliva.

– Mãe?

– Um pouco – diz.

– Como "um pouco"? – pergunto, quase sem levantar a voz. – Você disse a ela ou não?

– Mais ou menos.

"Meu Deus!"

– Eu lhe disse que... bom, que viríamos todos – confessa ela com um sussurro e um olhar de menina sincera, fechando os dedos sobre a lata e fazendo-a ranger.

Eu não consigo dizer mais nada. Silvia termina de recolher suas coisas do chão e entra, fechando a porta atrás dela com um suspiro. Está com a testa cheia de baba.

Cinco

– Sete?

É a Silvia. Sentada no sofá, terminou de limpar o rosto com um lenço umedecido e parou finalmente de examinar suas roupas em busca dos restos da baba de Max, que está se sentando ao seu lado e olha para ela com a língua de fora. Ela não nota a presença dele. Faz poucos segundos que está examinando lentamente a mesa de jantar, traçando o terreno como um desses focos de luz que percorrem durante a noite os campos de prisioneiros em filmes sobre qualquer guerra. Ela faz isso até que, de repente, pisca e franze a testa.

– Sete lugares à mesa? – pergunta ela, virando-se para a mãe.

Mamãe olha para mim, apoia lentamente o cotovelo direito na mão esquerda e faz que sim com a cabeça.

– Ah – diz ela com uma expressão surpresa. – Pois é.

Na minha mente, o radar descobre um novo brilho vermelho, que se junta àquele que está piscando já faz uns dias. Perigo. Há perigo no ar. De repente, me ocorre que, se colocado na horizontal, o oceano da minha tela de radar provavelmente coincide em tamanho e forma com a mesa de jantar da mamãe. Os dois focos que piscavam em vermelho são os guardanapos de papel que cobrem os pratos de Silvia e de Olga.

Dois segundos se passam. Silvia engole em seco e pigarreia. Em seguida, acende um cigarro.

– Eu pensei que você tinha dito que seríamos cinco.

Mamãe passa a mão no cabelo e olha para o nada. Em seguida, tenta achar uma rota de fuga de urgência, olha para baixo e de repente parece intrigada.

– Opa, que boba – diz ela, dando uma risada. – Ainda estou usando as sapatilhas.

É verdade. Mamãe ainda está usando as sapatilhas xadrez, uma espécie de pantufas horríveis que a Silvia odeia mais do que todas as coisas e mamãe adora, porque Shirley está apaixonada por uma delas. Vista assim, com calça social bege, suéter preto de gola alta, o colar de ágatas da avó Ester, cabelos brancos encaracolados e pantufas xadrez, mamãe é mamãe em toda a sua essência, e não posso evitar um sorriso, que Silvia revida com uma careta.

– Eu vou colocar meus sapatos antes que... – diz mamãe.

– Mamãe! – interrompe Silvia.

Ela olha para a filha.

– Ai, Silvia, filha – diz, acenando com a mão em um gesto de aborrecimento. – Cinco, seis, sete... e daí? Onde cabem...

– Mamãe.

– Sim?

– Você me disse que a Irmã Correto não viria.

"Irmã Correto." É assim que Silvia chama Olga; e também "Irmã me deixa dizer", porque essas são as expressões com as quais Olga sempre apimenta seus discursos, anunciados muitas vezes por uma pequena rouquidão seca que, ao longo do tempo, tem acabado com a nossa paciência, transformando em irritação o que uma vez começou como sendo risível.

– É que eu não sabia que ela viria, filha. – Minha mãe se desculpa. Depois de tantos anos aprendendo com o papai a perdoar os seus segredos, fraudes e infinitas mentiras, ela tem se tornado uma especialista na arte de desculpar tudo. – Mas hoje pela manhã sua irmã me ligou para dizer que, sim, que vêm as duas. O que você queria que eu dissesse? Que não a traga? Que não a queremos? – Balança a cabeça. – Não, filha. Eu não sei fazer isso.

– Olha só que bom – reclama Silvia com uma carranca.

– A verdade é que ela me deu uma alegria – diz mamãe, baixando a voz.

Silvia contrai a mandíbula.

– Como você vende barato as suas alegrias, mamãe! – exclama ela entre os dentes. Em seguida, aspira a fumaça do cigarro e também abaixa o olhar, talvez lamentando não o comentário, mas o tom. Soou feio, como uma tosse preenchida com muco.

– Pode ser – diz mamãe, sentando-se em uma das cadeiras da mesa. É o que diz aquela voz de mulher mais velha que não consegue se defender dos ataques das pessoas a quem ela quer bem, porque desde sempre prefere sofrer a causar dano. Mamãe é assim e todos nós sabemos. E isso, essa força tão... frágil é algo com o que Silvia não sabe lidar, porque a vence. Mamãe olha para mim, buscando o meu apoio. Não olha para Silvia. – É que... – começa ela novamente – bem, eu acho que sua irmã e a Olga não estão passando por um bom momento e... se afinal vêm as duas, digo que talvez é porque conseguiram resolver as coisas, não é?

Silvia e eu olhamos um para o outro.

– Mãe, Emma e Olga nunca estão passando por um bom momento – ouço a mim mesmo dizendo em tom neutro. – Eu também não gosto da Olga. – Nem da Olga nem do esforço sempre conciliador de mamãe, mas, no meu caso, sei que isso me incomoda porque eu o reconheço também em mim, e não o desejo. Do sofá, Silvia suspira e assente.

– Acho que Olga não está vindo, porque elas estavam pensando em se separar – diz mamãe, ignorando o meu comentário e contorcendo as mãos sobre o colo. Fala com angústia acumulada. Ela sofre por nós, costuma fazer isso em silêncio e normalmente a priori, imaginando coisas que às vezes não são do jeito que pensa, porque não se atreve a perguntar e se arriscar a descobrir uma realidade pior do que imaginava. Depois, olha para nós. – Não, não, Emma não me falou nada, vocês sabem como é. Mas hoje pela manhã, quando ligou para dizer que Olga também vinha, tive a impressão de que ela estava chorando. Parecia frágil, como que aliviada.

Silvia solta fumaça pelo nariz e Max se levanta, com sua elegante lentidão de grande dinamarquês, vem até onde estou e coça meu joelho com sua enorme garra. É o jeito dele de me pedir comida.

– Pois é, nós vamos começar o ano bem – diz Silvia entre dentes. – Só falta o tio Eduardo aprontar alguma e aparecer bêbado e vestido de

Papai Noel, como no ano passado. – Ela volta a dar uma longa tragada e solta uma risada seca. – É claro que os nossos jantares de véspera de Ano-Novo são fogos de artifício. Não é de admirar que alguém sempre dê uma bola fora.

Mamãe pisca, visivelmente atingida e magoada, mas não diz nada. Sabe, como todos nós, que com Silvia é melhor ter cuidado, porque ela é uma panela de pressão, sempre prestes a explodir. Ao contrário dela, o que mamãe odeia acima de tudo são conflitos, por isso passa a metade da vida tentando evitar que as coisas deem errado, oferecendo mil oportunidades a quem normalmente não as pede – e menos ainda merece –, confiante de que as coisas são e serão sempre melhores do que supomos, embora a realidade nem sempre esteja do seu lado e quase nunca lhe dê razão.

Olhando assim para as duas, uma sentada à mesa com a lata de Coca--Cola de um lado e a outra no sofá com o pano úmido na mão, enquanto percorre o chão e a prateleira com o olhar, procurando poeira, sujeira ou algo que não deveria estar ali, penso em como elas são diferentes e no quanto são parecidas, embora nenhuma das duas reconheça o que a outra mostra de si mesma, porque se olham de ângulos muito obtusos, sem espaço para o reflexo. Eu penso no cabelo ruivo da Silvia, no olhar úmido de seus olhos cansados e na verdade que está escondendo há alguns dias, e me pergunto o que deve estar passando por sua cabeça enquanto atira, como de costume, para todos os lados, e se esforça para se entrincheirar atrás da mesma Silvia que ela tem sido sempre conosco – a que compreendeu cedo demais que ser a mais velha, em uma família como esta, não era apenas ser a mais velha de três irmãos, e sim a mais velha dos cinco: irmã, pai e mãe de uma só vez. A que não cai, a que não se permite isso, aconteça o que for. E vê-la assim, tão monolítica e distante, sabendo como eu sei o que cala e o que deve lhe doer, me vem, como às vezes acontece em situações nas quais as coisas se combinam, como nesta noite, a primeira recordação clara e completa que tenho dela, dos dois juntos. É uma lembrança que com o tempo eu fui valorizando, reinterpretando e redescobrindo em suas mil leituras e nuances. Uma lembrança que diz muito.

Ainda.

Dela e também de mim mesmo.

Seis

A imagem é nítida. Estávamos em um parque que ficava perto de casa e eu queria subir no escorrega, mas uma criança o tinha ocupado já fazia algum tempo e não me deixava nem chegar perto da escada. Silvia estava sozinha nos balanços, um pouco longe. O parque era um espaço pequeno e sem graça, com chão de concreto e piso branco, localizado na laje de uma espécie de mercado. Silvia tinha 10 anos. Eu, 4. Vendo o que estava acontecendo, ela saiu do balanço, caminhou lentamente até o escorrega, subiu a escada sem dizer nada e, ao chegar lá em cima, empurrou o pequeno capeta que havia se entrincheirado na plataforma de metal e que cuspia em mim, lá do alto. Quis a má sorte que o menino caísse diretamente pela lateral e ficasse estatelado no chão de pedra, com um braço quebrado. Quando a mãe se aproximou para pegá-lo, Silvia a ajudou – tão solícita e disposta que a mulher ficou confusa por um momento –, dizendo:

– Segundo a minha avó Ester, que é a mãe da minha mãe, porque a outra se chama Mercedes e nós nunca a vemos, o que afinal é melhor, porque ela tem um cheiro esquisito e sempre cozinha caracóis, que temos de tomar muito cuidado nos parques, porque eles são sujos e cheios de micróbios, e se nós cairmos e nos machucarmos, podemos ter uma infecção e morrer.

A mulher ficou boquiaberta, e Silvia, que não era boba nem nada, rematou a mensagem com uma explicação:

– Talvez no hospital limpem os joelhos dele e troquem sua roupa – disse, olhando para o menino que berrava nos braços da mãe, com o braço pendurado. – É que ele está cheirando um pouco mal – acrescentou ela, com uns olhos que, anos mais tarde, eu reconheceria nas personagens de *As crianças do Brasil*. – Acho que ele fez xixi. Mas minha avó também diz que nos hospitais muitas pessoas morrem de vírus e essas coisas.

Quando a mulher saiu, Silvia se virou para mim.

– Agora você já pode ir – disse ela. – Mas suba com cuidado, porque, se cair e se sujar, vai arrumar encrenca.

Depois tirou o lenço do bolso, o umedeceu com a língua e, olhando para a esquerda e para a direita como se quisesse se certificar de que ninguém a estava vendo, se ajoelhou no chão e começou a esfregar as gotas de sangue que tinham ficado no piso de pedra a seus pés.

De aço. Silvia é de aço. Desde pequena já mostrava isso de diversas maneiras e, ao crescer, foi se angulando em um entremeado de arestas cada vez mais definidas: olhos quase transparentes, maçãs do rosto proeminentes, magra e de ossos salientes: clavícula, cotovelos, quadris, tornozelos. O cabelo ruivo. Muito ruivo. Como o meu. Como o da vovó.

Silvia estudou medicina. Pouco depois de se formar, começou a trabalhar em um hospital da Cruz Vermelha, mas ver pessoas sofrerem tão de perto, tão sem filtro, acabou por fazê-la desistir – ou, pelo menos, isso foi o que ela disse. Porém, anos mais tarde, ouvimos de uma enfermeira amiga da mamãe que desde o começo Silvia era o terror das salas de cirurgia, pois, de acordo com ela, nada nunca estava completamente limpo, e incomodava o pessoal da limpeza. De qualquer forma, há anos que trabalha em uma empresa farmacêutica multinacional, onde vende próteses de pernas e várias coisas horrorosas a hospitais do mundo todo. Viaja semana após semana, conta com uma equipe de mais de cem pessoas sob sua responsabilidade e gere um punhado de cartões ouro de várias empresas aéreas que dão a ela passagens e hospedagem gratuita em hotéis cinco estrelas, dos quais mamãe se beneficia, geralmente em companhia da Ingrid. Quando não está trabalhando, Silvia pesquisa. É uma daquelas mulheres que não param de "fazer coisas": cursos disso e daquilo, conferências, simpósios, artigos, palestras, mestrados... Usa óculos de armação de tartaruga e às vezes colares de pérolas, e ainda tem tempo de fazer o próprio pão. E embora defenda com convicção os direitos sociais, como a qualidade do bem-estar e tudo inclinado à esquerda em geral, foi ela que, alguns anos atrás, se empenhou em descobrir se era verdade que a família da mamãe era nobre e que talvez pudéssemos recuperar o baronato. Mas, no final, o que se descobriu foi que, embora isso fosse realmente verdade, quem tinha herdado o título de nobreza havia sido um primo distante que vive em Buenos Aires e com o qual nunca tivemos contato. Desde então, ela mandou gravar um pequeno escudo com as alegadas armas da família. E tem o bendito brasão sempre instalado como um broche no blazer, devidamente acompanhado da fita vermelha da luta contra a AIDS.

– As coisas precisam ser bem-feitas – diz ela com frequência, terminando suas intervenções com uma pequena inclinação de cabeça e um de seus sorrisos metálicos. – Método. Devemos colocar método na desordem.

O método. Silvia é "o método", assim como Emma e mamãe são "a desordem". Por isso é que a frase "temos de chamar a Silvia" é, desde que meu pai se foi, uma das mais repetidas no nosso ideário cotidiano. Muitas vezes, mamãe e Emma fariam melhor em não tentar aplicar o método em suas desordens, e deixar que a vida aja por si mesma, especialmente porque suas ligações são, na maioria dos casos, simples sinalizadores de desespero que chegam tarde demais e que acionam um maquinário chamado "Silvia" – maquinário este que elas jamais se dispõem a abastecer.

O dia em que ligamos para a Silvia do meu apartamento para contar a ela que mamãe tinha acabado de receber o fax de papai com aquele contrato de divórcio, que mais parecia escrito por um vendedor ambulante de implante de cabelos, eu a ouvi suspirar do outro lado da linha, e, depois de um silêncio tenso, ela grunhiu apenas duas coisas.

A primeira foi:

– Estou em Atlanta.

A segunda:

– Me deixe falar com a mamãe.

Eu passei o telefone para mamãe, que me olhou com uma expressão de horror.

– Não, não, não... por favor, com ela não! – gritava em silêncio, sacudindo as mãos, como se estivesse prestes a ficar cara a cara com o próprio Belzebu. Depois, pigarreou, respirou fundo, sorriu suavemente, como se Silvia pudesse vê-la pela tela do celular, e aproximou muito lentamente o aparelho da orelha.

– Sim, filha – eu a ouvi dizer com uma voz de mãe submissa e atenciosa, que deveria ter me colocado de sobreaviso. – Sim. Sim. Sim. Claro. Sim. Está certo. Como quiser. Imagina. Pode deixar. Amanhã mesmo. Mas é claro que eu entendo. Não, não precisa repetir. Sim. Sim. Sim. Sim.

Depois de cerca de vinte minutos de "sim, é claro, com certeza, como você quiser", que ela ia recitando com aquela cara de vaca perdida com que fica quando o que alguém lhe diz entra por um ouvido e sai pelo outro, ela finalmente desligou. Em seguida, devolveu o telefone para mim.

– O que ela disse? – perguntei.

Minha mãe me olhou com cara de sono e respondeu:

– Não me lembro.

Eu insisti.

– Alguma coisa sobre uma amiga advogada que ela vai chamar para me defender. E que eu não assine nada. E que eu fique quietinha, até um novo aviso – disse ela, enchendo Max de beijos. Ele, todo contente, aproveitava para mordiscar as mãos dela. – E todas aquelas bobagens sobre método para cá e método para lá, que me deixam louca.

Ela olhou para mim e balançou a cabeça, enquanto soltava um pequeno suspiro.

– Nossa, você precisa ver como a sua irmã é chata, filho.

– Faça o que ela diz, mamãe – falei. – Para essas coisas, não tem ninguém como ela.

– Claro, Fer. Claro. Pode deixar.

Eu me levantei para fazer um café. Enquanto esperava a água ferver na cozinha, a ouvi sair quase sem fazer ruído. Dez minutos mais tarde, quando voltei para a sala de estar com o café, ela apareceu na porta da frente, com uma expressão suspeita de placidez e um sorriso tranquilizador, no que imediatamente previ más notícias.

– Onde você estava?

– Fui lá embaixo comprar uma coisa.

– Ah, é?

– Sim – disse ela. – Leite.

– Ah, que bom.

– É mesmo.

– Bem, esse deve ser um leite muito gostoso. – Eu sorri. – Quer dizer, gostoso mesmo, para você ter bebido todo e ainda ter comido a caixa nos vinte metros que há desde a porta do supermercado até aqui, não é?

Ela não disse nada.

– Especialmente sabendo que você é alérgica a leite.

Abaixou a cabeça.

– O que você fez, mãe?

Ela olhou para mim, arregalou os olhos e colocou a mão no peito.

– Eu? Nada.

Inspirei fundo antes de continuar.

– Como nada? Faça o favor, mamãe!

Ela deu um suspiro de aborrecimento.

– Bom, quase nada – disse, dando uma olhada de esguelha à mesa da sala. Em seguida, desviou o olhar.

Segui a direção de seus olhos e entendi: o fax continuava lá. A porcaria do contrato de divórcio tinha desaparecido.

– Você não...?

Nem terminei a frase, porque não era necessário. Mamãe me olhou com uma expressão de pena.

– É que talvez, se o seu pai vir que tenho boa vontade, pense melhor e se arrependa e... você sabe como é – falou ela encolhendo os ombros. – Ele é basicamente um menino. E não é mau. Só é... assim.

Faltou pouco para que eu gritasse que sim, que eu sabia muito bem como ele era, quase tanto como os inspetores do Seguro Social e da Receita Federal, que ainda estavam tentando pegá-lo. Assim como a Telefônica, a Ono, a Vodafone, o El cobrador del frac, a Mazda, a BMW e o BBVA, para não falar de todos os amigos que tinham sido seus fiadores, em algum momento de suas aventuras e fraudes de pirata.

Sem falar, é claro, dos amigos que ele tinha perdido pelo caminho. Eu estive a ponto de segurá-la pelos ombros, sacudi-la e dizer que todo mundo sabia, exceto ela, porque todos nós tínhamos sido vítimas, em um grau ou outro, daquela personalidade doentia que não se importava com nada nem ninguém, exceto com ele mesmo. Mas de repente eu a vi parada na porta da sala, tão desprotegida e vulnerável que me levantei, me aproximei e a abracei, enquanto tentava imaginar algum feitiço para sedar o diabo no qual eu sabia que Silvia se transformaria assim que soubesse que mamãe acabara de enviar o termo de divórcio assinado para o papai, condenando a si mesma a uma liberdade que lhe custaria muito caro.

Eu disse em seu ouvido:

– Claro, mamãe. Claro.

Ela olhou para mim, aliviada como uma criança, me deu um beijo e falou:

– É para dar uma oportunidade para as pessoas, não é?

Sete

Ao contrário do que todos nós imaginamos, quando Olga chegou em nossas vidas, ela veio para ficar. Para sua apresentação oficial à família, mamãe decidiu que seria melhor sairmos para jantar em um restaurante, porque, aconselhada pela Ingrid, achou que organizar algo em casa não ia dar certo – eu cito o que ela me disse por telefone: "Não vai ajudar nada a essa pobre criatura ter de lidar com sua irmã e seu tio Eduardo em um ambiente que não lhe é profano." Entendi – e desejei – que o "profano" fosse um de seus lapsos cada vez mais frequentes, e não uma previsão exata do que estava por vir. A verdade é que a escolha do restaurante não poderia ter sido menos apropriada. Silvia achou que a melhor opção para a ocasião seria o Asador de las Dos Castillas, "um ótimo lugar, onde se come maravilhosamente bem. Também tem alguns ambientes reservados, onde se fica muito à vontade. Eu me responsabilizo por ligar e fazer a reserva. Os rapazes do escritório gostam muito desse lugar", disse ela, sem deixar muita margem de escolha para ninguém propor outra alternativa. "Depois, se terminar cedo, poderíamos ir a algum lugar para tomar um café", consentiu.

De maravilhoso, o local acabou tendo muito pouco, embora tenha sido tranquilo, basicamente porque não havia vivalma lá. O salão cheirava a desinfetante de pia e era tão grande e solitário que nossas vozes ecoavam pelas paredes de falsas abóbadas castelhanas, como se estivéssemos em um funeral medieval. As toalhas xadrez debruadas com rendas de tergal, o garçom com uma peruca desgastada e as lâmpadas de baixo consumo eram como uma paisagem digna de um restaurante de beira de estrada, e a música ambiente era uma versão adocicada e metálica de *Europe is living a celebration,* de Rosa de Espanha, à qual a mamãe, fã incondicional do *Operação Triunfo* – e de qualquer programa de concursos em que apareçam donas de casa maltratadas pela vida, que após semanas de luta e choro saem transformadas em estrelas da música popular –, fez um elogio, com um sorriso encantado.

– Que lugar mais... humm... fofo – mentiu, enquanto o garçom servia algumas entradas que apresentou como "torradas castelhanas com purê de caviar de berinjela" e que tio Eduardo recebeu com uma expressão de horror. Quando abriu a boca para reclamar, vimos finalmente Emma e Olga surgirem, sob o falso arco que dava acesso à área reservada, e as entradas passaram *ipso facto* para segundo plano.

Olga acabava de desembarcar em nossas vidas.

Cabelão preso em um pequeno coque com mechas de tons entre marrom e loiro. Nariz empinadinho. Magra. Baixa. Pérolas, saltos, bolsa Louis Vuitton e relógio Gucci. Sorriso de vendedora de seguros. E aquela voz...

Apresentações. Beijos. Emma nervosa. Mamãe tentando fazer com que tudo corresse bem, tão intensa de repente que começou a mover as mãos como as pás de um ventilador de teto, e, quando se sentou, fez a garrafa de vinho sair voando pelos ares, ensopando a toalha da mesa de vermelho, como uma ferida que custaria a cicatrizar. Olhares trocados entre tio Eduardo e Silvia. Emma sorrindo como um boi, tão apaixonada por Olga, pela voz, pelos gestos e pelos comentários sem graça de Olga, que todo o restante de nós, todos os outros ficamos imediatamente imersos em um difuso conjunto negro.

Na verdade, o jantar foi o de menos, exceto pelo pequeno detalhe de que estávamos em uma churrascaria e Emma não nos avisou que Olga era vegetariana. O menu, um catálogo detalhado e ilustrado com todas as partes sangrentas da vaca, do boi e do leitão que podem caber em um cardápio, não oferecia muitas alternativas. Emma, constrangida, pediu desculpas.

– É que como você me disse "Asador", achei que aqui teria vegetais assados e esse tipo de coisa – disse, dando de ombros.

Dali em diante, começaram a desferir, uma após outra, as pérolas de Olga – pérolas que Silvia rapidamente recolhia à medida que elas atingiam a toalha da mesa, engastando-as em uma série de disparates que, desde então, só foram aumentando, sem pressa mas sem pausa, ininterruptamente, e que ela armazenava, já se preparando para a hora de lançar mão da artilharia pesada.

Olga apresentou-se desde o início como uma mulher "de valores", ou seja, uma dessas mulheres em cujo vocabulário não há espaço para o "sim" ou para o "claro", muito menos para o "pode ser". Olga diz "correto", e fala isso como um pequinês respondendo aos estímulos que recebe do treinador com um único latido, ou como deve responder aos pedidos dos clientes que atende no guichê de oito por dois com um sorriso forçado de senhorita perfeita.

Durante o jantar, à pergunta "Você quer um pouco mais de vinho, Olga?", sua resposta foi um seco "Correto". Quando a mamãe tentou puxar um pouco de conversa com um "Emma me disse que você é de Zaragoza. Ah, que cidade tão... humm... aragonesa", ela presenteou os nossos ouvidos com outro "Correto". E quando tio Eduardo, que desde que a tinha visto aparecer no restaurante a estudava sem tirar o olhar de ave de rapina daqueles seios enormes que não havia nenhuma maneira de disfarçar, perguntou "Você não acha que está muito quente aqui dentro? Talvez devesse tirar seu casaco de lã", ela olhou para ele, comprimiu um pouco os lábios e, fechando o último botão em um gesto quase de monja, disse: "Correto para a pergunta. Não para a sugestão."

Conforme ficamos sabendo logo depois que começaram a chegar as entradas, Olga trabalhou – e ainda trabalha – em uma caixa de poupança. Quando Silvia lhe perguntou sobre seu trabalho, com um interesse que tinha pouco a ver com curiosidade e muito com o desejo de continuar a recolha de pérolas impagáveis que Olga distribuía com uma ingenuidade no mínimo surpreendente, ela respondeu muito séria:

– Eu trabalho no setor bancário.

Silvia levantou uma sobrancelha.

– Ah, no... setor bancário?

Olga, em seguida, cometeu um erro imperdoável. Ela quis ser engraçada.

– Sim, no setor bancário – disse, inclinando ligeiramente a cabeça, quase de forma sedutora. – Aquilo que facilita a vida dos cidadãos, que cuida de sua poupança e lhes possibilita o acesso a um bem-estar que, de outra maneira, seria impossível – declamou como um papagaio de feira.

Ninguém riu. Só tio Eduardo acenou com a cabeça, satisfeito, vendo Olga sorrir, atento ao que pressionava seu casaco entre um ombro e outro.

Silvia apoiou os cotovelos na mesa e dedicou a ela um sorriso no qual todos nós interpretamos o óbvio: Olga acabava de ganhar uma inimiga.

– Olha só. Que interessante – disse. – E que criativa.

Olga se empertigou como um peru, completamente alheia ao tom afiado de Silvia.

– Bem, deixe-me lhe dizer que o banco é um campo muito mais criativo do que parece – falou, pigarreando e dedicando um sorriso profissional a Silvia e percorrendo, em seguida, a mesa e todos nós com os olhos. Emma parecia totalmente entregue. – O trato com o cliente é uma lição diária de humanidade e generosidade. Devo dizer que administrar o futuro imediato de nossos semelhantes torna você mais... – pequeno pigarro – humana.

Mamãe olhou para ela como se tivesse acabado de sair de uma daquelas sessões de Reiki para malucos da Ingrid e tivesse encontrado no ponto de ônibus o próprio Yoda. Encantada. Estava encantada. Aqueles "humanidade" e "generosidade" na boca de Olga foram música para seus ouvidos.

– Tem toda razão, filha – disse, enquanto enfiava um croquete na boca. – O que seria de nós sem os bancos.

Em frente a ela, Silvia fez uma expressão de desgosto que deixou mamãe com meio croquete erguido no ar, hesitante, embora apenas por um segundo.

– José, o sujeito que me atende no escritório da praça – continuou –, é um santo. Olha só, embora ele vá de cadeira de rodas, porque o coitado tem algum probleminha nas pernas, no outro dia ele me contou que vai duas tardes por semana ao canil para levar os cachorros para passear, e hoje Ingrid me disse que...

Eu a fiz calar a boca com um "Mãe, você pode me passar os croquetes?".

De qualquer forma, o jantar não começou muito bem. O primeiro prato foi um parêntese de tensão à la carte, com uma Emma desajeitada e apaixonada e uma mãe atenciosa até demais, convertida de repente em uma dessas mães de filme americano, de domingo à tarde, que passa os dias preparando bolinhos com porcarias de açúcar verde e cor-de-rosa, e cuidando dos seus, enquanto "os seus" ocultam vidas nem tão açucaradas nem tão cor-de-rosa como ela gostaria.

Depois, enquanto esperávamos para que fosse servido o segundo prato, de repente, envolvidos em um desses silêncios hostis que ninguém parecia saber quebrar, mamãe voltou à carga, em sua cruzada pela conciliação. Ela já estava na terceira taça de vinho e algo deu errado, porque, de repente, virando-se para Olga, disse, como se elas estivessem conversando já por cinco minutos:

– Ai, filha, que bom, não?

Olga olhou para ela como quem não estava entendendo. Franziu a testa e olhou para Emma, que sorriu.

– Que... bom?

Mamãe deu uma risadinha um tanto atrevida, e Silvia me chutou por baixo da mesa.

– Sim, filha – continuou mamãe –, que bom que você é lésbica e tudo o mais, não?

Olga ficou sem palavras. Os outros também.

– Eu digo isso porque, do contrário, como você ia ser a namorada da Emma, não? Hahaha. – Olga tossiu e fez uma expressão lívida. Quando quis dizer alguma coisa, mamãe voltou com tudo. – Você faz bem, filha. Eu, se nascesse de novo, seria como vocês. Para falar a verdade, eu procuraria uma namorada com quem ir ao cinema, lanchar e compartilhar as coisas. Com certeza. Ah, mas cada uma com sua calcinha, hein? Porque, olha, a única coisa boa de ter marido é que ele não pega suas calcinhas nem seus sutiãs. Bem, isso se não for meio esquisito, é claro. E que isso acontece, acontece! – disse mamãe, virando-se para olhar para mim. Nesse momento, tocou o celular do tio Eduardo e ele se levantou para sair e conversar na rua; Silvia também se pôs de pé para ir ao banheiro. Enquanto os dois sumiam de vista, mamãe colocou a mão no braço de Olga e lhe disse, como se fosse uma confissão de mãe para nora:

– Ai, filha, estou tão feliz que a nossa Emma tenha finalmente encontrado uma garota como você, assim, tão bonita, e tão desse jeito, com esse cabelinho comprido, essas pérolas, esses peitinhos no lugar e essa bolsa... – Ela se afastou um pouco para olhar melhor para Emma e assentiu. – Não é certo eu dizer isso, sei, mas se pensarmos no tipo de gente que anda por aí, você é abençoada. – Ela fez uma pausa para tomar um gole de vinho e, de repente, virou-se para olhar para Olga. Aproximando-se para vê-la bem, disparou: – Mas, agora que estou prestando bastante atenção... humm... você... quase não parece lésbica.

Olga fechou a mão no guardanapo de linho como uma garra de ferro, mas não deixou de sorrir.

– Era casada com um homem até dois anos atrás – começou com sua voz de senhorita perfeita. – Então, essa coisa de lésbica ainda não sei se...

– Eu também, filha – interrompeu mamãe, dando umas batidinhas de cumplicidade no braço dela, e continuou: – Fique tranquila, conosco não precisa se preocupar. Você é da família. E a nossa família é muito aberta. Ou seja, se gosta de calcinha, gosta de calcinha e ponto.

Nesse momento, Olga se levantou, como se alguma coisa a tivesse picado, e disse, com a voz nervosa:

– Eu vou um instante ao banheiro.

Mamãe tomou mais um pouco de vinho. Quando pôs a garrafa sobre a mesa, pegou a taça e percebeu que seus dois filhos ainda sentados à mesa estavam mudos, olhando para ela. Minha mãe parecia perceber a tensão que, de repente, circulava no ar, e arranjou uma daquelas saídas, das que aprendeu a usar desde que tinha sido liberada do olhar sempre atento do papai. Aproximou a taça dos lábios e, antes de beber, disse, para ninguém em particular:

– Vocês não vão acreditar, mas ontem fiquei tão aborrecida que tomei um Gelocatil.

O resto do jantar não foi muito melhor. Depois de uma interminável noite cheia de lapsos, duas garrafas quebradas nas mãos de mamãe e algumas granadas atiradas das trincheiras de Silvia na direção do inexpugnável *bunker* bancário da "Irmã me deixa dizer", Olga e Emma finalmente foram embora e nós esperamos alguns minutos em silêncio, até que chegaram os cafés e uma bebida para o tio Eduardo.

Silvia bebeu uns goles de seu "café-com-leite-descafeinado-de--máquina-com-leite-de-soja-morno-e-sem-açúcar-obrigada-mas-se--for-de-cana-pode-ser".

– Humm... – começou, pigarreando e comprimindo os lábios até desenhar com eles uma boquinha de pinhão igual à de Olga. – Bem, eu vou dizer uma coisa, essa vai ser duro de engolir. Vamos sofrer. E muito.

Mamãe suspirou e revirou os olhos antes de acrescentar, com uma voz conciliadora:

– Ai, como você é, filha. Para mim, ela pareceu ser uma moça muito... muito... não sei... assim como... humanista?

Silvia olhou para ela e torceu a boca.

– Hu... manista? – disparou com uma expressão de descrença. – Não diga besteiras, mamãe, faça o favor.

Mamãe fez uma careta de cansaço.

– Bem, como se diz quando alguém fala bem e é educado, e… bom, sabe se portar?

Silvia acendeu um cigarro, inalou a fumaça lentamente, depois a exalou, cerrou um pouco os dentes e sentenciou, com cara de tédio:

– Horrenda. – E depois: – Que mulher, essa!

Tio Eduardo riu e interveio com um tom pausado:

– Talvez se não se cobrisse tanto...

Ao que Silvia respondeu:

– Totalmente de acordo, tio. – E então, curvando-se ligeiramente e semicerrando os olhos, como que se concentrando, acrescentou: – Na melhor das hipóteses, se não se cobrisse tanto, ou se não falasse tanto, ou se não tivesse aquela voz de professora de francês das Damas Negras, ou se não risse como se tivesse uma caneta de ponta fina pregada à... coisa... – O tio Eduardo se virou para olhar para ela e levantou uma sobrancelha. – Em suma – concluiu Silvia –, se Olga não fosse tão ela mesma, talvez houvesse alguma esperança, mas essa mulher é muito ela mesma, e a experiência particular e a história universal demonstram que as mulheres que são elas demais não têm jeito. Não, senhor.

– Pois bem, eu acho que devemos lhe dar uma chance – disse mamãe, que brincava com umas migalhas de pão que tinha recolhido de sua parte da mesa. – Diz Antonio Reinaldo, o xamã de Ingrid, que cada vez que negamos uma oportunidade a alguém que bate à nossa porta é como se... humm... bem, um pouco como se a cegonha se deparasse com a agulha de um campanário e o saquinho do bebê caísse, e a futura mãe, à espera em casa, cheia de ilusão, com todas as coisinhas compradas, o berço novo, os sapatinhos de tricô, e as fraldas de Mercadona, fica assim, mal, é claro, e então...

Olhamos para minha mãe, que continuou na dela, tentando apertar as migalhas em uma espécie de estatueta de argila que pretendia que fosse um boneco de neve em miniatura, até que percebeu que ninguém dizia nada e olhou para cima.

– O que quero dizer é que todo mundo merece ter uma chance.

Silvia ficou tensa como uma cobra.

– Não – interrompeu com um "ssss". – Todos, não. – E lançando um olhar assassino na direção de mamãe, acrescentou: – E você, melhor do que ninguém, deveria saber disso, mãe.

Voltamos a ficar todos quietos. Embora já fizesse mais de um ano que mamãe e papai tinham se divorciado, Silvia continuava incomodada, porque ela havia levado a pior e tinha saído prejudicada na história. Por isso é que a ferida ainda continuava aberta. Uma semana após ela ter ligado para mamãe de Atlanta, naquela bendita conversa telefônica, ela marcou um encontro com papai em um café para dizer a ele tudo o que pensava, tentando convencê-lo de que o que estava fazendo com a mamãe era um descaramento do qual ele não ia se safar impunemente, se ela pudesse evitar. Papai a deixou falar com uma atitude estranhamente humilde e conciliadora. Muito suspeito. Quando Silvia terminou seu discurso, que ainda adornou com algumas pérolas que tinha armazenado na mochila desde tempos imemoriais, ele a olhou com um sorriso de homem acostumado a fazer armadilhas na cama, na mesa e no jogo, e pôs a mão no bolso da jaqueta e deslizou um envelope com o timbre de seu advogado. Silvia pegou o envelope, abriu, tirou o papel que estava dentro e, quando viu o acordo de divórcio assinado pela mãe, ficou lívida.

Em um desses ataques de maldade que todos em nossa família conhecemos bem, papai esperou que ela olhasse para ele, terminou o café com JB que ainda restava na xícara e disse, com um meio sorriso:

– Pelo visto você não aprende, filha. – Ele balançou a cabeça lentamente, estalou a língua e depois sorriu. Foi um daqueles sorrisos típicos dele, de almofadinha de filme de quinta categoria, tão familiares a todos nós. – Continua apostando no cavalo perdedor – disse ele. – Que pena.

Silvia deu-lhe uma bofetada e cuspiu por entre os dentes.

– Vai à merda.

Em seguida, saiu.

Dois dias depois, fui com ela ao cartório para apresentar o pedido de mudança do sobrenome.

Quando a funcionária responsável perguntou se tinha alguma razão especial para solicitar a mudança e se queria anexá-la ao parágrafo b-25 / 263AC3 do pedido, Silvia olhou para ela muito atentamente e disse:

– Se você conhecesse meu pai, não precisaria perguntar.

A mulher inclinou a cabeça, soltou o ar pelo nariz e carimbou o pedido, aborrecida.

– Tudo bem – disse –, é só o habitual.

Saímos do cartório e fomos tomar café da manhã. Enquanto comíamos um sanduíche com café com leite, chegou um SMS de papai para Silvia que dizia exatamente o seguinte:

"Tenho uma nova amiga. O nome dela é Svetlana. Esta é a última informação que vão receber, você e seus irmãos, sobre a minha vida particular. Adeus."

Acompanhei Silvia ao trabalho. Caminhamos lentamente, dando uma volta que pretendia ser um passeio, mas aos poucos foi tomando a forma de um parêntese de calmaria que terminou nos envolvendo, como uma grande nuvem de chuva suja. Silvia não disse mais uma única palavra.

Ela segurou as lágrimas até que chegamos à entrada do prédio onde fica seu escritório. Quando nos despedimos e Silvia começou a atravessar a entrada, ela disse, quase sem se virar:

– Ele não nos abandonou. – Depois de um segundo segurando a respiração, acrescentou: – Papai não nos abandonou. – Então se virou de vez. Com a mandíbula cerrada e uma voz cheia de coisas que não me atrevi a admitir, ela esclareceu: – Nós o abandonamos.

Eu não consegui reagir. Ela me olhou nos olhos, cerrou os punhos e sorriu. Foi um sorriso triste e metálico. De irmã mais velha.

– Quando perguntarem, vamos dizer isso, Fer. Que nós o deixamos. Que já chega. Que não aguentamos mais.

Ficou olhando para mim até que eu assenti lentamente.

– OK.

Ela sorriu de novo. Depois se virou e foi embora, afastando-se pelo corredor, na direção dos elevadores.

Oito

A noite não está particularmente fria. Na verdade, há um trançado de brisas de temperaturas díspares que flui através da praça deserta, sobre a qual quase dá para saltar do terraço do apartamento da mamãe. Sob a luz dos postes da rua, os bancos de madeira parecem baús abertos e vazios, e um homem passeia com seu cachorro na extremidade mais distante. Do lado de dentro, mamãe fala ao telefone com Ingrid, que, como boa nórdica, liga para ela todos os dias, na mesma hora, independentemente da data. Nós a deixamos deitada em sua cama, com o rádio ligado e as pernas para cima. Ao meu lado, Silvia fuma lentamente. Quando ela expira, a brisa me envolve com a fumaça. Não me incomoda.

– Como você está? – pergunto, depois de alguns minutos de silêncio interrompidos por dois carros que passam buzinando pela rua paralela. Comemoram o Ano-Novo. Começaram cedo.

Silvia nem olha para mim. Não responde de imediato. Quando acho que já não vai falar nada, levanta a cabeça e a ouço dizer:

– Você não contou nada para a mamãe, contou?

Eu nego, balançando a cabeça.

– Não.

– É melhor que por enquanto ela não saiba ainda – diz.

Permanecemos alguns segundos em silêncio, olhando para o céu, os dois, ela fumando, eu esperando. Como é difícil conversar assim, sabendo que tudo o que não seja falar sobre o que realmente importa é ruído apenas. Lacunas a serem preenchidas.

É que nós não somos assim. Nunca fomos. Nem ela nem eu.

– Você já contou ao Peter ? – pergunto, por fim, ainda olhando para o céu.

Ela encolhe os ombros e joga o cigarro na direção do parque. Até parece que estava esperando a pergunta.

– Eu andei pensando nisso – diz.

Estou a ponto de responder que me alegro, mas opto por ficar calado, porque, conhecendo a Silvia, sei que com ela o erro é sempre supor. Com qualquer outro de nós, uma frase assim certamente equivaleria a algo ainda a ser especificado, como "Sou levada a acreditar em alguma coisa", "Eu tive uma ideia", ou mesmo "Tem tantas coisas na minha cabeça, que talvez ainda causem alguma mudança", mas com a Silvia as frases são geralmente apenas o que elas dizem, literalmente. Nada mais nem nada menos. É preciso tomar cuidado.

– Então?

Ela olha para mim. Agora sim.

– Bom... isso – diz com o rosto escondido pela escuridão. – Eu andei pensando.

– Ah.

A figura que passeia com o cão pela praça se aproxima, bordejando uma área reservada para crianças construída sobre uma daquelas superfícies de material vermelho projetadas para os joelhos caírem em terreno suave, sobre a qual repousa uma espécie de monstro metálico feito de balanços, escorregadores e rede de escalada, tudo em um só conjunto. O cachorro é pequeno e branco e anda mancando. O homem caminha lentamente, acomodando seu passo ao do animal. A intervalos de poucos segundos, ele o olha e diz algo em voz baixa.

– Eu preciso de uma mudança – afirma Silvia finalmente. Em seguida, tirando outro cigarro do maço que segura na mão, acrescenta: – Eu quero... eu preciso de outra vida. Outro... – continua ela, com o olhar fixo no homem e seu cão coxo. – De outra paisagem, de outro povo, de outra coisa.

Não sei o que dizer. Ela acende outro cigarro e joga o fósforo na direção do parque. Nós o vemos queimar por poucos segundos no chão, antes de se apagar.

– Talvez você devesse esperar – digo a ela. – Só se passaram dois dias. Dá um tempo.

Ela solta a fumaça pelo nariz.

– Tenho 41 anos, Fer – interrompe ela. – O que menos tenho é tempo, por favor!

– Quarenta e um anos não é nada.

– Então, é exatamente assim que eu me sinto há dias. Quarenta e um anos cheios de nada.

– Não diga isso.

De longe, da ponta mais afastada do parque, duas figuras de mãos dadas vêm avançando na nossa direção. Ainda estão distantes, mas andam rápido e no mesmo ritmo, cruzando os feixes de luz difusa projetados no chão pelas lâmpadas, como se pisassem sobre poças.

– Eu acho que quando você falar com Peter vai ver as coisas mais... não sei... de outro modo. Preste atenção – digo, sem tirar os olhos das duas figuras. – Você tem que dar um jeito, Silvia. Peter é o homem da sua vida.

Ela também acompanha o avanço das duas pessoas e fica em silêncio durante alguns segundos. Em seguida, olha para mim e diz:

– Peter não está.

Assinto.

– Eu já sei – digo. – Mas vai voltar em alguns dias. E quando falar com ele, você se dará conta de que vai começar a ver as coisas de outro jeito.

As duas figuras se aproximam. Estão atravessando o parque infantil e desviam de vários bancos de madeira, onde aposentados se sentam para conversar e tomar sol durante o dia. Agora ficam finalmente à vista. São duas mulheres.

Elas são Emma e Olga.

– Não – diz Silvia, balançando a cabeça e fixando o olhar em mim. Os olhos brilham, cheios do reflexo da miríade de lâmpadas que povoam o parque. – Você não entende.

– É claro que entendo – respondo. Ouço meu tom de voz e percebo que estou irritado. E cansado. Cansado de ser o único que está sempre à disposição, de plantão, para que os outros contem tudo. O muro de lamentações ao qual as mulheres desta família recorrem para desabafar quando precisam, à procura de um ouvido atento que saiba prestar atenção ao que dizem; e cansado de ser tratado, quando elas assim decidem, como o menino pequeno, o caçula que não entende as coisas, porque não convém. – Nem que fosse tão difícil.

Enquanto isso, ao mesmo tempo em que as duas silhuetas continuam andando pelo pequeno trecho que vai trazê-las até aqui, eu vejo que a mão de Silvia que segura o cigarro está tremendo. Ela também fecha um pouco as pálpebras, como se seus olhos estivessem irritados, antes de piscar algumas vezes e dizer, baixando a voz:

– É que tem outra coisa. – Pela maneira como ela fala isso, pelo modo como a luz esbranquiçada das lâmpadas do parque continua batendo em seus cachos ruivos, e pelo silêncio suspirado que ela intercala entre suas cinco palavras, eu percebo que realmente há algo mais: algo maior, mais escuro e mais difícil de compartilhar. "Por que nos custa tanto dizer as coisas nesta família?", tenho vontade de perguntar a ela. "Por que será que não conseguimos compartilhar o que está errado? Será que é vergonha? É medo? O que é?" Quero lhe dizer isso e muitas outras coisas: que estou aqui, que eu também escondo muitas verdades e que, apesar de sermos irmãos, há várias coisas que ainda não soam bem, porque refletem coisas demais, muito território comum, em geral mal resolvido. – Peter não vai voltar – diz ela, fechando os olhos. Em seguida, aguarda um momento e, como se temesse que eu não tenha ouvido direito, repete: – Ele não vai voltar, Fer. Nunca mais.

Abaixo do terraço, quase aos nossos pés, as duas silhuetas se detêm e levantam a cabeça. Olga sorri e nos cumprimenta acenando a mão que está livre, enquanto grita:

– Yuhuuu! Estamos aqui, pessoal!

Silvia olha para mim com cara de poucos amigos, cerra a mandíbula e joga o cigarro na direção do parque, estalando a língua, em um gesto de aborrecimento, desenhando no ar um pequeno arco vermelho sobre Emma e Olga. Em seguida, abre a porta de correr da sala do apartamento da mamãe, onde Max e Shirley já estão latindo, e me diz, puxando a cortina com a mão:

– Fale alguma coisa à fera, enquanto eu abro, por favor. Quem sabe assim ela se acalma e para com esse barulho. – Para ao cruzar a porta e se vira com um sorriso tenso, enquanto ao fundo ouço as gargalhadas da mamãe e uma voz menos nítida, como um zumbido, em que depois de um momento eu reconheço como sendo a locutora de rádio. Silvia pisca para mim. – Ou melhor, joga água em cima dela. De preferência fervente.

Quando eu olho novamente para baixo, o rosto de Olga, esbranquiçado pelo luar e pelas lâmpadas do parque, me causa estranheza, pelo inesperado da coisa. Há alegria em sua expressão, ou pelo menos essa é a impressão que dá daqui de cima, encravada em seu casaco de pele de coelho e com os olhos brilhantes como um animal noturno. Nesse momento penso no comentário da mamãe e em como, tantas vezes, suas suspeitas não são apenas infundadas, mas erradas.

E então, à medida que meus olhos se acostumam à escuridão do terraço, vejo algo que até agora nunca tinha visto e que não achava – nem eu nem ninguém, para dizer a verdade – que teria de ver.

Emma e Olga estão de mãos dadas.

"Meu Deus" é a única coisa que consigo pensar, à medida que percebo que a Olga e a Emma que estão chegando para o jantar hoje à noite na casa da mamãe estão vindo para comemorar algo que talvez não tenhamos imaginado – as duas envoltas em uma aura que não esperávamos e que está a anos-luz da nuvem espessa que mancha há alguns dias a já em si pesada respiração de Silvia. E, como um pequeno átomo, um vislumbre que ilumina apenas a escuridão dessa área do parque, penso de repente que pode ser que hoje à noite confluam à mesa de mamãe momentos, energias e galanteios díspares, por tanto tempo reprimidos. Penso que talvez, e só talvez, aquilo que já faz tanto tempo que mamãe espera – uma noite de conversa fluida e ambiente ameno – seja somente uma pequena praia à qual logo chegarão os restos de vários naufrágios, com seus baús cheios de intimidades, roupas molhadas e garrafas com mensagens.

Junto de todos os seus sobreviventes.

– Você abre para nós, Fer? – pergunta Emma, também levantando a cabeça e encontrando meu olhar por um segundo.

Aí está. É exatamente isso: o brilho estranho nos olhos, esse sorriso meio dissimulado que eu conheço bem, porque o vejo desde que aprendi a ver, metade timidez e metade "Eu-tenho-um-segredo-que--me-faz-feliz-e-não-sei-quanto-tempo-mais-poderei-guardá-lo-para--mim-mesma". Isso e sua mão na de Olga, e a garrafa de espumante que acabo de perceber que ela está trazendo na outra.

"Vai ser uma noite acidentada", consigo pensar, enquanto mamãe cai na gargalhada lá no quarto e eu respondo a Emma:

– Silvia vai abrir.

Só então ouço o som da campainha do interfone. Em seguida, a voz de Silvia, que pergunta:

– Abriu?

Olga e Emma desaparecem instantaneamente debaixo do terraço, em direção à portaria.

A última coisa que ouço antes de a porta se fechar com um clique, estalando como um metal piscando no silêncio da praça, é a voz estridente e excessivamente entusiasmada de Olga.

– Correto – diz.

Depois, o silêncio.

Nove

Emma.

Menos de um ano atrás, Olga e ela decidiram que estavam cansadas de viver na cidade.

– Nós vamos nos mudar para o campo – anunciou Emma no dia do aniversário de Silvia, com aquela espantosa tranquilidade com a qual sempre solta as bombas que marcaram sua vida e também as nossas. Nisso, ela é como papai: eles são tão deficitários na hora de se comunicar, vivem tão mal as verdades, que muitas vezes falam quando menos deveriam, o que cria ao seu redor pequenos parênteses de confusão e tensão, que caem como pedras na água de uma lagoa, causando ondulações ao redor. Alguns não chegam à costa. Outros laceram.

– Nós? – perguntou Silvia com uma sobrancelha levantada, entrando na cozinha com o bolo de chocolate que ela mesma tinha preparado e, a julgar pela aparência, não prenunciava uma digestão nada fácil.

Mamãe esticou o pescoço como um avestruz e ficou com metade do canapé de salmão levantada no ar.

– Sim? – retrucou, com voz de menina e rosto iluminado. – Nós vamos para o campo?

Peter desviou o olhar da tela do seu iPad e nos olhou com uma expressão ausente, como de costume, nas raras ocasiões em que estamos todos juntos. O olhar dele é vago, "olhos de peixe morto, os daquele rapaz", diz o tio Eduardo, sempre que qualquer um que não seja Silvia se refere a ele. Então Peter franziu a testa e, com sua voz de vogais arrastadas, disse:

– Vocês já vããão?

"Meu Deus", pensei, sentado no banquinho que ocupava ao lado do tio Eduardo, "como é possível que sejamos tantos mundos funcionando em paralelo e que ainda assim continuemos nos entendendo?". Não consegui pensar mais. Mamãe deixou cair o canapé no tapete, e Silvia ficou branca como um lençol ao ver o biscoito e a mancha de queijo espalhados pelos desenhos persas. Faltou pouco para ela deixar cair o bolo que tinha na mão. Em vez disso, cerrou os dentes e engoliu em seco.

– Não se preocupe, mamãe – disse, tensa como uma vara. – Depois eu limpo.

Mamãe nem sequer olhou para a filha. Quis pegar ela mesma o canapé, mas de um jeito tão desajeitado, e uma visão ainda pior, que, ao se inclinar, bateu com o cotovelo na Coca-Cola que estava ao lado do prato e um jato preto voou da boca da garrafa, ensopando a bandeja de canapés. Silvia abriu os olhos como dois canhões e se balançou sobre os calcanhares. À minha frente, Peter voltou para a tela do iPad, e eu fechei os olhos.

– Mãe, quieta – rugiu a Silvia. – Se você continuar se mexendo, eu vou lhe amarrar no sofá com um cinto.

– Hahaha. – Tio Eduardo riu entre os dentes. – Com um cinto... hahaha.

Emma, que não tinha voltado a falar, e a quem ninguém havia prestado atenção, disse então:

– Olga e eu – olhamos para ela, que esboçou um meio sorriso tímido – decidimos abrir uma propriedade rural.

Mamãe deu um grito de alegria e começou a bater palmas como uma menina.

– Que bom! Ah, querida, você não sabe como fico feliz. Uma casa no campo!

– Sim – concordou Emma.

– Que boa ideia – continuou mamãe. – Imagino que vocês vão ter animais, não? É claro, que boba. Eu poderia ajudar com os animais – continuou, pegando embalo. – Teríamos que comprar umas vacas, uns patos... patos são tão... humm... tão simpáticos, não? Com suas penas e seus filhotinhos enfileirados, tão ordenados... Ah, e uma lagoa, mas de verdade, não é? Não aquelas coisas de plástico que são como piscinas de laje, porque os animais, é isso que eles têm, se sabem que não estão em um ambiente *naturopata*, ficam deprimidos, claro. É que eles são criaturas como a gente – acrescentou, olhando para nós um por um e balançando a cabeça. De repente, deu a impressão de perceber algo e levou a mão ao peito. – Oh! Mas... mas vocês já têm alguém que cuide dos prados? Porque isso é muito importante, filha, escute o que eu digo. Imagine, Ingrid me disse no outro dia que...

Silvia, que ainda estava com o bolo de chocolate na mão, revirou os olhos e soltou um suspiro de desespero.

– Mamãe – disse com uma voz monótona. – É uma propriedade rural, não *Os Pioneiros*.

Tio Eduardo deu outra risada, que desapareceu quando Silvia o fulminou com o olhar. Ao meu lado, mamãe suspirou e cruzou os braços.

– Filha, olha como fala – disse ela, abaixando a cabeça. – Eu só queria ajudar.

– E nós agradecemos muito, mamãe – respondeu Silvia com um toque de sorriso irônico. – De verdade.

Quando Emma finalmente conseguiu falar, nos disse que Olga e ela tinham achado "uma verdadeira pechincha" em "uma área privilegiada do Prepirineo" e que "depois de muito pensar a respeito", elas decidiram ir morar lá, e com isso promover uma mudança de rumo em suas vidas. Na verdade, não demoraríamos nada para descobrir que elas tinham levado exatamente três dias e três noites para "pensar muito a respeito" e que "a verdadeira pechincha em uma área privilegiada" era um casarão em ruínas situado na periferia de um vilarejo abandonado, onde a especulação não tinha alcançado e ao qual se chegava por uma estrada de terra que ninguém se dera ao trabalho de consertar por quarenta anos.

– Nós vamos alugar quartos e eu vou cuidar da manutenção da propriedade – disse.

Mamãe piscou e franziu a testa.

– E o instituto, filha? – perguntou. – Você vai pedir transferência ou...?

Emma sorria, encantada, já preparada para soltar sua segunda bomba da noite.

– Não – interrompeu ainda sorrindo. E depois: – Pedi uma licença. Por enquanto, será apenas por um ano, mas se as coisas derem certo para nós, não volto a ensinar.

Olhamos uns para os outros. Ninguém disse nada por alguns segundos. Tio Eduardo levantou uma sobrancelha e pigarreou. Mamãe encheu um copo de Coca-Cola, derramando um pouco mais sobre a toalha, e Silvia se aproximou lentamente da mesa e colocou o bolo na extremidade mais distante da mamãe.

– E ... Olga? – perguntou, mantendo os olhos fixos no bolo.

– Ah, ela sim conseguiu a transferência – respondeu Emma.

Silvia balançou a cabeça e torceu a boca.

– O mundo bancário é o que há! – disparou, quase entre os dentes. – É tão generoso...

Emma sorriu.

– Estamos muito satisfeitas.

Certo. Para surpresa de todos, e apesar de nenhum de nós ter dito nada – nem na hora, nem nas semanas que se seguiram, porque esperávamos que aquela ideia, tão louca como tantas outras às quais Emma nos acostumara, não daria em nada –, o tempo acabou por dar razão a elas: Emma encantada ao se ver, depois de tantos anos, livre dos monstrinhos adolescentes da favela aos quais tentava ensinar que Deli não é o nome de um novo aplicativo para iPhone; e animada também com seu novo papel de pedreira, agricultora, jardineira, cuidadora de gatos, recepcionista, animadora sociocultural, lava-lençóis, monitora de rafting e conserta-tudo. E Olga encantada ao se ver de repente como rainha da filial que o banco mantinha em uma pequena cidade vizinha, com cheiro de estrume e ração, com seu casaco de pele um tanto quanto morto, suas botas Geox, suas pérolas e seu cabelo malcuidado, espalhando seus famosos "me deixa dizer" e "correto" a torto e a direito entre os camponeses e os aposentados, por trás do vidro da única janela operacional do banco.

E foi assim que começou a aventura de Tarita – sim, esse foi o nome que Olga decidiu dar à propriedade. "Como Tara, só que menor", disse ela com um sorriso de mestre de cerimônias, no dia em que a inauguramos, enquanto ela puxava uma pequena cortina de veludo e deixava à vista o nome da casa pintada sobre um pequeno quadrado de azulejos verdes; e foi assim que Olga e Emma se tornaram as proprietárias da única propriedade rural – e habitada – da região.

– Uma propriedade rural, não – apressou-se Olga a me corrigir, com um dos seus sorrisos de guichê, quando na tarde da inauguração me ouviu comentar com Emma que talvez devesse tentar se inscrever em alguma rede virtual de propriedades rurais na área. Olhou para mim com cara de professorinha de cidade do interior e em seguida soltou uma risada que mais pareceu uma tosse: – Propriedade com charme – corrigiu ela. E depois, como se eu não tivesse entendido, repetiu devagar e levantando um pouco a voz: – Com char-me.

Silvia parecia estar vendo um besouro escalar pela cortina, e Emma, num desses impulsos tão seus de aparar as arestas e conciliar situações tensas, fez um dos seus famosos comentários infelizes:

– Uma propriedade rural... humm... charmosa – disse com um sorriso de orelha a orelha, ao qual mamãe respondeu assentindo com a cabeça, e Silvia engoliu com a boca torcida e cara de aborrecimento.

A partir de então, desde que Tarita iniciou sua jornada e começaram a chegar os primeiros hóspedes, as coisas mudaram muito na vida de Emma e Olga, especialmente na de Emma. Ela vem muito pouco a Barcelona, e, quando vem, é, segundo ela mesma, para "resolver alguns assuntos". Alguns assuntos que incluem, entre outras coisas, assistir a um jogo de futebol, ir ao dentista ou ao cabeleireiro – embora este assunto, o do cabeleireiro, esteja mais para uma praga sem comparação, porque, sendo ela como é, vai cortar o cabelo no cabeleireiro do Carrefour.

– Por sete euros lavam e cortam – confessou em uma dessas ocasiões, quando, aproveitando que estava de passagem pela cidade, marcou para comer com Silvia e comigo em um restaurante vegetariano do Raval.

– Bem – esclareceu encantada –, na verdade, eles não lavam. Só molham o cabelo.

Silvia quase engasgou com o bolinho de tofu, e Emma acenou com a cabeça, orgulhosa por ser tão econômica.

– E alguém em particular morde o seu cabelo para que fique assim, ou eles têm um aquário com piranhas onde você mergulha a cabeça? – perguntou Silvia com uma zombaria que eu recebi com risos e que Emma não chegou nem a entender.

– Não – disse ela, séria. – Com... tesoura.

Às vezes, Emma também aproveita suas vindas à cidade para comprar roupas e levar algum presente para Olga, basicamente calcinhas, meias de inverno e sutiãs de tamanho único que consegue por uma pechincha na barraca de um cigano romeno, que, quando a vê, ergue as mãos para o céu e passa as coisas dissimuladamente a ela, como um chaveiro com lanterna e emblema do Real Madrid, um rádio isqueiro que só toca a melodia do hino da Romênia e uma caixa de rapé falsa na qual, quando aberta, aparece um baralho de cartas com imagens de mulatas exibindo suas partes íntimas devidamente depiladas.

Enfim, essa mulher de cabelos malcortados, que fica horrorizada quando paga mais de seis euros por um almoço, dirige um Rover de quinze anos atrás, com uma suspensão tão dura que ela precisou grudar um travesseiro de avião no teto do motorista para não machucar a cabeça a cada vez que percorre os seis quilômetros da estrada que vai de Tarita até a civilização; a mulher do mocassim que compra suéteres numa loja popular e tem o rosto pontilhado de rugas prematuras, porque não houve nenhuma maneira de fazê-la entender que, na sua idade, os cremes não são um luxo, mas sim um bem necessário... Essa é a nossa Emma, ou pelo menos a Emma do lado A, como diz mamãe.

Depois, há o outro, o lado B, que só poucos conhecemos.

O lado B é uma mulher que deseja amar a todo custo, e que faz isso muito mal, porque escolhe o esforço, sempre com o "Sim, claro", o "como você quiser" e o "imagina" na boca, disposta a quase tudo para que alguém olhe para ela – e a repare –, desde que uma tarde, anos atrás, a vida a magoou e ela ficou esperando por um telefonema que nunca foi feito e que a fixou na calçada de uma rua como um semáforo na luz amarela. O lado B da Emma é isso que ela não conta, porque, se o fizer, ouve a si mesma falando no tempo presente, e então a vida lhe diz que ela ainda continua sentada na mesma calçada, vivendo um passado contínuo que talvez não mude.

– Nós todos somos como somos porque fomos algo antes – dizia a vovó Ester, ao nos ouvir falar mal de alguém. E quando ela perguntava coisas como "Mas você sabe como era antes? Sabe como foi a sua vida? Sabe?", não tínhamos outra resposta que não fosse o silêncio. A frase da vovó é facilmente aplicável a Emma, então não custa nada perdoar tudo. Emma age na contramão de suas carências, flagrante em sua fuga e no que lhe dói, e diante disso tudo fica pequeno. Tudo em nós fica pequeno.

A mágoa de Emma se chama Sara. E eu digo "se chama" porque sei, como todos nós, que Sara ainda não foi deixada totalmente de fora, apesar do tempo que já passou desde que deixou de estar presente. Sara existe e dela não se fala, porque isso seria falar de muitas coisas concatenadas, e a dor lavou a memória de Emma, encolhendo-a por completo. Se alguém lhe perguntasse o que aconteceu naquela tarde, o que ela sentiu, o que deu errado... ela se comprimiria como faz quando a realidade atravessa o espelho e a obriga a se olhar nele. Se alguém perguntasse, ela diria o de sempre:

– Sara não ligou.

Sara não ligou. Durante muito tempo, até que Olga apareceu, era assim que Emma se referia ao que tinha acontecido. Às vezes, quando menos esperávamos, ela deixava isso escapar, como se de repente caísse a ficha de que isso já tinha acontecido e que havia ocorrido com ela, ainda espantada, ainda incrédula. "Sara não ligou", dizia, e quem estava com ela nessa hora ficava em silêncio e esperava. O resto, era preciso imaginar. Desde então, sempre que um celular toca, acontece um piscar automático, acompanhado de um leve aceno de cabeça, como se uma porta se fechasse de repente em sua mente, sobressaltando-a. E um olhar perdido à procura de algo.

O lado B da Emma está riscado, como se houvesse sido coberto por uma camada de ardósia e uma unha a tivesse arranhado todos os dias durante anos. Eu vivi com ela aquela época de unha sobre ardósia. Vivi o arranhão e aquele ruído alto e feio que arrepia os pelos e que fica marcado em muitas infâncias. Emma não quis compartilhá-lo com mais ninguém, a não ser comigo. Ela me escolheu. Ela me procurou, e eu estava lá. Foi quase um ano tentando nadar juntos em águas pouco claras, ela querendo afundar, eu a puxando para cima para fazê-la flutuar. E funcionou. Ou pelo menos foi isso que nós pensamos. Até que um dia o nome de Olga apareceu escrito nessa lousa e Emma imediatamente começou a copiá-lo sem parar, como uma criança obediente e castigada que copia depressa e bem.

"Olga, Olga, Olga"... copiou repetidas vezes, escrevendo com a unha sobre a lousa mal apagada. E de tanto copiar, de bombear mecanicamente o coração, o nome de Sara, a ausência de Sara, foi preenchida com Olga, sua presença e todo o barulho que a acompanha.

Barulho. Isso são as duas, juntas e separadas. Olga é barulho porque é feita dele, ele a preenche, como uma casa abandonada cheia de cacofonias espalhadas, que, acorrentadas, assombram. Sua risada é barulho. Sua voz também. Ela fala como soa, não como pensa. E sente em estéreo, determinada a tornar público o pouco que é, porque a ela o que é lhe soa bem. Emma, pelo contrário, precisa de barulho para não ser. O barulho de Olga cala muitos outros que ela prefere evidenciar, confortáveis as duas nesse binômio perfeito contra o qual, há muito tempo, decidimos deixar de brigar. Nós nos cansamos. Cansamos de esperar que Emma visse o que nós víamos, de acreditar no que Emma quer enxergar. Desde então, brincamos que uma e outra são parte do que todos nós somos. Parte do que combinamos. Daquilo em que nos tornamos.

Daqui, do lado de cá da cristaleira, eu as vejo chegando. Emma abraçada a Max, que apoiou as patas nos ombros dela, cobrindo-a de lambidas, enquanto Olga espera um pouco, até que os cães fiquem calmos e a deixem passar sem enchê-la de manchas por toda parte, parada na porta com um sorriso forçadamente feliz, olhos um pouco mais abertos do que o habitual e a mão no peito. A seus pés, Shirley late sem tirar os olhos dela, com a cauda espessa rígida como um chocalho e mostrando os dentes, enquanto Silvia contempla a cena em pé ao lado da mesa, o queixo tenso, o gesto difícil, e mamãe aparece bem a tempo pelo corredor com seus chinelos xadrez, as ágatas da avó e a gola alta de mohair, dividindo a felicidade que está alimentando desde que sabe que hoje à noite todos nos reuniremos e que agora, quando finalmente vê que Olga e Emma estão aqui, e que elas continuam juntas, a transborda, despejando nela o bom e o não tão bom, descontrolando a Amália mais menina.

Eufórica. Mamãe está eufórica e nervosa, e essa – nós sabemos bem – é uma combinação que não costuma dar bons resultados, porque ela muitas vezes a tempera com a torpeza e a falta de noção. Será preciso tomar cuidado.

"Tem muita luz na sala", penso de repente do terraço, observando a cena, como se estivesse em pé na frente da tela de um pequeno cinema e tudo o que existe e acontece estivesse lá dentro, do outro lado, e me deixasse de fora. De repente me vem à cabeça a pequena frase que mamãe deixou escapar há um tempo, quando arrumávamos a mesa, "Com você já poderia começar a acontecer alguma coisinha, não é mesmo, querido?", e que, deste lado do aquário, ressoa entre os meus olhos como uma das bombas de Emma, cutucando a ferida. "Isto sou eu", me ouço pensando, delineando a minha imagem no vidro com a mão. "Estes são os meus 35 anos. Este cabelo vermelho. Os cachos. A linha da mandíbula. A pele branca. Os olhos verdes. As mãos de dedos longos, nariz aquilino... Isto é o que vocês veem do outro lado. O que eles veem. O que se vê."

Por uma fração de segundo vejo a mamãe, que se aproxima da porta para receber Emma e Olga, e noto também Silvia, que se vira lentamente em direção à cristaleira, me procurando com o olhar. E é então que me vem à cabeça que essa dança tão bem cadenciada, esse labirinto de gestos naturalmente fiado, toda essa linguagem fácil, reconhecível, automática... tudo isso é o que nos torna uma família, faz uma história comum, uma comunidade.

Tudo isto: esta mesa, esta irmã mais velha, esta mãe, esta irmã do meio com sua namorada, o retrato da vovó acima do sofá, pratos com guardanapos vermelhos como boias em um mar de vidro, os copos e as taças... Tudo isto é o fio de prata que me mantém ligado a uma realidade que corre paralela àquela que, alguns anos atrás, eu decidi deixar de lado para não me machucar, para que me largasse sozinho com suas ausências, sua grosseria e seus hieróglifos com armadilha.

Tudo isso é o que me mantém aqui, me ancora à terra firme, desde que as coisas – as minhas – deram errado e a música começou a soar mal, fora de tom, fora de tudo; desde que, no meu desejo de me endireitar, tomei um atalho que logo se revelou um beco sem saída.

Perdi. Não soube perder. Eu me perdi.

Mas isso é outra história.

Ou talvez não.

Já faz três anos. Passou tempo demais em muito pouco tempo.

Essa também era uma frase da avó Ester. A dos últimos anos. A memória cada vez mais frágil, seus cadernos preenchidos com listas e recordações.

Do outro lado do vidro, Silvia olha para mim, e eu desenho sua silhueta com a ponta do dedo. Ângulos, vértices, contração. Seus cachos vermelhos se fundem no vidro com os meus, e os nossos perfis se sobrepõem, completando-se. Ao vê-la assim – seu rosto no meu –, entendo a mamãe e seu desejo de ter todos nós com ela, e eu sei que, aconteça o que acontecer hoje à noite, tudo já está perdoado com antecedência, pois isso é o que nós aprendemos a fazer, desde que conseguimos finalmente começar a deixar de perdoar o papai.

Eu sei que Silvia não vai se calar hoje à noite, que Emma virá com suas bombas de relojoaria e que tio Eduardo encherá a mesa com alguns de seus excessos. E que vamos ter de recompor, cerzir e recolher do chão cacos de vidro, porcelana e pele.

Mas é isso, nesta família que somos agora, que nos une.

Ser. Estar. Recuperar espaços. Convencer a nós mesmos de que os laços que nos unem não são frágeis como foram aqueles que papai estendia. Que não é "tudo ou nada", "comigo ou contra mim". E que nós somos muito mais do que isso, mais complexos. Que estamos mais vivos desde que a nuvem negra de papai já não nos ameaça.

Da sala de estar, Silvia olha para mim. E espera.

Seus olhos verdes, como os meus, dizem algo. Eles dizem que esta é uma noite especial porque algo vibra no ar, no ar de dentro da sala e no que circula entre os bancos da praça, com suas brisas quentes e frias trançadas contra o fim do ano.

É verdade. A noite vibra no ar, e no céu farrapos de nuvem deslizam silenciosamente sob uma lua de um tom entre cinza e carmim, como uma moeda velha.

A avó Ester dizia que noites assim, as que entrelaçam ventos de frio e calor, anunciam amanheceres violetas. Ninguém nunca lhe perguntou mais do que isso. Não nos ocorreu ficar pensando se as violetas eram amanheceres com mensagem ou simplesmente com cor, porque para a vovó as explicações, ainda mais no final da vida, eram desnecessárias. A ela bastava enunciar. O resto, tínhamos que imaginar. Ela estava cansada de se explicar.

"Noites de lua cinza e brisas encontradas, amanheceres violetas", dizia ela.

E a vovó quase sempre estava certa.

Agora, em algum canto invisível da praça, um sino bate dez horas.

É quase Ano-Novo.

Hora de entrar.

Esperam por mim.

Segundo livro
O Farol

– Me conta uma história, Pew.
– Que tipo de história, baby?
– Uma com um final feliz.
– No mundo isso não existe.
– Uma história com um final feliz?
– Não, um final.

A menina do farol, JEANETTE WINTERSON

Um

Sobre a mesa, rolam as conversas entre refrigerantes, água e vinho branco, enquanto de algum lugar da cidade tio Eduardo, que ligou meia hora atrás para avisar que tinha ficado no aeroporto esperando por sua mala, está vindo de táxi para cá.

De um lado da mesa, Olga e Emma. Do outro, Silvia e eu. À direita de Emma, entre ela e a cabeceira, um talher a mais, com os seus pratos, seus copos, seu guardanapo e sua cadeira. Mamãe preside, feliz, e Max está deitado entre ela e mim, com sua enorme cabeça sobre os meus pés. Até agora tudo tem sido fácil. Olga e Emma sorriem como duas meninas e lançam uma à outra olhares roubados, às vezes esfregando as mãos, como se não fossem elas. Emma tem os olhos brilhantes, e Olga está exultante, com seu suéter verde apertado, o cabelo em um coque alto e um colar de pérolas que dá duas voltas no peito, que ela roça entre os dedos como um rosário, em um gesto que a ela deve inspirar coisas que nós não sabemos ver. Ao seu lado, Emma é o que é: o cabelo castanho e malcortado, pele seca, unhas roídas, uma camisa branca que já viu melhores dias e uma espécie de lenço no pescoço, que Silvia deu a ela de presente de aniversário e que sempre usa em ocasiões especiais.

Desde o momento em que nos sentamos à mesa, Olga e mamãe não pararam de falar, enquanto ao meu lado Silvia mordisca de forma casual biscoitos com cheddar, estranhamente distante, quase negligente em seus gestos. Se há uma coisa em que Olga e mamãe são mestras é em converter pequenas coisas sem importância em manchetes que esticam como uma lona sobre a espera, descascando declarações e pulando de uma minúcia para outra. As duas lidam bem com o barulho e o cotidiano:

notícias, a crise, fofocas, programas de receita de sobremesa, livros de banca de jornal, o mais recente filme a que assistiram... E de ambos os lados, nós, os três irmãos, estamos em silêncio, cada um submerso nos próprios pensamentos e distante do barulho que partilhamos esta noite. Emma olha extasiada para Olga e mamãe com um sorriso distraído que não tem relação nenhuma com o que vê. Eu conheço bem esse sorriso. É o da Emma ausente, a do lado B. De frente para mim, olhando sem prestar atenção, encalhada em algo não evidente ou aparente e que, a julgar pelo brilho nos olhos, deve ser motivo de alegria. Emma acompanha a conversa de Olga e mamãe, como se participasse dela, inclinada sobre a mesa, com os cotovelos na toalha e expressão de interesse, mas não está participando de verdade.

Ao meu lado, Silvia nem sorri. Seu perfil é uma rede de ângulos cortados com faca, e as bolsas que ela tem sob os olhos não contêm inflamação. São duras, quase musculares.

– Pois bem, na semana passada eu fui com a Ingrid assistir a *Os miseráveis* – diz mamãe, com voz de vou-te-contar-algo-muito-interessante, colocando a mão no braço de Olga. – O musical. Não o filme.

Olga faz uma careta, certamente pretendendo exibir um sorriso de interesse, que permanece fixa em seu rosto, como um cabide.

– Correto – diz.

– Ai, é tão... real – continua mamãe, acenando com a mão no ar. Ela já está em sua segunda taça de vinho branco e começa a ficar um pouco bêbada. – Há vários miseráveis que sofrem muito o tempo todo. E às vezes você chora muito, até se acabar. Ou seja, é um pouco como o jornal da TV, mas em Paris, e sem esportes. E depois a peça acaba e as pessoas vão jantar. É isso aí.

Não consigo deixar de rir. Mamãe se vira para mim com uma expressão de surpresa.

– É verdade – diz ela, com voz de menina flagrada fazendo besteira. Concordo.

– Acredito, mamãe.

– Embora Ingrid não tenha gostado – esclarece, franzindo um pouco os lábios, ainda falando comigo.

– Ah, não? – pergunta Silvia, com uma sobrancelha arqueada. – E pode-se saber por quê?

– Bem, porque ela disse que há muitas mensagens negativas e que a aura dos protagonistas era um pouco alopécica, ou halógena, ou... bem, agora não me lembro – responde mamãe, voltando a agitar a mão no ar, quase derrubando a garrafa de vinho com uma bofetada.

– Ingrid não anda bem, mamãe – digo a ela, segurando a tempo a garrafa, enquanto Silvia larga o biscoito na toalha de mesa e varre com a mão as duas migalhas que caíram. – E se você continuar a ouvir as bobagens que ela diz, vai acabar como ela. Ou pior.

– Coitada – diz mamãe, balançando a cabeça. – Você sabia que antes de ontem ela teve a última sessão com o xamã e ele pediu emprestados duzentos euros para comprar umas dessas maracas novas, porque o dinheiro que lhe enviaram de Quito ainda não chegou?

Eu não consigo me conter.

– Mas espere aí. Você não disse que o xamã era mexicano?

– Ai, filho, mexicano, boliviano... tanto faz – responde ela, com uma expressão aborrecida. – A questão é que o homem lhe pediu uma propina.

– E ela deu?

Mamãe acena com a cabeça.

– Claro.

– É o que eu disse. Ela está louca, e além de tudo é boba – diz Silvia ao meu lado, com voz de mau humor.

– Não diga isso, querida.

Silvia cerra os dentes.

– E o que você quer, mamãe? – pergunto, me adiantando a minha irmã, para tentar amenizar um pouco o tom. – É que ela não dá trégua.

– Qualquer dia desses vão encontrar a Ingrid emparedada no porão de algum salão daqueles aonde levam as pessoas pra lanchaar, e nós vamos ter que ir para recolher os restos das duas – comenta Silvia.

Mamãe pisca, visivelmente magoada.

– Você fala cada coisa – murmura.

Silvia bufa devagarzinho, irritada.

– E digo pouco – continua, entre os dentes.

Faz-se um breve silêncio incômodo que dura pouco, porque é interrompido pelo toque de um celular. Uma mensagem. Emma pisca e automaticamente se vira para olhar para mim. Mamãe baixa os olhos e diz:

– É... é minha amiga.

Silvia contrai a mandíbula e fecha a mão na toalha da mesa.

– E eu sou sua filha, mamãe – diz Silvia, aparentemente mais calma. – Aquela que, no final, sempre sai em sua defesa.

– Eu sei.

– Pois não é o que parece.

Mamãe sabe o que está prestes a acontecer com ela, porque esta é uma cena que temos vivido muitas vezes desde que meu pai sumiu e ela começou sua jornada como uma mulher independente e perigosa. Perigosa em seu desejo de aventura, sim, mas ainda mais em sua busca de recuperar liberdades que nunca teve com papai e que, desde então, a invadem diariamente e em momentos inadequados. Está procurando com os olhos algo com o que desviar a atenção de Silvia e dissipar tensões, e seu olhar se depara com o jarro de água na sua frente.

– Mais água, filha? – pergunta ela com um sorriso conciliador.

Silvia parece por um momento totalmente alheia à mamãe e ao que acontece na mesa, como se uma sombra tivesse se interposto de repente entre essa realidade e aquela que traz consigo do exterior. Mas o parêntese de ausência dura pouco. Mamãe, que, como Olga, não se dá bem com os silêncios, se apressa a procurar algo para falar.

– Ai – diz, olhando para fora da janela e soltando um pequeno suspiro que pretende ser de saudade, mas que soa indefinido. Ao ouvi-la suspirar, Shirley levanta as orelhas, lá do sofá. – Quem sabe como a pobre Micaela estará passando estas festas.

Agora sou eu quem fica eriçado, embora consiga me conter a tempo.

– Esperemos que longe – digo.

Silvia torce a boca.

– Com sorte, em Alcatraz.

Micaela é uma garota romena que mamãe conheceu uma vez no semáforo enquanto esperava para atravessar a rua durante um de seus passeios com Shirley. Micaela cutucava com uma vara um recipiente de roupa. Dez minutos mais tarde, as duas foram beber café na casa da mamãe, e alguns dias depois, Micaela começou a fazer faxina na casa duas vezes por semana.

Quando perguntei por que levava tantas horas em um apartamento de quarenta e oito metros quadrados, mamãe olhou para mim com dó e disse:

– É que a Shirley solta muito pelo.

Não insisti.

Micaela Niculescu tinha três dentes de ouro e seis irmãos que ficavam parados nas esquinas e semáforos da cidade com um balde, faca e esponja, todos dedicados a limpar para-brisas que sujavam eles mesmos, cuspindo quando a vítima em questão não deixava uma moeda. O patriarca dos Niculescu era, nas palavras da própria Micaela, *recogedur* o que, traduzido para o português atual, equivaleria a "ladrão de cobre por esses campos de Deus", e a mamãe remexia uma panela em um apartamento ocupado no qual – isso ficamos sabendo mais tarde – dois dos quartos foram destinados para "guardari coisas, sinhora, sim", ou seja, um escritório de objetos não perdidos, e sim roubados.

Embora eu tenha ficado sabendo da existência de Micaela por um WhatsApp de Silvia – "Há uma romena com três dentes de ouro e um BlackBerry com cristais Swarovski limpando a casa da mamãe. Eu não sei se chamo a polícia ou um psiquiatra de emergência para eletrocutá-la de uma vez por todas" –, a verdade é que, apesar das suspeitas e da desconfiança inicial, a relação de mamãe com Micaela nos deu muito o que pensar, um tanto mais a temer e poucas evidências de que as intenções da nova amiga-afilhada-protegida de mamãe não eram as que ela afirmava serem.

É bem verdade: Micaela sempre foi muito simpática com todos. Desde o começo.

Até o final.

O fim de Micaela veio quando menos esperávamos, exatamente no dia do aniversário da mamãe. Lembro que era segunda-feira, e nós tínhamos saído no meio da manhã para ir à praia. Havíamos planejado passar o dia com os cachorros, visitando alguns vilarejos costeiros e ficar para o almoço e o jantar. Infelizmente a viagem foi curta. Meia hora depois de passar o primeiro pedágio da estrada, o celular de mamãe tocou. Era Eugênia, sua vizinha de frente.

– Amália, fofinha, estás de mudança? – perguntou Eugênia do outro lado da linha.

– De mudança? Eu? – respondeu mamãe com voz de quem não entende, enquanto se virava para olhar para mim.

– Não, por quê?

– Ah, que estranho – disse Eugênia. – É que, como tem um caminhão na frente da porta do prédio e estão retirando todos os seus móveis pela janela, eu disse a mim mesma: "Parece que essa mulher está indo embora." Claro que isso me surpreendeu, porque todos os vizinhos que saíram daqui só o fizeram porque tinham morrido.

Mamãe ficou lívida.

Quando, uma hora depois, chegamos em casa, Silvia tinha a situação sob controle. Os cento e um Niculescu terminavam de devolver todo o material roubado. "Perdão, sinhoras, perdão, confundindo por mudança, irror", choramingou Micaela de um dos carros da polícia, enquanto, sobre o capô, se amontoavam algumas facas, uma arma e uma grande quantidade de cartões de crédito que, felizmente, não eram nossos – e mamãe, alquebrada pela dor, se aproximou de sua já ex-amiga e disse:

– Ai, Micaela, sinto muito, querida. Mas fique tranquila, porque eu sei que isso não é sua culpa. São as companhias. Quantas vezes eu lhe disse que tivesse cuidado com as pessoas e que não confiasse em ninguém, que este país é como é, e nós somos como somos! Com você e comigo acontece a mesma coisa. De tão confiantes e boazinhas, somos estúpidas.

Micaela sorriu, mostrando seus dentes de ouro e brilhante, e soltou uma ladainha em romeno que não soou bem e que coroou com uma cuspida, que foi escorregando janela abaixo, como um desejo não realizado.

Nesse dia, Micaela e o clã Niculescu finalmente desapareceram de vez da vida da mamãe. Horas mais tarde, Silvia mandou instalar um alarme no apartamento, conectado com a polícia. Quando terminou de explicar para mamãe o funcionamento do aparelho, ela a acompanhou até a porta, Silvia lhe disse adeus no elevador e, assim que mamãe entrou na casa, colocou o controle remoto longe do alarme, no fundo de um pote vazio, e se esqueceu dele para sempre.

Agora mamãe pisca e fica em silêncio, sabendo que o assunto Micaela ainda gera sobressaltos e não é totalmente bem-vindo, e que é melhor não explorar esse tema. Pega a jarra de água e se vira para Emma.

– Um pouco de água, filha?

Emma olha sem desmanchar aquele sorriso metade presente e metade ausente, que tem impresso no rosto desde que se sentou à mesa, e recusa com a cabeça. Depois, dá uma olhada para todos nós e diz, como se tivesse acabado de chegar:

– Como é estranho que papai não esteja mais, não é? – Mamãe fica com a jarra no ar e Olga põe a mão no colar de pérolas e solta um de seus pigarros secos. Emma olha para mim. Continua sorrindo. – Que... alívio – murmura quase como se arrependida de ter falado, ligando o iPhone que tem ao lado do prato, com um gesto mecânico.

Ao meu lado, mamãe se encolhe um pouco, põe a jarra no lugar, se serve de uma terceira taça de vinho. Antes de beber, novamente fala com uma voz que é dela, mas também de uma Amália diferente, aquela que, como Emma, deixa escapar verdades ruminadas durante meses, quando ninguém acredita que estejam lá, e sempre nos pega de surpresa.

– Desde que me divorciei eu não sinto falta dele – diz. – E, às vezes, me sinto má.

Silvia olha para cima. Emma pisca. Papai. Mamãe está falando sobre o papai.

– Quando penso sobre isso, dói muito ter dado um pai assim a vocês e não sei como posso pedir perdão. – Semicerra os olhos, para se proteger da luz excessiva, e acrescenta: – Não sei como fazer.

Eu engulo em seco. Mamãe fala angustiada, e sua angústia é uma brisa densa e contagiante que cobre de repente a mesa como uma nova toalha. É uma toalha cinza e feia, um lençol de culpa que dura tempo demais. Mas que, até agora, nestes cinco anos, ela só tinha compartilhado comigo.

Odeio vê-la assim. Não nos agrada. A nenhum de nós.

Ela bebe um gole de vinho e, sem largar a taça, fixa os olhos na toalha de mesa. Passam-se alguns segundos.

– O que mais me dói é que eu perdi tantos anos de minha vida – diz ela com um sorriso tão triste que, automaticamente, estendo a mão e a fecho sobre o braço dela. Aos meus pés, Max levanta a cabeça e suspira e na praça alguém grita e ri. São as crianças. – É que eu não sabia que a vida poderia ser de outra maneira – acrescenta ela. – Que poderíamos estar assim tão, tão... bem. – Põe lentamente sua mão sobre a minha e, deixando o olhar pousar sobre a cristaleira, balança a cabeça. – Eu... eu não sabia.

Na praça, as crianças gritam de novo, brincando naquele imenso trambolho de fios e cordas pelo qual tantas vezes brigam. Também riem, atravessando a noite com alívio. Aqui à mesa, ninguém diz nada.

A mão da mamãe aquece a minha e, quando finalmente vou falar alguma coisa, ela abaixa a cabeça e continua:

– Embora o que mais me doa seja não ter a mamãe comigo. – Sorri, triste. – Ela não ter me visto assim.

Dois

A primeira vez que mamãe foi sincera comigo sobre o que sentia a respeito do seu divórcio com papai, fazendo-me participar da mesma angústia que alguns segundos antes tinha lançado na mesa, foi no dia em que entrei em meu pequeno apartamento, uma cobertura com vista para o mar, e ela se ofereceu para vir ajudar a preparar as coisas para o jantar.

– Assim vejo a casa sem ninguém – disse.

Quando chegou, ela se sentou no patamar, com os pés no último degrau da escada, bufando, e olhou para mim com cara de espanto.

– Filho. Isto não é um sótão. Isto é... um sexto andar sem elevador.

Parado no umbral da porta, assenti com a cabeça.

– Eu lhe disse.

Ela continuou me olhando por alguns segundos, ruminando e franzindo a testa.

– Mas quem vai vir aqui para ver você? – perguntou ela, com uma expressão preocupada. – Vai ficar muito solitário.

Eu sorri.

– Não se preocupe, vai ser temporário.

Ela cobriu os olhos com a mão, para se proteger do excesso de luz, e observou as paredes descascadas da escada. Eu vi no mesmo momento o que ficava em torno de nós: uma escada de degraus pouco seguros de pedra branca, paredes lisas, sem molduras, e com manchas de umidade secas como grandes chagas, o corrimão tão desgastado que havia trechos onde o ferro assomava sob a madeira como um enorme fóssil incorporado em âmbar e, coroando a cena, sobre nossas cabeças, um teto de telha de fibrocimento ondulada, supostamente translúcido, de placas mal fixadas, que, quando o vento soprava, se sacudiam estrondosamente lá das alturas, como se houvesse uma estação de metrô acima de nossas cabeças.

Mamãe avaliou o patamar até seu olhar cruzar com o meu. Em seguida, suspirou.

– Que... fofo – mentiu. E depois: – Você poderia colocar umas palmeiras aqui fora. Com certeza elas vão ficar enormes. – Sempre ofegante, observou o extintor de incêndio na parede e disse: – E talvez pudesse pedir para colocar um cilindro de oxigênio em vez de... disso. – Pareceu pensar melhor e seu olhar se iluminou, enquanto concluía: – Ou poderíamos falar com Ingrid e lhe pedir para enviar um Reiki da casa dela. Agora ela faz isso a distância.

Eu ri. Ela também, embora por contágio, e agradeci.

– Venha, chegue aqui – convidei-a, estendendo a mão para ajudá-la a se levantar.

Quando entramos em casa, deixou a bolsa sobre o balcão e me disse:

– A propósito, essa porteira que é um charme.

Olhei para ela sem entender.

– Essa... porteira?

Ela assentiu com a cabeça.

– Mas, mamãe, você acha que um imóvel como este pode ter porteira?

Ela franziu os lábios e arrumou o cabelo.

– Claro.

Demorei alguns segundos para entender.

– Quando você diz "porteira" quer dizer aquela mulher de uns 60 anos sentada em uma cadeira de camping na entrada do prédio, ouvindo rádio, usando algo parecido com um vestido florido e com as unhas dos pés pintadas com a bandeira dos Estados Unidos?

Mamãe assentiu.

– A própria – disse. – Que senhora mais encantadora. E como ela gosta de você. Passamos um tempinho conversando. Quando eu disse a ela que estava vindo para o sótão, me falou que você era um rapaz maravilhoso e me pediu para não me preocupar, que aqui você vai ser feliz.

– Olhei fixamente em seus olhos e, quando ia dizer mais alguma coisa, ela deu aquele sorriso de menina feliz que só existe no Planeta Mamãe e acrescentou: – E, olha, eu até lhe perguntei se conhece uma moça que pudesse subir para fazer limpeza uma ou duas vezes por semana. – Outro sorriso, dessa vez de felicidade. – Disse que vai mandar uma das filhas dela.

Eu não consegui evitar uma bufada.

– Mãe, essa mulher não é a porteira.

– Ah, não?

– Não. Ela é... dominicana. E é puta – falei. – Tem seis meninas trabalhando na pensão do primeiro andar. Ela se chama Reimeldis.

Mamãe engoliu em seco e, com a maior cara de pau, me respondeu:

– Reimeldis. Veja só. Que nome mais bonito, não é?

Não demorou muito tempo para eu mostrar a quitinete a ela. A verdade é que não havia muito para mostrar. Quando terminou de inspecionar tudo – panos de cozinha, panelas, toalhas, roupa de cama –, ela se virou para mim com um olhar interrogativo e disse:

– Ah. Pois bem, não?

– Mamãe.

Ela sorriu.

– Você acha tão horrível? – perguntei.

Ela arregalou os olhos.

– Não! Claro que não! – respondeu, percorrendo a sala-de-estar-sala-de-jantar-cozinha com o olhar. – É só que... humm... onde é que você disse que ficavam os quartos?

– Não disse.

– Ah.

– É que não tem.

– Ah.

Ela se sentou no sofá e pegou uma revista da mesa. Começou a se abanar lentamente.

– E... onde você vai dormir?

Sentei ao lado dela.

– Estamos na minha cama.

Seguiu abanando-se por mais uns segundos, pensativa. E logo disse com uma voz triste:

– Então, quando eu vier lhe fazer uma visita... não poderei ficar para dormir?

Ela disse isso com uma tristeza e um mal-estar tais que imediatamente me arrependi de ter escolhido aquela quitinete. Mas ela voltou a se animar no mesmo instante.

– Melhor. Então vão vir me ver, Max e você, e vão ficar para dormir lá em casa – concluiu. – E... vocês podem ficar todo o tempo que quiserem. Afinal, tenho elevador. E um sofá de três lugares como este. Além disso, como você disse que não faz bem o Max abusar dos exercícios por causa dos ossos e outras coisas...

Eu observei de novo a quitinete com os seus olhos e a vi pequena, cheia de luz e vazia de tudo.

"Como a lanterna de um farol", me diria Emma horas mais tarde, depois do jantar. Nós dois estávamos na sacada. – "Eu diria mais um terraço de uso exclusivo", comentaria Olga, do alto de sua conhecida rouquidão, quando, um ano mais tarde, eu a acompanhei em um breve *tour* pelo pombal e ela olhou para o terraço, da sala de estar. Emma estava encostada ao corrimão e olhou para a quitinete iluminada. "É verdade", pensei, observando as grandes janelas que ocupavam quase toda a parede frontal. "Como a lanterna de um farol." Atrás de Emma, um pouco para a esquerda, um sinal de néon piscava, encarapitado em um telhado, iluminando-o por trás como um diadema com uma mensagem. O recado original dizia "CALMA COM ALMAX", mas uma letra não acendia, de modo que o anúncio tinha sido reduzido para "CALMA COM ALMA".

Calma com alma. Naquele momento, aquela me pareceu uma mensagem preciosa. E um bom presságio.

No sofá, mamãe olhou para baixo e começou a brincar com seu leque. Notei que estava preocupada.

– O que foi, mamãe?

– Nada, Fer – respondeu, soltando um pouco de ar pelo nariz, em um gesto típico dela.

– Mamãe...

Ela não respondeu de imediato. Voltou a examinar lentamente a quitinete com os olhos. Depois falou:

– É que... bem... – começou. – É tão estranho, isto – disse, levantando um pouco as mãos e colocando-as novamente no colo.

– Isto?

Ela olhou para mim.

– Sim. Os dois tão... solteiros. Assim, de repente.

Ah, então era isso.

– E tão... sós – acrescentou com um sorriso tímido. Eu senti uma pequena pontada no peito, sem saber se por causa de suas palavras ou pelo sorriso amarelo, pouco convicto. Eu me contraí, magoado.

– Tão sozinhos, não – disse, em um tom que era talvez mais incisivo do que eu teria gostado de usar. Depois respirei fundo. – Sozinhos, nós já estávamos antes, mamãe. Você sozinha com papai. E eu com Andrés.

Ela se levantou e foi até a janela. Sua silhueta ficou enquadrada em contraste com o céu aberto. À esquerda, o canto de um prédio com suas galerias e varandas, como uma figura de proa. Ela não se virou ao falar.

– Sabe, desde que me divorciei de seu pai não senti falta dele. Nem uma vez. – Eu não disse nada. Ela não se mexeu. – E às vezes me sinto má – acrescentou. Esperou alguns segundos antes de continuar. Acima dela, no azul, o rastro branco de um avião riscava o vidro como um lápis imaginado. – Quando penso nisso, dói muito ter dado a vocês um pai assim, e não sei como pedir perdão. – Ela se virou, semicerrou os olhos, protegendo-se da luz forte, e concluiu: – Eu não sei como fazer isso.

Eu não soube o que dizer. Ela se virou lentamente para o sofá, sentou-se e deu a impressão de estar pensando por alguns segundos. Em seguida, colocou a mão na minha perna e falou:

– Você, que escreve tão bem, querido. Não poderia pensar em uma frase que me sirva para pedir desculpas a suas irmãs e que soe bonita? É que tenho muito medo que soe feio... e que não me perdoem.

Voltei a sentir um pequeno aperto no peito, embora dessa vez não tenha sido de raiva. De repente, compreendi o que mamãe me dizia. E vi assim, de longe, e entendi que estava magoada consigo mesma e que, livre da sombra do papai, as recriminações tinham começado. Dela contra si mesma. Eu a compreendi muito bem, embora não o dissesse. Quis lhe falar que nós não precisávamos que se desculpasse, não havia nada a perdoar.

– Não podemos continuar a pedir desculpas por estar vivos, mamãe. Isso já acabou – foi o que me ouvi dizer.

Ela não falou nada. Começou a alisar as calças em um gesto lento e automático, muito suave. Depois se levantou, estendeu a mão e me disse, mudando completamente o tom:

– Me mostra o terraço?

Passamos momentos muito agradáveis naquela tarde, sentados os dois no degrau que ligava a grande janela ao terraço, com duas xícaras de chá gelado, como duas crianças, imaginando as plantas que eu poderia colocar e deixando que ela me contasse coisas de sua nova vida de solteira, que descrevia emocionada, como se tivesse 18 anos e houvesse acabado de sair da casa dos pais. Tudo era novo para mamãe: os vizinhos, o tempo, a falta de horários, essas coisas tão cotidianas como a contratação da linha telefônica, decidir se instalava ou não o ar-condicionado ou se acostumar a comprar coisas para si mesma. De repente, o dia a dia virou novidade, e ela o vivia como se estivesse envolvida na grande aventura da vida. E eu a escutava, fascinado, quase com inveja. Mamãe estava resplandecente, mais feliz e menos encolhida a cada dia que passava. Ao ir descobrindo tudo o que podia fazer, que os anos de desgraça com papai eram de fato um erro que não precisava ser corrigido, mas deixado para trás, parecia crescer na própria sombra e diminuir a feiura.

"Mamãe cresce e eu me despedaço", me lembro de ter pensado, vendo-a cantarolar, encantada, *I left my heart in San Francisco,* enquanto punha a mesa, com ar distraído, e me ajudava a fazer a salada de frutas. Foi um pensamento passageiro. Um clarão.

Naquele tempo eu não tinha nem ideia de que essas seis palavras seriam a manchete que resumiria os anos seguintes da minha vida.

Até agora.

Até este jantar. Esta noite de final do ano.

Muitas coisas têm acontecido desde então. Muitas coisas nos têm acontecido. A todos. E o tempo. Tanto tempo...

Quando acordei no dia seguinte ao jantar de inauguração de minha quitinete, recebi um SMS. Era de mamãe. Dizia: "Não, querido. Não podemos continuar pedindo desculpas por viver. Obrigada."

Lembro que deixei o celular no chão e voltei para a janela. No céu, dois aviões voavam em rotas cruzadas e riscavam o azul em direções opostas, desenhando um estranho X. Sorri e me lembrei da legenda do cartaz que tinha visto do terraço na noite anterior, piscando sobre a cabeça de Emma:

CALMA COM ALMA

Peguei o telefone, coloquei-o debaixo do meu travesseiro e tentei dormir novamente. Quando consegui conciliar o sono, soou um segundo aviso. Um novo SMS. Embora eu quase tenha conseguido não ler, a curiosidade foi mais forte. Também era de mamãe.

"Filho, será que a Charileidis fala que é p. porque tem vergonha de que as pessoas pensem que ela é porteira? Ingrid diz que às vezes isso acontece."

Três

– Não é culpa sua ter achado na vida um cretino como o papai, para com isso – diz Silvia, colocando o copo em cima da mesa e olhando para mamãe com raiva. Vendo-a assim, com esse olhar, qualquer um concordaria que o que ela diz e o que ela sente trafegam por trilhos paralelos. O da direita leva a mulher que ela é, encapsulada na escuridão do que tem medo de expor. O da esquerda é o da Silvia que está tentando ser desde que aconteceu tudo aquilo com ela, fazendo-a se tornar uma espécie de brinquedo mecânico cheio de vozes e frases contidas, sempre começando da mesma maneira: "O que acontece é", "o mais justo é", "o que não é admissível é", "o que você tem que fazer é". São frases que ela administra com uma habilidade rotineira. Aprendidas. Decoradas. As duas Silvias nunca convergem porque elas foram treinadas para não coexistirem, não coabitarem. De um lado, a voz de Silvia. De outro, seus olhos, esse olhar que de perto a revela, embora ela não o saiba. – Nós também não temos culpa de termos tido um pai assim. – Ela volta à carga, enquanto a mamãe pisca, surpreendida, e Emma me olha, do outro lado da mesa, com uma expressão de desconforto.

– Claro, filha, claro – diz mamãe com aquela voz de "lá vamos nós de novo, será que dessa vez conseguimos ter uma festa em paz?". Porque eu a conheço muito bem, pressinto que Silvia não vai gostar do comentário. Não estou enganado.

– Claro. Não, mamãe – deixa escapar entre dentes enquanto tenta relaxar os ombros, mas sem sucesso. – Os filhos não escolhem seus pais. Nem têm culpa do que lhes acontece. E menos ainda se o que lhes acontece é o pai – conclui, enquanto procura um cigarro no bolso.

Mamãe me olha de relance e revira os olhos, aproveitando que Silvia baixou a cabeça para procurar o cigarro. Minha irmã faz isso devagar e metodicamente.

– A grande verdade é que tem gente que deveria ser proibida de ter filhos – diz ela, levantando a cabeça. – Ainda não entendo por que os casais que adotam têm de passar por todo um calvário, enquanto o resto das pessoas não é sequer um pouco mais controlado. As coisas seriam bem diferentes.

Mamãe se vira para Olga e, com um sorriso de avó feliz, diz:

– Quer um pouco de vinho, querida?

Olga nega e se vira para Silvia, que volta a focar nos tesouros de sua bolsa e está começando a remover o seu conteúdo em um gesto de impaciência.

– Pois é, agora que você disse isso – começa, abrindo um pouco os olhos e apoiando o queixo nas mãos –, outro dia, no cabeleireiro, li uma matéria sobre os reis da Holanda.

Fez-se silêncio. Mamãe pisca como uma coelha surpreendida no meio da estrada, e Silvia ergue a cabeça lentamente, com cara de "espero que o que você vai dizer faça sentido, porque senão..." e me dá um pequeno toque com o joelho embaixo da mesa. Eu aproximo o copo de suco da boca.

– Ah, sim – intervém mamãe, encantada com a virada que adivinha na conversa. – A gorducha argentina. Basta olhar o que ela já saiu lucrando desde que se tornou rainha.

Olga estala a língua.

– Correto – diz. – Bom, depois de ler a matéria, vale dizer que o rei vai fazer o que quiser, mas é mais ou menos como o queijo holandês...

– O bola, sim – completa mamãe, assentindo. Silvia olha para mim. Eu não olho para ela, porque sei que, se o fizer, vou rir e será pior.

– Correto – diz Olga. – O bola.

– Não – intervém Emma, com uma voz suave acostumada a corrigir de modo positivo. – É queijo de bola. Não é o bola. Acho que O bola era um filme sobre um garoto da vizinhança que levava umas tremendas surras de um diretor que mais tarde se tornou palhaço.

Olga olha e suspira com paciência.

– Ah, de bola, o bola... quem se importa? O ponto é que o sujeito é um bobalhão. Mas como eu estava dizendo: ela, a argentininha, aquela... Máxima ou seja lá qual for seu nome... Olha só, com o pai que ela tem, que aparentemente foi um tanto – pigarreia – difícil, saiu-se bem, toda fofa e risonha. Com aqueles filhos tão perfeitos...

Outro silêncio. Olga olha para nós, visivelmente encantada com sua intervenção, e mamãe, que não se acostuma a esse surrealismo de guichê, tão distante do seu na forma, mas não em intensidade, e que sofre com os silêncios tensos de Olga, vem em seu auxílio com um:

– E vejam que ela poderia ter se tornado dentista, sendo assim tão... argentina...

Silvia se vira para olhar para mamãe, e eu levo o guardanapo à boca. Quando tento respirar e dizer alguma coisa, a mamãe pega sua taça de vinho quase vazia e acrescenta com uma risadinha suspeitamente embriagada, dirigindo-se a Silvia:

– Hahaha... Pois é... Se ela, com aquele pai, conseguiu se tornar a rainha da Holanda, você também, com o pai que tem, pode chegar a ser a imperatriz da Noruega.

Silvia fica tensa e procura novamente alguma coisa em sua bolsa.

– Mamãe – digo, colocando a mão em seu braço. Ela olha para mim.

– O que quero dizer – insiste ela – é que, na verdade, talvez Peter não seja um especialista em informática de iPads ou iPuks ou Hattricks do Twitter, mas sim o príncipe herdeiro da Noruega, e um dia desses você dá um beijo nele e acontece como em *A bela e a fera*, o sapo se transforma em príncipe, e olha, eu não conheço a Noruega, mas com certeza se vive muito bem lá, embora sempre que anunciam um romance norueguês seja sobre assassinos obscuros. E, é claro, como dizia a avó Ester, tudo tem a sua explicação, e nada sua redenção: em um país onde faz tanto frio e onde há tantos... noruegueses, porque a raiva é a raiva e os caminhos do Senhor não têm perda. Como diz a Ingrid, o frio produz uma substância na bilirrubina que enlouquece os homens e os obriga a fazer coisas das que talvez os noruegueses não se arrependam, porque como não são católicos, não têm sentimento de culpa. Ah, que sorte, não sentir culpa, nem ter que ir à missa. Ah! – diz, erguendo a taça e arregalando os olhos, como se de repente tivesse encontrado uma grande verdade. – Claro! É por isso! Eles matam tanto porque não são católicos! Já dizia eu! E, é claro, como faz frio e eles ficam com preguiça de sair, em vez de matar, assim como as pessoas normais, fazem isso nas novelas e romances, sentadinhos em casa. Ai! Como eu não tinha pensado nisso! Preciso contar para a Ingrid – continua, colocando a taça sobre a mesa e parecendo que vai se levantar, embora esse gesto não dure. Ela reconsidera. – Bem, é melhor eu dizer isso quando ela passar para tomar uma taça de espumante, assim não a incomodo. – Fica em silêncio, suspira e, à guisa de explicação, olha para o relógio e acrescenta: – É que hoje à noite ela está fazendo inventário no outlet da Intermón.

Silêncio.

Emma está preparando um canapé de brie para Olga, que, por sua vez, olha para mamãe sem saber o que dizer. Engulo em seco algumas vezes, enquanto penso: "Temos de parar com isso", embora sem muita convicção, porque a experiência me diz que quando mamãe começa, e este é claramente um desses momentos, é difícil pará-la. Mamãe desliza para a tragédia, como uma daquelas cenas de desenhos animados nas quais o protagonista cai de repente por uma encosta de neve e rola ladeira abaixo, acumulando neve em sua passagem, até formar uma bola cada vez maior, fadada ao precipício. À minha esquerda, a voz de Silvia chega sólida e brusca como uma pedra na água de uma lagoa.

– Mamãe, você está louca – sentencia. Mamãe olha para mim e sorri. Em seguida, solta uma risadinha. – E eu acho que você deveria começar a beber água em vez de vinho.

Quando a mamãe está prestes a responder, Olga se adianta, depois de aceitar o canapé de Emma e capturá-lo entre suas unhas bem-feitas, pousando-o logo no prato, como se tivesse nas mãos um anel da Tiffany.

– [Pigarreira] Deixa eu lhe dizer uma coisa – começa com voz de professora, dirigindo-se a Silvia –, tanto a maternidade quanto a paternidade são coisas muito sérias, e eu não acho certo você falar assim – agita as mãos e as unhas de porcelana no ar –, de forma tão concisa, sobre um assunto tão... sensível. Tem muita gente que faz de tudo para criar os filhos como Deus manda. Digo isso porque vejo todos os dias no banco. Você nem imagina o número de pais e mães que se sacrificam pelos filhos, como verdadeiros heróis anônimos.

Silvia, que finalmente encontrou o maço de cigarros e o isqueiro nas profundezas de sua bolsa, olha para ela como se estivesse vendo um rato pendurado em um gancho no açougue e, em seguida, pergunta:

– Isto aqui é alguma espécie de "pegadinha", câmera escondida ou... algo do tipo?

Ao meu lado, mamãe começa a rir. É um riso nervoso, de alarme, que soa desafinado e só consegue macular o silêncio. Já nem é preciso ver o brilho de seus olhos para saber que definitivamente ela já passou um pouco da conta com o vinho. Ao lado dela, Olga trinca os dentes, pega com cuidado o canapé que tem no prato e o coloca na boca, mostrando a língua e os dentes, para que o brie não lhe manche os lábios, como aquelas velhinhas que a mamãe e a mim nos parecem tão engraçadas, aquelas que comem bolinhos em grupos de quatro nas lanchonetes, na saída do cinema, e que tio Eduardo, com aquela agudeza que o caracteriza, batizou, na época do filme, de "os quatro bolinhos e um funeral". Olga mastiga sem pressa. Quando finalmente volta a falar, faz isso com aquele tom de mulher ofendida que espera há muito tempo para desembainhar o chicote de seu rancor.

– Talvez você falasse de forma diferente se fosse mãe – diz ela com uma voz plana e feia de guichê. – É fácil teorizar sobre as coisas assim, de forma tão superficial. Mas deixe-me lhe dizer que as crianças não são um disparate. Você tem que ser mãe para poder falar sobre a maternidade, assim como tem que ser professora para opinar sobre o ensino – acrescenta, olhando para Emma e acenando ligeiramente com a cabeça.

Silvia deixa a mão levantada, com o cigarro pendurado sobre seu prato, e semicerra os olhos com uma careta de contenção. Depois inclina a cabeça para um lado e solta o ar pelo nariz antes de falar:

– E você, o que sabe disso? – dispara entre dentes, com voz entediada. – Você não sabe nada sobre o ensino, ou filhos, se tudo o que faz é passar as horas atrás de uma janela enganando esses velhotes pobres, vendendo a eles porcarias a prestação, para que aqueles ladrões que são seus patrões continuem roubando todo mundo e expulsando de suas casas esses que você chama de "pais sacrificados e autênticos heróis anônimos".

Olga pisca, põe a mão no peito e pigarreia uma ou duas vezes. O ataque frontal de Silvia a ruborizou, e agora brilham em sua testa pérolas de suor. Seus lábios formam um O pequeno e deformado, enquanto, ao seu lado, Emma coloca a mão sobre seu braço e a acaricia lentamente, quase como se pedisse permissão. Ao meu lado, mamãe aproveita que ninguém está olhando para se servir de um pouco mais de vinho.

Vendo Olga assim tão ofendida e indignada, entendo que ela não sabe que acabou de meter a mão na cartola errada e que o coelho que estava esperando tirar lá de dentro acabou sendo uma cobra venenosa. Não, Olga não sabe que entrou em um pântano sujo de lama. A terra que agora trilha é território comanche, uma das muitas páginas do álbum de família que, como várias outras, esta apenas compartilha com os seus. Olga não suspeita, porque Emma não a avisou, que acaba de mexer em um vespeiro cheio de feridas ainda não cicatrizadas. Ao meu lado, Silvia apaga o cigarro no prato e se levanta abruptamente, quase derrubando a cadeira com um empurrão.

– Vou ao banheiro – diz, mastigando as palavras. Olga a segue com o olhar, ainda sem entender, e com o espanto e a ofensa estampados em seu rosto. Ao lado dela, Emma continua acariciando seu braço com um sorriso forçado.

O que Olga não sabe, e que talvez ninguém nunca lhe diga, é que, como dizia a vovó, todos nós fomos algo que muitas vezes explica o que somos agora. E isso também inclui Silvia. A Silvia que é – a que é agora – não foi sempre assim. Houve uma Silvia diferente, porque ainda não tinha existido o que a fez mudar até se transformar em quem ela é. Houve uma Silvia muito mais descontraída e vital e, acima de tudo, mais alegre. Essa, a outra Silvia, era uma mulher que enfrentava a vida como ela faz agora, mas sem trincar os dentes como se quisesse arrancar com eles algo que não vê, nem vigiar como faz para garantir que tudo está devidamente controlado. Já houve uma Silvia maníaca, muitas vezes insuportável, sim, e com caráter diabólico... mas também era uma mulher que sabia rir de si mesma e que tirava da vida, como ninguém, o que ela pode dar. Lembro-me de que durante seus anos na faculdade, sempre que podia, ela pegava sua mochila e ia sozinha para a montanha. "Estou indo explorar", dizia. E voltava radiante, relaxada, desapegada. Nesse momento amava os animais e a natureza. E sentia interesse por tudo. Tinha tanta curiosidade sobre a vida, sobre as pessoas... Tinha tanta vitalidade que era difícil não se deixar contagiar por essa energia que espalhava e que parecia capaz de permear todas as coisas. Se era preciso dar uma festa de aniversário surpresa, lá estava ela, organizando tudo. Se uma amiga estava de mudança, a primeira a aparecer para ajudar era a Silvia. Todo mundo gostava dela e a queria por perto por ser generosa.

Acho que essa teria sido a Silvia até hoje se ela não tivesse vivido o que viveu no final de seu relacionamento com Sergio. E acredito que no fundo continue sendo, apesar de não demonstrar, porque algo me diz que acumulamos em um canto todos os *eus* que pensamos ter perdido ao longo do caminho. Na verdade, o que aconteceu com Silvia pode ser facilmente explicado, porque é algo que ocorre com frequência: Silvia e Sergio decidiram que era hora de ter um filho. Ela não teve problemas para engravidar, e tudo correu bem até que perdeu o bebê, na décima semana de gravidez. Por ser como é, não considerou o aborto algo tão aterrorizante. De fato, já sabia que uma elevada percentagem das primeiras gravidezes não vai para a frente e estava preparada para essa eventualidade, de modo que imediatamente eles começaram a tentar de novo. E voltou a ficar grávida. Desta vez, a gravidez continuou. Tudo parecia em ordem até que, aos seis meses e meio, o ultrassom de rotina revelou o que ninguém esperava: incompreensivelmente, a pequena – era uma menina que já tinha até nome – tinha parado de respirar e flutuava morta no ventre.

Naquela tarde, Silvia já nem saiu da clínica. Foi operada na manhã seguinte, e para isso eles tiveram que retirar também o útero, porque estava coberto de cistos de prognóstico nada bom. Quando, horas mais tarde, o ginecologista foi vê-la no quarto, ela quis saber. O médico, que a conhecia bem, não apenas por ser seu ginecologista desde sempre, mas porque além do mais tinha sido seu professor, não pensou duas vezes antes de lhe contar a verdade.

Silvia ouviu em silêncio. Quando ele terminou de falar, ela se virou de costas e disse:

– Agora estou vazia.

Esse foi o começo de tudo. A partir daquele momento, Silvia, que tinha se preparado para ser mãe com a mesma intensidade e o mesmo entusiasmo com que faz todas as coisas, começou a trabalhar um lado B que nós não conhecíamos, simplesmente porque até então não era o caso. A Silvia que saiu da clínica era outra. Onde antes ela queria conquistar o mundo, havia agora um vazio que em seguida empenhou-se em preencher. Onde antes tinha curiosidade, havia agora necessidade de controle. A Silvia mandona tornou-se intolerante. A amiga virou uma espécie de lobo que defendia e controlava os seus até afogá-los. Silvia saiu ferida do hospital e lutou com a dor como ela sabia ou podia, decidindo preencher o vazio de filhos com outras coisas e, portanto, moldou assim uma nova Silvia. Então nasceu a mulher hiperativa, voltada para o trabalho e a realização profissional; e emergiu uma mulher prática, metódica até o mais ínfimo detalhe e obcecada com o esmero e a limpeza. Mudou de trabalho, começou a viajar, a progredir, a dirigir e a mandar, deixando de lado tudo o que lhe lembrasse esse vácuo de filhos, e que não conseguia aceitar por ser injusto e não merecido. E pouco a pouco, a onda que foi eliminando a mãe que não conseguiu ser acabou por arrastar também Sergio, muitos amigos de infância e muitos planos e ilusões. Silvia se transformou ao longo do tempo em uma máquina de trabalho e de atingir objetivos, que encontrou em Peter o outro lado do seu espelho: um homem que simplesmente se limitava a estar e que, como ela, vivia mais com a cabeça do que com o coração, embora, em seu caso, ele parecesse nunca ter vivido de outra forma e estar confortável assim, confortável desde sempre com suas emoções emaranhadas. Silvia, no entanto, vive desde então de costas para o que foi, zangada com a vida porque esta lhe roubou seus filhos e a forçou a se transformar em alguém que nenhum de nós reconhece por completo. Ela funciona assim desde então, reconhecendo-se profissionalmente, porque é o que a domina, e convertida na nossa mãe, a mãe de que, segundo ela acredita, precisamos, e sofre quando vê que não somos nem agimos como nos convém, controlando o rebanho, sempre alerta, para que a vida não volte a fazer com ela o que fez, golpeando-a na sua fragilidade, jogando-a por terra, sem que dessa vez ela possa se reerguer.

Isso, essa Silvia que ficou presa no quarto do hospital, é a que Olga não conhece. E essa é também a Silvia da qual todos nos lembramos e que todos amamos, pois sabemos que, se um dia existiu, continua viva até hoje, e porque, no fundo, passamos muito, muito tempo esperando algo acontecer para a termos de volta.

"Nunca imaginei que pediria para que a vida desse em um dos meus filhos um tapa como deu em mim, com seu pai", já ouvi mamãe dizer mais de uma vez, quando falamos de Silvia e do quanto ela nos preocupa. "Só espero que não demore tanto quanto foi comigo."

É assim. Durante anos, todos nós conspiramos secretamente, desejando que o arcabouço que sustenta essa vida de dentes trincados se entorte e a derrube, arrastando-a para o chão. Queremos que a outra volte. A nossa. E não deixamos de esperar.

Agora, com a expressão mais relaxada e a cara lavada, senta-se novamente ao meu lado e coloca o guardanapo sobre o colo, antes de se virar para Olga e dizer, com um sorriso forçado:

– Me desculpe, Olga. Eu não deveria ter falado daquele jeito com você.

Olga, que durante os minutos que Silvia passou no banheiro não abriu a boca, sorri de volta, também de modo artificial.

– Não se preocupe – responde com voz de mulher sofrida e capaz de perdoar. – Além disso, já estou acostumada. Trabalhando em um banco, você pode imaginar.

Faz-se silêncio. Silvia e Olga continuam olhando uma para a outra, até que Emma, que não parou em nenhum momento de acariciar o braço de Olga, diz:

– É que... – começa ela, virando-se para Silvia primeiro e em seguida analisando todos nós com o olhar. Varre a mesa com os olhos, quase em câmera lenta, deixando-nos em suspenso sobre suas reticências, fazendo com que de repente nos transformemos em um círculo de equilibristas que cambaleiam no mesmo cabo, esperando que ele aumente de largura e nos mostre a outra margem. – É que... – volta a dizer, dessa vez com um sorriso tão sincero que, por um momento, minha garganta se fecha e consigo ver nela um flash do lado A de Emma, a que ainda não tinha ficado sentada na esquina de uma rua com o telefone na mão e o olhar perdido, esperando pendurada sobre um vazio que não saberia fazer passar. Por um momento, ela se tornou uma mulher de olhos grandes, ávida por tudo de bom que adivinhava na vida ao seu redor, pelo grande apoio de mamãe, pelo corrimão seguro no qual todos podíamos nos apoiar. Ao meu lado, minha mãe enrijece os ombros e suaviza a expressão.

– É que... o quê? – diz Silvia ao meu lado, com a voz de novo tensa, acendendo um cigarro e soltando uma baforada de fumaça. – Quer falar de uma vez?

Emma se vira para olhar para Olga, que acena com a cabeça lentamente, também com um sorriso e uma luz de cumplicidade à qual nenhuma das duas nos acostumou, e depois diz:

– É que estamos grávidas.

Silêncio.

Por um momento, tudo o que se ouve na sala de jantar é o murmúrio do rádio, que mamãe voltou a deixar ligado no banheiro e sobre o qual, de repente, se sobrepõe um longo bocejo, que, por vir de onde vem, acho que é de Max. Em seguida, mamãe balança a cabeça e dá uma risadinha.

– Hihihi – começa ela, olhando de relance para Silvia, e imediatamente dissimula. – Grav... hihihi. – Continua rindo por alguns segundos, com os olhos entreabertos, até que subitamente interrompe a própria risada e franze a testa, cobrindo-a com a mão, evitando a luz excessiva. – Opa, agora que estou pensando, foi isso mesmo que me disse a Ingrid no outro dia: que seu xamã lhe falou enquanto passava em cima da barriga dela aquelas espadas que provocam faíscas. Que ia engravidar. E eu respondi: de quem? E na sua idade? Porque Ingrid é uma mulher maravilhosa, apesar de não ser mais uma criança, mas talvez, sabe-se lá o que o Reiki é capaz de fazer, como ela é sueca, eu não sei. E, bem... como são as coisas, não é? – diz, levando a taça aos lábios e ainda rindo suavemente.

– De três meses – declara Emma, pegando a mão de Olga e apertando-a sobre a mesa. Ao meu lado, Silvia fuma, soltando a fumaça pelo nariz como um dragão. – Não queríamos dizer nada até ter certeza de que tudo estava bem e terem se passado as doze primeiras semanas, mas esta manhã fomos ao ginecologista e ele nos disse que tudo está ótimo.

Mamãe olha para mim e pisca, de repente, percebendo que Emma fala sério, que o que ela está ouvindo é real.

– Ah – diz, tocando o peito, como se subitamente tivesse engasgado e não conseguisse respirar. – Mas... Mas... Então... – Ao vê-la ofegante assim, vermelha como um tomate, dou um pulo e me levanto para ajudá-la, mas quando vou agarrá-la pelos ombros, ela olha para mim e, com o rosto perplexo, pergunta:

– Isso quer dizer que Shirley, minha Shirley, vai ser... tia?

E nesse momento, quando mamãe está prestes a se levantar, não sei nem para quê, e eu ainda estou de pé ao seu lado, incapaz de conter o riso, que ela nem sequer ouve, porque está totalmente atordoada com a informação que ainda não começou a processar... enquanto Silvia ainda fuma, à minha esquerda, com uma expressão ausente e Olga e Emma sorriem felizes, lá de sua trincheira, como duas bonecas de feira... enquanto na rua duas crianças gritam e um sino badala um quarto de hora que soa longe, como um gongo adormecido... Justo nesse momento, de todos os momentos possíveis da noite, toca a campainha e imediatamente os dois cachorros vão disparados em direção à porta, exalando ao sair debaixo da mesa, um latindo e a outra gemendo; e entre latidos e gemidos, o estupor, a novidade e a confusão permeiam todos os canais que circulam sobre a mesa; entre a bomba que Emma e Olga acabam de lançar de sua trincheira em cima de todos nós, como fazem sempre, soltando tudo quando as coisas já estão decididas e o assunto encerrado, sem qualquer possibilidade de se opinar, nem argumentar, ou dar espaço para dúvidas ou conselhos, é bem nessa hora que ouvimos do outro lado da porta a voz do tio Eduardo, cantarolando com seu timbre de barítono, em uma mistura de português e castelhano que, como é habitual, não prenuncia nada de bom:

– Boas noites, amadush miush! Tio Eduardo eshta em casha! Lishboa *calling*!

Quatro

Tio Eduardo sempre foi o queridinho de mamãe. Assim como da vovó. O único filho homem e o mais jovem dos dois. Como a vovó Ester costumava dizer:

– A vinda do tio Eduardo ao mundo foi um descuido total – contava. – Ele veio quando ninguém esperava. E, na verdade – acrescentava, olhando de soslaio para o vovô –, se me perguntassem, nem eu mesma poderia dizer como foi que isso aconteceu, porque acho que nem percebi.

Bonito ou, mais que bonito, lindo, com uma postura de homem clássico, sempre impecavelmente vestido, barbeado com elegância, com o cabelo grosso e escuro como o vovô, sorriso maroto e pose de almofadinha argentino, que ele admite e cultua sempre e onde quer que esteja. Embora entre mamãe e ele haja oito anos de diferença, tio Eduardo parece que nem completou 50 anos. Onde mamãe é surreal, ele beira a falta de vergonha. Se mamãe é ingênua, ele é esperto, rápido como a fome. Quando mamãe sorri, ele é simpático, com uma de suas manifestações de simpatia moldadas para enganar.

– Um encantador de serpentes, isso é o que seu tio é. – Era a primeira coisa que a vovó Ester dizia dele quando, por uma razão ou outra, mencionávamos tio Eduardo. – Embora, naturalmente, dos dois, ele seja a menor das minhas preocupações – acrescentava, olhando para mamãe com aqueles olhos de mãe que sabe das coisas (que sabe tudo), mas que prefere não falar, porque compreende que a opinião de uma mãe é, em muitos casos, a que menos conta.

A vovó tinha razão. Desde muito pequeno, o tio Eduardo sabia que levava jeito com as pessoas, especialmente com as mulheres, e compreendeu cedo que o mundo e a vida reservam uma tribuna de honra para perfis como o dele. Ele estudou pouco e mal, mas conseguiu terminar a faculdade de direito e sair dela com uma turma de amigos que ainda mantém e que nunca o abandonam. Está sempre envolvido em negócios e projetos pouco esclarecidos, mas nunca, até onde eu sei, envolveu ninguém da família em seus excessos – ao contrário de papai. Quando precisamos do tio Eduardo, ele esteve e está sempre ali, disposto a estender a mão, e sempre com o melhor sorriso.

Um capítulo à parte em sua vida são as mulheres. Suas mulheres. Houve tantas namoradas, amantes, amásias e amigas, ele teve parceiras de tantas idades, nacionalidades, raças e religiões que chamar tio Eduardo de "mulherengo" seria pouco.

"Existe um pequeno tesouro em todas as fêmeas" é uma dessas declarações batidas, usuais, que ele espalha como se fossem cartões de visita. "Simplesmente estão à procura de um bom aventureiro", conclui, arqueando uma das sobrancelhas e esboçando um meio sorriso que o deixa com uma expressão de menino travesso. Expressão da qual sabe como tirar proveito. "Por que vocês acham que Indiana Jones as deixa tão loucas? Não é por ele, não. É por essa fantasia de homem severo no qual ainda resta alguma coisa a ser descoberta. Às mulheres, é preciso fazê-las sentir que elas têm o que você quer, mesmo que não seja verdade."

Essa não é a única argumentação famosa de tio Eduardo. Há outras, é claro, mas são piores.

Papai nunca o suportou. Para ele, tio Eduardo não passava de uma criança mimada que sempre fez o que quis, quando e como bem entendeu – aliás, é isso justamente que papai não perdoa –, sendo muitas vezes bem-sucedido. Além disso, embora ambos pareçam ter perfis semelhantes, tio Eduardo é, do seu jeito, e pela sua lógica, um homem de princípios. Seus princípios são, basicamente, fazer o que quer, sempre se divertindo. Se em boa companhia, e feminina, melhor ainda. Ele tem o riso contagiante da mamãe, que os dois herdaram da vovó Ester e que nenhum de nós tem – e sabe tirar proveito disso. Para ele, tanto faz um jogo de baralho no meio da tarde ou um fim de semana de farra em qualquer lugar com os amigos. Essa é, basicamente, a diferença entre papai e ele: tio Eduardo desfruta da vida como um vencedor, inconsciente dos perigos que muitas vezes passam bem perto; como o equilibrista que atravessa sua corda bamba sobre o precipício, certo de ter uma corda de segurança que o prende ao cabo, mas que, na realidade, não existe. Ele não é corajoso, simplesmente desconhece o perigo. Papai é o oposto, vive aterrorizado de perder o que ainda não conseguiu, e o medo é tanto, é tão grande a insegurança que quando, finalmente, ele decide atravessar o precipício, descobre que o cabo já não está mais ali. Mas papai é, ao mesmo tempo, tão orgulhoso que nunca volta atrás. Daí o fracasso constante. Daí a raiva.

No caso de tio Eduardo, nós sabemos de tantas empreitadas, ele já se envolveu em inúmeros negócios, projetos ou "temas" que jamais conseguiu nos explicar, que há alguns anos já nem perguntamos mais. Sabemos que ele participa de coisas que nunca vão prosperar completamente, mas que lhe permitem ter um nível de vida bem acima do nosso e conviver com pessoas a quem nós nunca teremos acesso. Alguns anos atrás, ele se mudou para Lisboa, porque, conforme ele mesmo nos contou, tinham lhe oferecido o posto de representante de algumas vinícolas australianas sediadas em Portugal, mesmo que algumas vezes se distraia e nos confidencie alguns detalhes, como "lotes expirados de latas de *foie gras* enviados a Hong Kong"; e mesmo que em algumas ocasiões tenha deixado escapar algo acerca de um tal de Anguineli ou Manguineli, com quem viaja às vezes ao Brasil, e que certamente está envolvido em algo nada muito honesto ou transparente.

De qualquer forma, tio Eduardo é um homem importante na nossa pequena estrutura familiar, ainda mais desde que papai decidiu desaparecer – enquanto papai foi o chefe da família, tio Eduardo nunca participou dos nossos jantares natalinos –, embora apareça muito ocasionalmente e sempre pouse sobre nós, como um obus carregado de ruído e cor. Como mamãe, ele também não é muito fã de silêncios, mas, ao contrário dela, apenas deixa que se produzam ao seu redor. Se mamãe está em busca de ruído – nisso Emma e ela são idênticas –, tio Eduardo é o ruído por excelência. Quando cai na gargalhada, o ar chega a tremer, e quando fala, os diálogos não demoram para se transformar em monólogos cada vez mais sonoros, porque dificilmente deixa alguém intervir e, acima de tudo, não escuta. Não, tio Eduardo é um desses homens que ouvem pouco e mal, porque é muito cheio de si; da mesma forma que as conversas com ele, quando conseguimos que aconteçam, são um amontoado de bobagens e tolices – muitas vezes hilariantes, é verdade –, diante das quais o surrealismo caseiro de mamãe é quase uma lufada de lógica aristotélica.

Agora tio Eduardo está parado entre a mesa e a parede, com as costas eretas como um general; a roupa perfeita; gravata da Hermès; cabelo preto penteado com gel, exceto nas têmporas pontilhadas com a quantidade perfeita de cabelos brancos que, de acordo com mamãe, ele mesmo tinge; os sapatos de amarrar, pretos e brilhantes; e no pulso um relógio caro de fundo branco e números substituídos por bandeiras com motivos marinhos. Em torno dele, nós ainda estamos de pé e os cães finalmente se acalmaram. Tio Eduardo olha para nós, percorre a mesa com os olhos e esfrega as mãos em um gesto enérgico que conhecemos bem.

– Estou morrendo de fome, família – diz. Depois dá uma gargalhada de pirata e acaricia com a mão o rosto de mamãe, que está animada, e saliva, sem deixar de olhar para ela. – Humm – continua, virando-se para olhar para a cozinha e apertando os olhos para distinguir o conteúdo das assadeiras que continuam no forno. – Ah, Amália, creme de lagosta. Meu prato favorito – comenta ele, com um sorriso satisfeito. – Você é um amor, irmãzinha.

Mamãe, que ainda está um pouco bêbada e tem dificuldade para pensar, se vira para olhar para o forno. Um momento depois, solta uma risadinha.

– Não, Eduardo, querido... – diz. E depois, com cara de quem não sabe muito bem o que falar, arremata: – É creme Alvalle. Muito bom. Você vai ver.

Tio Eduardo franze a testa por um segundo e, em seguida, tira da cartola o encantador de serpentes que o acompanha em todos os momentos e, como se não a tivesse ouvido, vira-se para nos olhar, a todos nós, um por um, e nos dedica um sorriso brilhante, que mantém fixo em contraste com a luz amarela da lâmpada por uns dois segundos.

– Mas sentem-se, sentem-se – fala, agitando as mãos no ar. – É véspera de Ano-Novo, irmãzinha – grita, virando-se para mamãe, que põe a mão sobre os olhos para evitar a luz excessiva. – Ah, que vontade eu estava sentindo de chegar logo. – Vai ao redor da mesa e ocupa a cabeceira oposta à de mamãe. – Não dá para voar nestas datas. Todos esses paroquianos que vão de um lado para outro como se tivessem dinheiro sobrando – continua. – E você se pergunta, onde está a crise? Porque, é claro, não é necessário mais do que pôr os pés em um aeroporto para perceber que as pessoas ainda viajam de férias. Claro, mas em que condições? Porque a executiva veio vazia. E, na verdade, ainda bem, pois me trataram com um serviço dos sonhos. Como um autêntico marquês. E as meninas da TAP são... humm... você precisa ver como elas são. Tão doces e tão... tão...

Silvia, que está sentada à sua direita, coloca de repente a mão no braço dele. Ele olha para ela.

– Tio – interrompe ela, com cara de quem não está de brincadeira.

Ele sorri.

– Sim?

– Talvez você esteja interessado em saber que, um pouco antes de chegar, Emma e Olga tinham acabado de nos dar uma notícia muito... especial.

Tio Eduardo estica o pescoço e ajeita a gravata.

– Ah, eu adoro notícias. E se são especiais, mais ainda – afirma, olhando novamente para Olga e Emma, que sorriem também, por sua vez, radiantes.

– É que estamos... grávidas – conta Emma com sua voz suave e estendendo a mão por debaixo da mesa, sem dúvida procurando a de Olga.

Tio Eduardo olha para elas, deixa passar poucos segundos, como de praxe, e assente com a cabeça lentamente algumas vezes.

– Bem, a menina da TAP que me atendia, não – dispara ele, com cara de confuso. – Quero dizer que ela não estava grávida, mas tinha umas curvas e umas redondezas que... mas é claro, com as portuguesas nunca se sabe, porque onde elas dizem *a* logo resulta que é *ce*, *be*... bom, o *be*...

– Tio – Silvia volta a interromper, dando uma pequena batida na mesa com a palma da mão aberta.

Ele pisca.

Silvia não espera que ele diga nada.

– Você poderia por favor calar a boca por um momento, enquanto nós terminamos de saber o que diabo querem dizer exatamente Olga e Emma quando afirmam que estão grávidas?

Tio Eduardo pisca outra vez, com cara de quem não entende. Depois suspira irritado, respirando pelo nariz, estende o guardanapo e o coloca em volta do pescoço.

– Grá...vidas? – pergunta, franzindo a testa, de repente percebendo o que tinha acabado de ouvir, e virando-se para olhar para Olga e Emma com os olhos arregalados. – Vocês?

Emma confirma com a cabeça e sorri. Olga olha, encantada, antes de se virar na direção dele.

– Correto – responde.

– Ah – suspira tio Eduardo, impassível. Em seguida, solta uma das suas gargalhadas que fazem Shirley saltar do sofá e procurar refúgio na escuridão do quarto de mamãe. – Mas é coincidência, certo? – pergunta, enquanto o riso dá lugar a um silêncio tenso. Ao ver a expressão confusa de Olga, explica: – Quer dizer, que maravilha que duas amigas fiquem grávidas juntas. A vida tem essas coisas. E as mulheres também – arremata, acenando com a cabeça lentamente. – Misteriosas por natureza. E sempre fazendo tudo juntas. Se vão ao banheiro, vão juntas, se menstruam, menstruam juntas, se vão procurar descontos, vão juntas... – Silvia lhe dá um tapinha no braço para silenciá-lo, mas tio Eduardo não percebe que é com ele. – Humm, amizade, bendita seja. E os amigos, especialmente os amigos. O que seria de nós sem eles? Se eu pudesse contar a vocês quão importante eles têm sido durante estes dois anos de triste exílio que vivo em Lishbooa. – É assim que ele pronuncia, alongando o *sh* e o *o*. – Eu não sei o que teria feito sem eles. E sem elas, é claro – acrescenta, piscando e dando uma nova risada que Silvia acolhe, muito séria. Em seguida, ele se vira mais uma vez para Emma e Olga e diz: – Embora saibam que casualidades não existem. Com certeza seus filhos vão ser tão amigos como vocês são.

Silvia olha para mim, revira os olhos e inspira profundamente antes de replicar:

– Tio, Olga e Emma são lésbicas, se você não se lembra.

Olga range os dentes e fecha a mão no guardanapo. Ao seu lado, Emma olha para mim. Eu não consigo decifrar seu olhar.

– E o que é que isso tem a ver? – solta tio Eduardo, com uma careta de homem ofendido. – Eu disse que, além de lésbicas, serão amigas, certo?

Na outra extremidade da mesa, mamãe assente, com um sorriso, um pouco bêbada.

– Ai – diz de repente, percebendo o que acabara de ouvir. – Mas então... – começa, olhando para Olga e Emma, colocando a mão no peito – vocês vão ter... gêmeos?

"Meu Deus", penso, acariciando a cabeça de Max e querendo me esconder com ele debaixo da mesa. "Assim, não vamos chegar à meia-noite."

– Não, mamãe – digo, com a mesma voz que uso às vezes para convencer Max a abrir a boca e soltar pela enésima vez uma das minhas meias com as quais insiste em levar para uma caminhada, tentando colocar um pouco de sanidade nesse intercâmbio fraterno que já conhecemos de outras vezes e que nem sempre acaba bem.

– Ah, não? – pergunta ela, claramente decepcionada. – Então – começa de novo, aquietando de repente, e tentando colocar ordem na sua mente disparatada. – Então... apenas uma das duas está grávida?

Emma assente e sorri. É um sorriso só dela. Paciente. De uma imensa paciência. De alguém acostumado a educar.

– Eu – diz Olga.

– Ah. – O "Ah" de mamãe não esconde sua decepção. É um "Ah, que pena", e também é um "Ah" mais sério, mais primário. É, entre outras coisas, e embora talvez ela não saiba, um "ah, então não é do nosso sangue". Olga tenta sorrir mecanicamente. – Mas então – mamãe, que continua obcecada em entender, volta à carga –, você não fez nada? – pergunta para Emma. – Quer dizer... humm... o sêmen não pode ser seu, é claro.

Eu rio. Emma também. Silvia não.

– Não, mamãe, claro que não – responde Emma, balançando a cabeça.

– Ah – diz mamãe, aproveitando para encher a taça de vinho e tomando um pequeno gole. – Claro! Como não pensei! – exclama, batendo palmas no ar. – É essa coisa da barriga de aluguel, não é, querida? Ai, como sou boba! – comenta, colocando a mão no braço de Olga, que olha para ela sem acreditar. – Eu li outro dia em uma das revistas que a Eugênia me dá. Ai, que emoção! – exclama de repente, feliz. – Vou ser avó, Eduardo! Avó! Na minha idade! – diz, olhando para todos nós, emocionada. – Dá para imaginar?

– Mas, mamãe, que barriga de aluguel que nada, que bobagem é essa? – retruca Silvia, acendendo um cigarro e acenando para o lado, para que a fumaça não venha para cima de mim. – Será que você não vê que aqui o que mais sobra são precisamente barrigas?

– Aha – intervém tio Eduardo com voz de falso Yoda. – Sim, é que, no fundo, tem muito feminismo, muito sutiã voando, muito voto e muito "nós conosco e mais ninguém", mas quando chegamos ao que interessa, o homem é o homem e o restante é mitologia. Como conseguem se virar sem nós? – Ele respira fundo, sorri e acrescenta: – O que vocês seriam, além de uns seres maravilhosos e adoráveis? Terra fértil à espera de uma semente saudável e forte, um mapa incompleto de desejos por satisfazer um modelo de...

– Não seja retrógrado, tio, faça o favor – rosna Silvia entre os dentes, revirando os olhos e jogando bruscamente as cinzas no pires que mamãe colocou ao lado da taça. – Claro, às vezes parece que...

– Isto tem que ser comemorado! – solta mamãe de repente, erguendo a mão no ar e pegando, ao passar, a garrafa de Coca-Cola e um dos dois castiçais, que se apaga repentinamente no momento do impacto contra a toalha. Em seguida, ela se levanta da mesa e, após erguer a garrafa e o castiçal, corre para a cozinha e busca uma garrafa de espumante na geladeira. – Deixem eu contar para a Ingrid – diz, com um suspiro de satisfação. – Vai deixar o Buda cair no chão! – Ela me dá a garrafa para que eu a abra e percorre a mesa até chegar a Emma e Olga e as abraça por trás, pressionando-as em seu ventre. – Minhas meninas – diz, inclinando-se para beijá-las na cabeça. – Não imaginam quanto me fazem feliz.

É um momento de relaxamento. De repente, todo o barulho é apagado pela imagem de mamãe com Olga e Emma apoiadas em sua barriga e seu olhar de felicidade. Ela está muito emocionada, de verdade, agora que tem o tio Eduardo aqui, somado ao resto de nós, e foi finalmente capaz de deixar de lado o personagem de anfitriã nervosa e insegura. Sim, mamãe relaxou, porque ela sabe que o ruído está finalmente garantido com o ego à prova de fogo do tio Eduardo, e que agora ela pode ser a outra, a que não se atrapalha querendo que tudo saia bem, exercendo o papel de mãe à sua maneira.

"Quanta coisa mudou em tão pouco tempo", me pego pensando do meu lado da mesa, feliz, feliz por ela e também por nós. "Quanto todos nós mudamos." Na cápsula de silêncio que de repente nos rodeia, Silvia se vira para mim e, por um segundo, nossos olhares se encontram. Seus olhos estão brilhantes, de um azul quase marinho, e algo neles quer sorrir, embora seja apenas uma sombra, não uma luz inteira. A que me olha é a mesma Silvia cansada e magoada do terraço, que agora está descansando de si mesma, neste breve período de calma. É a Silvia sem mochila no ombro, que só aparece quando ninguém olha ou quando ninguém vê.

O azul desse sorriso dança em seus olhos por um momento, e depois ela se vira para olhar para a frente e vê o mesmo que eu: que mamãe está diferente, mais velha, e que desde que papai se foi ela tem recuperado versões próprias antes suspensas e que nós nem sequer tínhamos intuído. Às vezes aparece essa Amália sem noção e inocente, que se vira pela vida como uma menina em uma montanha-russa, encantada com a aventura que o destino lhe ofereceu justo agora, quando ela menos esperava, e todos nós pensávamos que estava sentada na dobradiça do próprio tempo, para esperar a velhice. Encontramos nela um lado B mais apagado. São retalhos de mulher adulta que deixa escapar verdades, como Emma solta suas bombas, perfurando os arredores. Até agora, no andar da carruagem da noite, mamãe tem agido no seu lado A, eufórica e feliz, ao se ver rodeada por seus filhos, embora as personalidades de cada um tenham chegado até aqui carregadas com nossos segredos e bagagens. Mamãe foi barulho esta noite, um barulho exacerbado que não vai demorar a diminuir, porque quando tio Eduardo e ela coincidem, algo a avisa que seu substituto na estridência e intensidade chegou finalmente e que ela pode relaxar. Algo a acalma, agora que papai não preside mais nossos jantares com sua batuta, suas súbitas mudanças de tom e aquele olhar cinzento com que nos varria como a luz de um farol que não funciona direito.

Foi muito tempo vivendo sob esse olhar, muito para mamãe e também para os outros; e embora tenham se passado três anos desde que ele não compartilha o presente conosco, o passado prolonga sua sombra sobre o que ainda estamos aprendendo a ser.

"A sombra de papai ainda está aqui", me ouço pensar de repente. "Somos o que ele já não vê, mas somos também o que ele deixou de sua sombra sobre nós." Estou a ponto de falar. A ponto de me levantar, eu também, e abraçar Emma, para comemorar com ela sua maternidade compartilhada, mas quando começo a empurrar a cadeira, mamãe leva as mãos ao rosto e balança um pouco, como se de repente algo tivesse caído em seus olhos fazendo-os queimar, ou como se a dor de repente tivesse vindo de dentro, agredindo-a como uma pedrada. Ficamos com medo. Emma é a primeira a reagir.

–Você está bem? – pergunta, alarmada.

Mamãe continua balançando-se um pouco, ainda com as mãos cobrindo o rosto. Tio Eduardo deixa o guardanapo na mesa e também empurra a cadeira para trás.

– Amália...

Mamãe fica quieta. Entre os dedos que escondem seu rosto, nós a ouvimos dizer, com voz embargada:

– Estou tão feliz... que... – Ela para de falar e se contrai, encolhendo-se um pouco.

Eu engulo em seco. Ao meu lado, Silvia apaga o cigarro com um gesto brusco no pires e pigarreia, desconfortável. Odeia ver alguém chorar; qualquer pessoa em geral, e mamãe em particular. Isso a desarma. A fraqueza a desarma e também a dor expressada assim, organicamente. Não sabe lidar com emoção pura. Não a quer. Ainda mais se vem sem avisar.

Mas não há tempo para mais, porque nesse momento mamãe destapa o rosto, afastando os dedos lentamente, separando-os da pele, como uma fita adesiva.

Depois respira fundo, ainda com os olhos fechados, e expele devagar o ar pela boca, soprando e juntando as mãos na frente do peito, concentrando-se na sua respiração.

E diz:

– Eu estou tão feliz... – Abre os olhos, cobre-os com uma das mãos como uma viseira, para se proteger da luz da luminária pendurada sobre a mesa, e leva a outra à barriga, enquanto morde o lábio inferior com cara de sofrimento. – Tão emocionada que acho que... hummm... – respira fundo novamente e de repente grita: – Estou fazendo xixi! – diz, virando-se, e correndo para o banheiro com as pernas bem juntas e passos curtos, rangendo os dentes.

Ao meu lado, Silvia engole em seco, procura outro cigarro no maço, acende-o e aspira o fumo lentamente, enchendo bem os pulmões.

– Ainda está com os sapatos xadrez – ouço a mim mesmo dizer em voz alta.

Silvia olha para mim, solta a fumaça do cigarro e murmura, com voz cansada:

– Eu vou matá-la.

Cinco

A incontinência de mamãe veio com o divórcio. Ou, para ser mais preciso, quando finalmente se instalou em seu apartamento com Shirley e parecia que tinha a vida mais ou menos organizada de novo. Primeiro foi a bexiga, depois o cólon irritável e, a partir daí, vieram incontinências de outra índole, que, embora no início tenham nos deixado surpreendidos – e não tenham tardado também a nos alarmar, especialmente à Silvia –, não demoramos muito tempo para entender.

– Sua mãe se libertou – explicou com voz paciente o Dr. Martín, que era e ainda é o médico de cabeceira de mamãe e que, apesar de aposentado, continua a atender seus pacientes mais antigos em casa. – É normal. Tendo vivido de modo contido por tanto tempo, ela agora se sente livre e, pouco a pouco, vai se manifestando assim. O corpo é uma máquina estranha, perfeita, mas estranha – acrescentou, tirando os óculos e sorrindo. – Vocês não devem ficar surpresos se nos próximos meses, até mesmo anos, pequenos sintomas que até agora não eram mais do que doenças menores ficarem fora de controle e aumentarem. Não se preocupem. A experiência me ensinou que corpos como o da sua mãe voltam em algum ponto para seu lugar, para reivindicar o que é deles.

Silvia e eu olhamos um para o outro. Percebi que ela não ficou muito convencida. O Dr. Martín também não.

– Não vai ser só fisicamente – disse.

– O que você quer dizer? – perguntei, me adiantando à expressão de alarme que Silvia não conseguiu disfarçar.

– Ela vai manifestar tudo isso também em seu comportamento – declarou. – Pelo que vocês me dizem, e pelo que sei... – Ele baixou os olhos, percorreu a mesa com o olhar com um ar que, por uma fração de segundos, me pareceu quase ausente, e continuou: – Eu entendo que sua mãe viveu por muitos anos com medo. Medo de cometer erros, medo de fazer as coisas mal, de tomar decisões...

Silvia e eu assentimos.

– Agora ela vai descobrir que não precisa prestar contas para ninguém. E a liberdade, quando chega assim de repente, nem sempre é bem assimilada – prosseguiu. – Talvez comece a gastar muito mais do que deveria, ou decida coisas que vocês consideram sem lógica nenhuma, nunca se sabe. Mulheres que passaram muitos anos na sombra, quando de repente se veem em terreno aberto, ficam perdidas. E isso, na idade de sua mãe, não é fácil de suportar. O único conselho que posso lhes dar é que fiquem alertas, mas que não a controlem. Seguramente, e de forma inconsciente, ela vai clamar que vocês façam o papel que seu pai ocupava até então. Não caiam nessa. Deem-lhe corda, mas não a percam de vista. Ela precisa de tempo para assumir que já não há ninguém que possa prejudicá-la simplesmente por ela ser como é.

Silvia baixou a cabeça. Eu assenti.

– E vocês devem ser pacientes – acrescentou o médico. – Às vezes, vão ter a impressão de estar lidando com uma garotinha, vou logo avisando. Muitas dessas vezes, ela vai estar testando vocês para que assumam um papel que não lhes corresponde. Agora que ainda está em tempo, façam direito o que têm a fazer. A vida vai dar conta do resto. Acreditem em mim.

Acreditamos nele.

E funcionou.

Mais ou menos.

O que aconteceu depois das semanas que mamãe e eu passamos juntos na minha casa, cada um vivendo a aurora da própria independência, foi exatamente o oposto do que tínhamos imaginado. Tivemos separações paralelas, processos paralelos e até mesmo resoluções paralelas. A partir daí, os caminhos que seguimos não foram opostos, mas sim divergentes. A vida voltava a nos surpreender e a nos pegar desprevenidos.

Nós pensamos que mamãe iria viver um penoso e longo luto, que seus 60 anos pesariam demais para uma mulher que tinha sempre vivido à sombra de um homem que a queria pouco e mal. Nós pensamos o pior, imaginamos o pior e nos preparamos para o pior.

Estávamos errados.

Mamãe recomeçou a vida com uma alegria e ilusão que nós nunca tínhamos previsto nela, mergulhando na sua nova aventura e aprendendo, encantada, a errar muito sem confessar para nós qualquer coisa. Durante o primeiro mês após se mudar para o apartamento dos Guindos, contratou três linhas telefônicas de três empresas diferentes, aceitou duas ofertas de ADSL (embora não tenha computador nem a menor intenção de comprar um), mandou instalar um ar-condicionado com o qual poderia esfriar um necrotério inteiro, comprou um fogão a lenha e oitenta bolas de lã norueguesa para tecer uma manta que ainda não foi terminada; quase investiu a poupança no que ela nos apresentou como "umas ações de um banco ecológico que ajuda as mulheres na Índia, dando-lhes empréstimos sem juros para que seus maridos as deixem um pouco em paz", quando, na verdade, ela quase esbarrou em uma espécie de doação-estelionato para uma ONG que, no final, se revelou responsável pelo tráfico das mulheres desses mesmos maridos, e também de muitas outras que ainda não tinham maridos, nem teriam jamais; comprou por catálogo um carro elétrico que Emma conseguiu devolver porque mamãe não é capaz sequer de ver se as luzes dos semáforos estão verdes ou vermelhas até chegar bem em cima, e porque em sua vida toda ela só teve um carro, aquele que o vovô lhe comprou quando fez 21 anos e que ela bateu numa quitanda duas horas e meia depois de ter saído com ele; comprou uma tonelada de Tupperware de todos os tamanhos e formas, os mais absurdos, porque uma amiga de Ingrid os vendia "e a pobre menina foi abandonada pelo marido, tem três filhos, e se eu puder ajudar um pouco, não custa", e milhares de outras atrocidades. No entanto, o que causou mais desgosto e custou mais para ser solucionado, tendo quase acabado conosco, especialmente com Silvia, foi o aparecimento de Ami. Ami, ou Ahmed para qualquer um que não fosse mamãe, era um rapaz que todas as tardes se instalava no banco da praça, logo abaixo do terraço de mamãe. Pouco tempo depois de ter aparecido em cena, o que começou sendo um simples comentário do tipo "aqui abaixo tem um moço tão bonito e tão educado que, de fato, assim dá gosto sair para dar uma caminhada", ela continuou com um comentário ligeiramente suspeito: "Ahmed é tão adorável, esta tarde me ajudou a trazer o carrinho de compras para casa e tomou chá comigo, e ficamos conversando por um tempo" para resultar, semanas mais tarde, em um alarmante: "Você precisa ver como as crianças da escola gostam de Ami. Ele leva muito jeito com crianças... Acho que é psicólogo infantil ou algo assim, porque todas as tardes, quando as crianças voltam da escola, ele vem com o banco do carro cheio, mas cheio mesmo. Você não sabe o quanto elas gostam dele. Ah, como ele é amoroso com os vizinhos. Muito charmoso, como eu digo. Hoje, o pobrezinho estava tão carregado que me deu algumas sacolas para que eu guardasse em casa, algumas daquelas do *El Corte Inglés,* marrons, como de congelados ou de Natal. E agora eu já sei o que ele faz. Deve ser um escultor, porque olhei dentro das sacolas e sabe o que tinha? Barro! Bem, uma argila estranha que deve ser a que utilizam na escola onde ele trabalha, porque está embalada em plástico e papel alumínio e cheira... eca... muito mal, esquisito, e quando Ingrid veio tomar chá, ela me disse que talvez seja a massa que os mouros usam para fazer pão de terra, porque em alguns lugares não há trigo, coitados. Só pode ser isso, não é?"

Levei uma hora para aparecer na mamãe. Claro, não precisei olhar as sacolas que o anjinho lhe havia deixado em consignação. O cheiro de haxixe que enchia o apartamento era tal que dava para sentir do elevador. No dia seguinte, quando a polícia chegou, procurando por Ahmed e seu estoque, tentaram convencer a mamãe a não ser tão confiante e tomar um pouco mais de cuidado com o que punha em casa. Ela se sentou no sofá, baixou o olhar e, com uma expressão triste, disse: "Não é possível que Ami seja tudo isso que você diz, senhor. Shirley o adora, e os animais, especialmente os adotados, não erram." O policial olhou para ela, balançou a cabeça e, ao sair, ficou observando mamãe da porta com um olhar severo, e completou: "Esta senhora não é a dos romenos dos móveis?" Assenti. Ele estalou a língua. Em seguida, baixando a voz, acrescentou: "Acho que a sua mãe vai acabar se dando mal."

Isso foi apenas o começo. Desde então, a independência de mamãe tem sido uma montanha-russa de excessos, reparos, emergências, tapar buracos, limpar contas, devolver compras de engenhocas inúteis, passagens aéreas canceladas para destinos impossíveis e milhares de outras atividades. Mas também tem sido aventura. E, sobretudo, muita, muita vida.

Duplamente errados, sim. Todos. Com mamãe e também comigo.

No dia em que me mudei para a quitinete e ela partiu para o seu novo apartamento na parte alta da cidade, a vida – a nossa – virou de ponta-cabeça. Todo o esperado, o que parecia escrito no destino por lógica natural, sofreu uma reviravolta estranha, e nos nossos processos – no meu e no de mamãe – os papéis foram alterados. O catavento virou de repente e soprou o ar frio do norte sobre um de nós, e o ar quente do sul penteou a sombra do outro.

Foi assim: mamãe levou a brisa quente para sua nova casa, sua vida com Shirley, com os vizinhos aposentados, com as crianças da praça e com as pessoas do bairro, que logo se renderam a esse ar fresco de menina mais velha e ingênua que, desde que não está com papai, ela espalha por onde passa. Em poucas semanas, ela havia encontrado seu lugar e se expandia, a partir de seu epicentro, como um terremoto de pequena magnitude, balançando o que tocava, quase embalando. Tinha o seu espaço, a sua agenda, sua academia e o chinês da esquina – de quem começou comprando guardanapos com desenhos de cães e de quem agora compra até os pijamas de flanela, e que quando a vê entrar pela porta faz uma cara séria e diz, sem tirar os olhos do monitor que tem sobre a porta: "Corredor três fundos direita, sinora." E nesse pouco tempo ela também já tinha as suas verdades, que não eram mais segredos, porque papai não estava ao seu lado para repreendê-la e menosprezá-la, jogando todas as suas inseguranças nela. Sim, mamãe tinha finalmente suas verdades, suas meias mentiras e sua liberdade.

E, acima de tudo, tinha a nós. Aos três. Só para ela.

– Só está faltando a mamãe – terminava dizendo às vezes, quando falávamos sobre quão bem ela se sentia, e de repente um véu de sombra cruzava seu olhar. – Com ela aqui tudo seria perfeito.

A avó Ester. A memória da vovó. Mamãe sentia saudade dela em alguns momentos, especialmente no início. Eram descargas de saudade que chegavam como curtos-circuitos breves e lúcidos. E a dor. Quando mamãe se lembrava da vovó, algo doía e ela ficava pendurada no vazio daquilo de que sentia falta. Ao ouvi-la assim, sentindo saudades assim, qualquer um que não a conhecesse tão bem pensaria que a vovó era tudo o que ela mantinha do que havia sido sua vida, até chegar aonde estava. Seu único tesouro. Essa parcela intacta de calor que só ela conhecia e que dava sentido e peso a muitas coisas que talvez não tivera, ou não pôde ter.

Sim, a brisa quente foi embora com mamãe, que precisava dela tanto quanto eu.

Para os lados do leste, na parte baixa da cidade, junto à praia, para mim sobrou o vento. O do Norte.

Curiosamente.

Eu tinha acabado de completar 30 anos. Mamãe, 60. Acreditávamos que ela ficaria com a dor e eu com a festa. Que ela manteria o sossego, e eu a vida pela frente. Eu, o futuro, e ela, os restos e o descanso. Nós acreditamos em coisas nas quais se acreditam porque alguém, em algum lugar de nossas histórias, desenha para nós mapas de tesouro com pistas falsas. Depois, quando esses mapas nos levam ao pote de ouro prometido, soltam-se os cadeados e com eles a surpresa. Ao longo do tempo, aprendemos que os mapas são de quem os desenha, não de quem os persegue, e que na vida sorri mais quem desenha melhor, não quem se esforça mais na procura.

No meu mapa do tesouro, misturei as coordenadas e fiquei confuso e perdido. Com a pressa de cicatrizar feridas em que não me via com ânimo de mexer ainda, achei que fechar uma casa era fechar tudo o que se viveu nela, que se pode começar a partir do zero simplesmente seguindo adiante e mudando de cena e de sequência, como, aparentemente, mamãe estava fazendo. Pensei que os anos com Andrés permaneceriam no arquivo de casos encerrados com os seus documentos, suas fotos, suas memórias, seus erros, suas falhas, suas realizações e sua senha. Acreditei que a dor de um relacionamento rompido se desarma ao retirá-lo do cenário onde foi representado noite após noite, que o que vive dentro fica dentro e que fora a vida é outra coisa; que a mudança de luz traria novas paisagens, novos amores, novas cordas para andar sobre novos vazios.

Na noite seguinte ao jantar de inauguração da minha quitinete, eu me levantei, preparei um café e fui com Max até o terraço tomar o café da manhã. O calor estava grudento e do mar soprava uma brisa salgada.

– Aqui nós vamos ficar bem – falei para Max, mais em uma tentativa de ouvir a mim mesmo dizer isso em voz alta do que de convencê-lo; a ele, que naquele momento corria atrás de uma pomba no terraço, feliz como cachorro que era. – Aqui ninguém vai nos incomodar.

E foi então, ao ouvir o eco das minhas palavras e sentir o peso e o gosto daquele "aqui ninguém vai nos incomodar" na língua, que entendi que a vida tinha jogado, de fato, com cartas marcadas e que, ao contrário do que eu tentara acreditar, meu mapa do tesouro havia me levado até lá, em busca de um refúgio contra, e não de um trampolim na direção de. E entendi também que mamãe havia levado o calor e a aventura com ela porque, de alguma forma, sabia que eu não a queria. Eu só queria estar longe, só queria que não houvesse aventura alguma, que não chegasse ninguém e que o tempo parasse de algum modo e não acontecesse mais nada. "Que a vida passe ao longe. Que não me encontre", pensei, enquanto me afrouxava por dentro, pela primeira vez em semanas. Na privacidade do meu terraço, com as antenas nos telhados como únicas testemunhas, me permiti pensar em Andrés, em tudo o que ele tinha tirado de mim ao partir daquele jeito, e me permiti também sentir saudade dele. E, em seguida, ainda pensei em papai e em como os únicos dois homens que tinham feito parte da minha vida, no íntimo, haviam desaparecido ao mesmo tempo, sem mais, sem lutar por mim nem pelo que compartilhamos, sem me permitir sequer um triste segundo para pedir uma revisão de nossa história comum, qualquer que fosse. Os dois foram embora como se tivessem sido visitas. Eles tinham encontrado outra vida. Simples assim. Uma vida melhor. Tinham aberto um novo arquivo e esvaziado o comum. Deletar? Sim. Esvaziar a lixeira? Sim. Nova senha, novo mapa do tesouro. Adeus.

Depois de quatro anos com Andrés, vivendo um dueto, nos projetando em dueto, tendo sido parte de, parte com, parte em, de ter acreditado e confiado, certo de ter chegado a um porto do qual só sairia para visitar portos que nos fariam mais velhos juntos, maiores, mais adultos, e de que o tempo que nos unia era para a frente e em linha reta... Depois de encontrar, formar, aprender, cerzir, renomear e reinventar o amor, o que restou, a pobre herança que eu havia trazido para minha pequena quitinete na praia, era um móvel de arquivo cujos compartimentos tinham cada um o próprio nome e que soava assim: rejeição, dor da ausência, engano, raiva, saber menos de mim por não ser querido, por ter sido abandonado e ser dispensável, pequeno, insuficiente... Eu tinha confiado que com a mudança, com novos ares, decolaria como mamãe, e repetia para mim mesmo frases batidas de autoajuda, até que o exagero as transformou em ladainhas que ainda agora soam dessa forma, como bugigangas do tipo "Tudo por um euro", que confortam pouco e significam nada. Decidira fugir para cima, quase convencido de que a cabeça devia procurar o alívio que a emoção parecia não saber como encontrar.

"Tempo. É apenas uma questão de tempo", disse para mim mesmo. E todos me diziam: "É preciso aprender a esperar."

Mamãe tinha levantado voo. Eu queria ter um ninho e havia me apressado para construí-lo à minha medida e à de Max, sem saber que o que realmente estava construindo era um bunker contra o que havia do lado de fora, contra o que doía. Onde mamãe expandia, eu encolhia. Onde ela deixava que a vida a surpreendesse, eu tinha começado a temer surpresas. Onde ela queria saber, eu queria um tempo para entender o porquê. Por que as coisas dão errado? Por que não são o que são? Por quê, por quê, por quê...?

Eu me sentei no degrau que liga a sala de estar ao terraço, com o copo de café na mão, enquanto Max corria e latia feliz atrás de uma pomba, e vi nós dois – como em uma vista aérea –, eu sentado e ele correndo. Um homem e um cachorro. O cachorro feliz; o homem encolhido. E sozinho...

Chorei então por mim e também por mamãe, porque intuía que havia entrado em um deserto do qual ia custar a sair. Senti tristeza por mim. Tanta que acariciava meus braços, untando-os com o sal que permeava o ar. Notei minha pele fina e disse a mim mesmo que não haveria, na minha viagem, espaço para nenhum homem mais. Para nenhum outro abandono.

– Nenhum mais – falei a Max, quando ele finalmente veio até mim e me deixou abraçá-lo. – A partir de agora somos você e eu. Todo o resto fica de fora.

*

Há alguns minutos, mamãe está cantando, trancada no banheiro. À cabeceira da mesa, tio Eduardo pigarreia. De repente, com mamãe temporariamente ausente, cada um fica imerso na vida que tem lá fora, a que trazemos desse exterior. É uma tensão familiar tímida, alimentada por uma grande nuvem metálica do cigarro de Silvia e pelos gritos das crianças que inexplicavelmente ainda brincam nos balanços da praça.

O que encapsula a mesa na ausência de mamãe é um parêntese de coisas não ditas no qual me deixo balançar, para poder, assim, continuar pensando em mim, revendo em manchetes o que foram estes anos sem Andrés, sem papai e com Max; anos que começaram como uma pequena mudança temporária, um "preciso pensar e decidir", e que foram se estendendo no tempo até agora, surdos e lentos. "Seus anos no farol", me disse Emma já faz uns bons meses, com aquela voz tão dela, que parece não querer dizer, porque teme causar efeitos sobre os outros; efeitos que não controla e que talvez magoem. Eu tinha ido passar alguns dias com ela na casa de campo, e quando chegou a hora de voltar e ela me acompanhava até o carro, não consegui evitar um suspiro que soou a angústia e ao qual acrescentei um conformado: "Hora de voltar para o exílio." Ela continuou caminhando ao meu lado, como se não tivesse me ouvido, pegando ramos aqui e ali, à beira do caminho, até que disse, sem olhar para cima: "Quanto tempo mais você pretende ficar no farol?" Senti um pequeno golpe no peito. Ela olhou para mim e sorriu. O sorriso de Emma é amplo, franco, de mulher boa. Eu não respondi. Caminhamos em silêncio, até que alguns segundos depois ela parou e, ainda sorrindo, perguntou:

– Você se lembra da frase?

O golpe voltou. Ao peito.

"A frase", disse. Faz tempo, muito tempo, que nenhum de nós dois mencionava a frase. A última vez tinha sido eu que usara com ela, e desde então – e depois disso tinham se passado quantos? Cinco? Seis anos, já? –, nunca mais a havíamos utilizado novamente. Nós dois conhecíamos muito bem a frase, o tom e a cena. Tínhamos visto o filme juntos e o revimos várias vezes, antes que a vida nos empurrasse para ter que pegá-la como uma invocação. Conhecíamos de cor o olhar de Nicole Kidman transformada em Virginia, o chapéu com a fita de flores alaranjadas, o casaco com gola e punhos de lã marrom, a parede de tijolo vermelho da estação às suas costas... E ele, Leonard, de perfil, ouvindo-a, com seu cabelo preto e costas retas, atento a ela com todo o corpo, próximo, mas sem tocá-la... Sabíamos de cor o minuto e o segundo em que a cena marcava o antes e o depois de *As horas*, e não demoramos para torná-la a frase que sempre aparecia nas conversas quando um dos dois fraquejava, quando contávamos um ao outro, ou quando preferíamos não fazê-lo. A frase – e também a cena – começou a nos acompanhar desde então, como um cabo de aço que enrolávamos nas nossas cinturas, ela em seu extremo, e eu no meu, esticando-o com os golpes de boa ou má sorte que têm visitado as vidas de ambos para que, por ele, circulasse o tempo que compartilhamos. Desde então, quando queremos dizer ao outro que estamos por perto, um dos dois menciona a frase e o outro sabe que há luz na outra ponta. Que um farol se move na escuridão. E de alguma forma estamos salvos.

– Você se lembra da frase? – perguntou Emma com os braços carregados de ramos e o olhar cheio de coisas boas.

E ouvi instantaneamente a voz de Nicole Kidman, e, antes que eu pudesse continuar lembrando mais, suas palavras e as de Emma se sobrepuseram no silêncio da estrada, ao lado do carro, esticando outra vez o cabo que nos une.

– "Não se pode encontrar a paz evitando a vida, Leonard" – disse. Senti um nó na garganta. Ela olhou para mim por alguns segundos e acrescentou: – Não, não se pode, Fer. Nós sabemos disso muito bem. – Depois se virou e começou a andar. Eu a ouvi dizer: – Está na hora de ir embora.

Minutos mais tarde nos despedimos, com um daqueles abraços que só ela e eu nos damos, de irmãos que viveram muito juntos, mas nem sempre sabem dizer coisas um para o outro, e voltei para casa. Naquela noite, foi difícil conseguir dormir. Eu me virava na cama, à procura de um descanso que não chegava, enquanto lá fora soprava um vento vindo do leste, úmido e violento, que fustigada as antenas dos telhados e as folhas das plantas no terraço. Continuei me virando na cama até que não pude mais. Levantei-me, fui procurar algumas ervas aromáticas e acabei por preparar um chá de valerianas para dormir. Tomei em pé, de frente para a janela. Do lado de fora, as folhas se agitavam e batiam no corrimão. Quando levantei o copo e estava prestes a beber o chá, meus olhos automaticamente varreram o anúncio luminoso que me acompanha desde a minha primeira noite na quitinete. Mantive o copo no alto.

Prendi a respiração. O vento, os anos ou talvez a sorte tinham queimado mais uma letra do anúncio de néon. Sobre o mar, as letras restantes piscavam fracas e sem ordem, e a mensagem tinha mudado.

O cê.

O cê de "Casa". De "Cada dia". De "Contar o tempo restante". De "Coisas que precisam mudar".

– "ALMA COM ALMA" – li em voz alta.

Na lateral do sofá-cama, Max suspirou e se mexeu. Olhei para ele, me aproximei e me deitei ao seu lado. Em seguida, eu o abracei pelo pescoço e cocei seu queixo, antes de descansar a cabeça em suas costas e me enrolar ao lado dele, na esperança de que o sono chegasse.

Na manhã seguinte, quando voltei do passeio na praia com Max, desci para tomar café da manhã no bar da esquina. Depois do pouco sono da noite anterior, cheguei ao bar meio adormecido, pedi um café bem forte e um croissant, me sentei no banco e peguei o jornal do dia. Quando o garçom veio, levantei o olhar e deparei-me com o grande espelho que se estendia ao longo da parede, atrás da barra e indo até o teto, refletindo a fila de mesas coladas à cristaleira de frente para a rua. Sentada à mesa no canto de fundo do espelho, uma figura me chamou atenção. Estava de costas. Apesar da distância, da sujeira que salpicava o espelho e do sono que velava meu olhar, havia algo no formato da cabeça, na maneira como inclinava o corpo, ligeiramente para um lado... algo que eu vi. Passaram-se apenas alguns segundos. Em seguida, a figura se virou devagar em direção ao balcão e levantou a mão, procurando o garçom com o olhar.

Nossos olhos se encontraram no espelho.

Minha boca ficou seca.

Seis

– Aah, vá! – diz o tio Eduardo, de repente, dando uma risada seca prestes a se transformar em tosse. Olga e Emma se viram para olhar para ele, e eu volto para a mesa de uma vez, dizendo adeus ao que ficou no passado. – Então, grávidas, hein? Que sem-vergonha, mantiveram isso bem escondido – comenta, balançando a cabeça e sacudindo o dedo indicador como um professor sarcástico.

Olga abre uma tentativa de sorriso que é pura tensão.

– Correto – responde. Nós não dizemos nada. Mamãe continua trancada no banheiro, cantarolando, na dela.

– Ah, a maternidade. – Tio Eduardo volta à carga, revirando os olhos e estalando a língua. – Que maravilha sentir uma vida dentro de si – diz, enquanto põe a mão sobre a barriga. – O milagre da natureza. Sem dúvida, uma das coisas mais bonitas que podem nos acontecer.

"Ai."

Silvia fica um pouco tensa e encolhe os ombros. Em seguida, inclina a cabeça e esboça um sorriso pétreo.

– Sim, tio – concorda. – Ainda nos lembramos de quando você ficou grávido de trigêmeos e fomos visitá-lo no hospital.

Tio Eduardo olha para ela e ri estrondosamente com uma gargalhada que ressoa nos cristais, atrás dela.

– Nossa, só vendo como você está melindrosa esta noite, criatura! – diz ele. – Qualquer um pensaria que você comeu pregos no café da manhã. Ou que o seu noivo a abandonou.

Silvia não sorri. Revira os olhos e, com cara de pouca paciência, diz:

– Você parece não ouvir a si mesmo, tio. Eu não sei como você faz, mas sempre, por coincidência, tudo o que acontece, já aconteceu com você – acrescenta, com um tom mais neutro. – Tio Eduardo é sempre mais, sabe sempre mais. Se você tiver três, ele tem seis. Se você escalou uma montanha, ele escalou o Everest. Se você torceu o tornozelo, ele foi atropelado por um trailer. Se Emma e Olga ficam grávidas, ele é especialista em maternidade, porque, é claro, tem parido Sete Noivas para Sete Irmãos. E se elas decidiram manter isso em segredo, porque... porque quiseram e queriam nos fazer uma surpresa, com certeza ele, o onipresente tio Eduardo, que duplica todas as apostas, porque ele sabe mais, tem mais, pensa mais e pode mais, também tem uma surpresa para nós, como não? E melhor, claro. – Tio Eduardo olha para ela com um sorriso amarelo, mas não diz nada, porque justo nesse momento mamãe sai do banheiro e caminha até a mesa com cara de alívio e felicidade. No rádio toca uma música que eu conheço e termina com: "São onze horas. Notícias."

– Outra surpresa, Eduardo? – pergunta, ficando parada atrás de Olga e colocando as mãos sobre os ombros dela. – Ai, não me assuste.

– Não, mamãe – responde Silvia bufando, tudo acompanhado de uma baforada de fumaça cinza. – Foi apenas modo de dizer.

– Ah – diz mamãe, com seu sorriso de anfitriã perfeita. – Muito bem. Se vocês quiserem, vou servir o creme.

Emma se levanta rapidamente, disposta a ajudar, enquanto tio Eduardo solta uma risadinha satisfeita, da cabeceira da mesa.

– Sim – diz ele –, esse creme do vale cheira deliciosamente.

Mamãe se vira a meio caminho do forno e olha para ele com uma fisionomia inexpressiva por alguns segundos, antes de entender.

– Não, Eduardo. Do Vale, não. É Al-valle – afirma ela, gesticulando com as mãos. – É que hoje eu tinha tantas coisas na cabeça que, na verdade, não tive tempo de fazer eu mesma o creme. Além disso, os de caixinha são tão bons...

Silvia olha para mim como se estivesse prestes a sair correndo.

– Mamãe! – exclama. – Você poderia ter me dito. Não me teria custado nada prepará-lo em casa e trazer.

– Não, querida, o que é que você está dizendo?! Nem dá para perceber que o creme não é caseiro. E não tem nem um E daqueles nos ingredientes, eu presto muita atenção – acrescenta, olhando para Olga. – É orgânico, mas não diz.

Silvia continua com a atenção fixa no forno, agora não mais no creme, mas na fôrma que está debaixo e na qual nadam algumas figuras escuras em um mar escuro também.

– E aquele outro? – pergunta Olga.

Mamãe inclina a cabeça e olha também para o forno.

– Aquele outro não é orgânico, não.

Tio Eduardo coloca os óculos para olhar, ele também, para o forno. Fecha um pouco os olhos e assente com a cabeça, lentamente.

– Hum, está com uma cara...

Silvia franze a testa.

– O que é isso?

Mamãe coloca a mão no rosto, num gesto de chef de cozinha e, com uma expressão maliciosa, diz:

– Coisas.

Olha para nós. Nós olhamos para ela. Faz-se um silêncio cheio de expectativa. Ela o interrompe, dizendo:

– No molho. Coisas no molho. – E esclarece: – Ao vinho branco.

Silvia leva as mãos à testa, olha para mim tentando não rir e diz, piscando:

– Ah, que bom, mamãe. Nós adoramos coisas no molho.

Mamãe sorri, encantada.

– Mas, no ponto em que estamos, e se não for pedir muito, você poderia explicar um pouco, de modo mais ou menos amplo, que tipo de... coisas são? – insiste Silvia com uma sobrancelha arqueada.

– Com certeza – interrompe tio Eduardo, pegando o guardanapo e colocando-o no pescoço, enquanto passa os olhos por nós. – Por falar em vinho... – continua, com cara de alguém que tem algo importante a dizer –, mas, olha, a nossa querida senhorita perfeita certamente acreditará que o que eu tenho a compartilhar com vocês não é importante. Eu gostaria de dizer, antes que o creme do vale chegue, que, sim, tenho notícias para dar a vocês. E acredito, sinceramente, que são comparáveis, em grau e medida, à sua gravidez de aluguel ou de... sêmen artificial, ou seja lá como se chame isso que vocês fizeram – anuncia, virando-se para Emma e Olga.

Mamãe fica com a travessa suspensa no ar, e Silvia me chuta embaixo da mesa e mal toca minha canela. Na minha frente, Olga pigarreia, desconfortável, e a seu lado Emma liga a tela do celular, em um gesto que é mais um tique do que outra coisa.

Tio Eduardo pega o copo, o levanta e esboça um dos seus melhores sorrisos, daqueles que estão previstos e concebidos para conquistar caça selvagem.

– Sim, família – diz ele com voz triunfante, dedicando a Silvia um olhar carregado de significado e, em seguida, recorrendo aos demais –, eu também tenho algo a comemorar hoje à noite.

Silvia dá um tapa na mesa e concorda.

– Claro! Lógico! – Dá um pulo. – Como poderia o Super Tio Eduardo ser menos do que alguém?!

Mamãe recua e olha para ela com a grande travessa de creme nas mãos, enquanto pisca, sem entender.

– Querida, você está bem?

Tio Eduardo deixa escapar uma risadinha e diz, olhando para mamãe:

– Sua filha parece ter comido pregos no café da manhã.

– Seriam menos pregos se não fossem tão verdadeiros – diz Silvia. E continua: – Vamos ver. Qual é essa surpresa maravilhosa com a qual você vai nos brindar? – E, antes de deixá-lo falar, prossegue: – Não, não nos diga! Deixe-me adivinhar. Vamos ver... pronto! Certamente você foi escolhido para ser rei do frango frito de Portugal. Ou não. Não! Descobriu que tem um filho no exterior e que ele é casado com uma Kennedy. Ou... ou... ou...

Tio Eduardo olha para Silvia com um sorriso tranquilo, de alguém que está acostumado a sorrir, mas é também um sorriso desenhado com profundo afeto, bem incorporado. Apesar disso tudo, das impertinências com as quais Silvia o bombardeia desde que chegou, ele não se mexe, porque sabe, como todos nós, que Silvia não atira para acertar. O que se percebe, o que fica evidente é uma menina birrenta que castiga o mais velho por ele deixá-la tempo demais sozinha em um parque cheio de coisas de que não gosta. Silvia está dizendo em alto e bom som a tio Eduardo que sentiu saudades dele. Ela o enche de recriminações, de seu bunker particular, e ele, que entende dessa forma, deixa que ela o faça, encantado com sua atenção. Ele sabe que com ela vem primeiro o barulho e, em seguida, a calma, e que a calma compensa o que veio antes.

Fraqueza. Fraqueza e adoração é o que os dois professam desde que Silvia nasceu primogênita e decidiu que o tio Eduardo era a figura masculina na qual ela queria se espelhar. Longe, longe de papai e de sua afeição obscura, desse labirinto retorcido de mensagens conflitantes que papai tecia ao seu redor, cortando-nos na horizontal, a intervalos bem medidos. Padrinho e afilhada. Eduardo e Silvia. Ele, sempre atencioso com ela e sempre ausente, ela, sempre atenta às notícias que nos chegavam dele pela mamãe e vovó, de suas chamadas, de seus cartões-postais, como uma noiva esperando no porto. E depois, como agora, quando ele por fim aparecia, Silvia sacava o catálogo de reprovações da mochila e as distribuía a baforadas, esbofeteando-o como uma esposa raivosa.

O que Silvia está efetivamente dizendo desde que tio Eduardo sentou à mesa é "Olhe para mim, tio, eu estou aqui". E o que ele respondeu com sua gargalhada sarcástica e cúmplice foi "Olhe para mim, Silvia, eu continuo aqui. Como sempre, chego tarde, mas apareço. E se chego é porque tudo está bem. É porque você e eu estamos bem".

Inveja. Por um momento, olhando para eles, sinto uma pontada de inveja, porque o que existe entre eles, nós não temos. Esse amor assim, essa cumplicidade tão descontraída e tensa, tão viva, é de propriedade exclusiva da Silvia e do tio Eduardo, apesar do tempo, da vivência de um e de outro, das distâncias, das separações... Embora sejam mundos paralelos e muitas vezes impossíveis de se cruzarem, ambos sabem que estão lá, que o que eles têm é intocável, ainda que aparentemente, no superficial, sejam como cão e gato, e a nós, que olhamos isso tudo de fora, nos pareça que os dois beiram o conflito. Durante uma fração de segundo, enquanto eu os vejo brincar assim, de gato e rato, tensa ela e feliz ele, ouço de repente uma voz de aviso, vinda de algum canto deste Fer que os observa, do meu lugar. Ouvindo-os assim, imersos nesse gotejar de estocadas que Silvia joga no tio Eduardo, e que ricocheteiam em seu sorriso de homem-muro, como ricocheteia uma bola na parede de um frontão, eu intuo que talvez esta noite Silvia esteja pedindo algo mais, porque não está inteira. E sei que ele não sabe, e que talvez ao longo da noite os dois puxem a corda deixando-a tensa demais – cada um de seu canto – e o jogo acabe se tornando um risco. Não sei o que é. Ainda não. O que sei é que Silvia encerra há uns dias um campo minado cujo tique-taque ninguém, a não ser eu, consegue ouvir.

Algo me diz que talvez durante a noite alguém – ainda não sei exatamente quem – pise em uma dessas minas e Silvia exploda em pedaços. Esperemos que, se isso acontecer, tio Eduardo esteja à altura. No momento, ele está sorrindo e esperando, com a mão em torno do copo d'água.

– Posso falar? – pergunta finalmente, vendo que Silvia ficou em silêncio.

Ela assente com a cabeça. Mamãe continua em pé com a sopeira de prata nas mãos e os olhos arregalados. Na expectativa.

Tio Eduardo ergue lentamente o copo, pigarreia e nos dá um novo sorriso, antes de dizer:

– A primeira notícia é que... eu parei de beber.

Mamãe olha para mim e comprime um pouco os lábios, como que dizendo: "Eu não falei? Você nunca presta atenção." Na minha frente, Olga também pigarreia e fala:

– Deixa eu lhe dizer, Eduardo, acho que essa é uma decisão correta, e você merece toda a minha admiração e respeito. – Pigarreia – Chega uma idade em que você tem de começar a encarar as coisas de forma diferente e agir de acordo. Do meu ponto de vista, e desculpe se me intrometo onde não fui chamada, mas acho que a ocasião requer... – continua ela, só que tio Eduardo não gosta de interrupções quando tem todas as atenções voltadas para ele, e sem mais, se apressa.

– A segunda – diz meu tio, interrompendo Olga, que fica com a boca aberta e um olhar de aborrecimento – é que... – inspira fundo, fecha os olhos por um segundo e, voltando a expelir lentamente o ar, finalmente lança: – Vou me casar.

Silêncio.

Do outro lado da janela, um grupo de adolescentes grita e canta na praça. Passam, levando suas vozes com eles.

Aqui na sala de jantar, nós não dizemos nada, porque de repente mamãe, que ainda está agarrada à sua sopeira, deixa escapar um "Oh!" abafado, que, para quem a conhece, pode significar muitas coisas ao mesmo tempo. Depois pisca, completamente chocada, e, com um sorriso sem graça, pergunta:

– E você diz isso assim?

Tio Eduardo ergue uma sobrancelha. Foi pego desprevenido. Mamãe termina de fazer a pergunta:

– Assim? Tão... como se não fosse nada?

Ele fica com o copo erguido, confuso com a inesperada reação de mamãe, que agora se aproxima lentamente, deixa a sopeira em cima da mesa e a contorna, indo até a cabeceira onde está tio Eduardo, que entretanto se levanta e sorri, radiante. Quando mamãe chega até ele e se aproxima, os dois se fundem em um abraço e, em seguida, ela se separa dele e a ouvimos dizer:

– Você não sabe quão feliz você me faz, Eduardo – diz ela com a voz embargada. Emocionada. Mamãe volta a ficar emocionada. Coloca a mão no peito e sorri novamente. O sorriso dela é repleto de felicidade, quase infantil. Diante de mim, Olga e Emma também sorriem, contagiadas pela transbordante alegria de mamãe, enquanto em algum lugar da noite soa um badalar de sino seco e breve. Um quarto de hora. Mamãe coloca então as mãos nas bochechas de tio Eduardo, puxa-o para baixo e o beija na testa, uma, duas vezes. Em seguida, olha fixamente para ele e finalmente acrescenta: – Mamãe ficaria tão orgulhosa de você, Eduardo...

Ele baixa os olhos, mas mamãe está animada demais, eufórica demais.

– Você não pode sequer imaginar quão importante é o passo que acaba de dar. – Tio Eduardo assente, também muito emocionado. Mamãe pisca, à beira das lágrimas. – Que corajoso. Ai, que corajoso é preciso ser para parar de beber vinho nas refeições, querido! E que boa notícia para o seu colesterol. É como diz a Ingrid: "O homem iniciado ama os animais como a si mesmo, tem o terceiro olho sempre limpo e mantém o colesterol sob controle." Ah, até sua pele vai mudar – diz ela, com voz de irmã mais velha, enquanto acaricia mais uma vez o rosto dele e suspira. – Você não sabe o passo que deu. Não, não sabe. É a melhor notícia que poderia me dar neste final de ano. Não tenho palavras.

Pela primeira vez até agora, nesta noite, o sorriso de tio Eduardo parece hesitante e, antes que possa voltar a encaixá-lo no rosto, agora carrancudo, antes que Silvia se vire para olhar para mim e dê uma risada... que Emma olhe para baixo e segure o riso, porque teme magoar a mamãe com isso... antes que Olga pigarreie e ponha aquela expressão séria que repete muitas vezes quando está conosco, e que esconde uma mensagem que certamente soaria assim: "Quão pouco cérebro tem essa mulher, quão pouco sério é tudo nesta casa, e que família tão... tão... tão desestruturada"... Antes que tudo isso e mais coisas aconteçam, que a noite traga tudo o que ainda tem à nossa espera e descarregue o seu saco de surpresas nesta grande tela de radar que é a mesa de jantar, mamãe, que já recuperou o melhor de seu lado A, se vira e pega a sopeira da mesa, e, sacudindo-a no ar como se estivesse levando entre as mãos uma almofada de penas, derrama metade do creme em cima do rabo de Max, que solta um latido de dor, e diz, com um tom de falsa alegria:

– E agora vamos comer, ainda não chegamos às uvas!

Sete

– Cantora?

Quem pergunta é mamãe. Depois do creme, ou do que conseguimos resgatar dele, ela acaba de servir a travessa com esse pequeno lago cheio de "coisas no molho", que, em última análise, acabaram se revelando bolinhos de espinafre com creme de abobrinha, uma receita que – como não! – ela tirou de uma dessas revistas de vida saudável que sua bendita amiga Ingrid lhe dá, e que pelo que estamos vendo não deu lá muito certo, porque, quando foram servidos, os bolinhos arrastaram com eles um círculo de molho batido como um pedaço de crosta, o que faz com que nós seis tenhamos no prato à nossa frente uma espécie de planeta com um anel acima. Todos intactos.

Desde que tio Eduardo lançou a notícia de seu casamento e chegou a hora dos brindes, os abraços, um novo brinde, reações, pedidos, perguntas e, vindo de Silvia, provocações diversas, a informação que mais impactou a mamãe é que sua futura cunhada é portuguesa.

Ela não entende bem.

– Mas... portuguesa portuguesa, ou portuguesa de Portugal? – pergunta pela segunda vez.

Silvia bufa, enquanto Olga olha para o sputnik marrom que tem no prato, com cara de "Eu não sei o que fazer com isto" e engole em seco.

– Mamãe – digo, incapaz de me conter. – Se é portuguesa, claro que é de Portugal.

Ela olha para mim.

– Filho, era para concretizar um pouco.

– Sim, claro, Amália – responde tio Eduardo, encantado com o efeito que a notícia surtiu em seu público. – Portuguesa de Portugal.

– Ah – diz ela. – Na verdade, também não é tão estranho, não é? Afinal, sempre tivemos um ótimo relacionamento com Portugal, não é verdade, querido?

– Mãe, nós nunca tivemos boas relações com Portugal, não fale besteira – digo, de repente. Quero saber mais, e se a mamãe continuar insistindo nisso vamos levar um tempão até descobrirmos todos os detalhes do que o tio Eduardo está planejando.

– Não é verdade – reivindica ela, voltando ao vinho. – Historicamente, os portugueses e nós, espanhóis, nos amávamos muito. Mas muito mesmo – diz, erguendo a taça. – Se não acredita, basta ver a Eurovision. Quem são os únicos que votam em nós? Os portugueses. Bom, Portugal e Andorra, mas os andorranos, em quem vão votar, os pobres, se não têm ninguém para amá-los pelo que são? Só por aquelas montanhas e o tabaco barato. Que pena, não é? Claro, por isso dirigem tão mal, porque como são todos contrabandistas de rum e de Marlboro light, fogem. E quem não faria isso? Eu também fugiria. Não, eles não são bobos. Esquisitos, sim, mas bobos...

Silvia ri ao meu lado. Assim é a mamãe. Quando se empolga, vai longe, e isso, esse discurso sem costuras que alinhava como se estivesse na sala de um psiquiatra, e que ela não sabe nem quer terminar, porque de repente se sente confortável e livre, vence Silvia, desarmando-a. A mim, curiosamente, às vezes me crispa, porque há algo nessa fala em que eu não acredito. Tem alguma coisa que não é verdade. Muito barulho.

– Pois é, Sindy é portuguesa – confirma tio Eduardo, encantado.

Mamãe suspira e assente com a cabeça, lentamente.

– Ah, desde Joana, a Louca, nada mais voltou a ser a mesma coisa – diz com uma careta de tristeza. Vendo que ninguém fala nada, se apressa a continuar: – Digo isso por causa da síndrome de Joana e tudo o mais.

Olga parece estar vendo um ornitorrinco passando por ela na estrada.

– A síndrome de Jo... ana?

Mamãe assente com firmeza.

– Sim – responde com cara de saber coisas que ninguém mais sabe. – Acontece que Joana nem sempre foi louca. Naquela época Espanha e

Portugal eram um país, ela era uma princesa muito delicada que só conseguia dormir em lençóis de linho português, que eram trazidos de Lisboa, e, claro, quando se casou com Felipe, ele só queria coisas francesas e Joana não conseguia dormir à noite, porque, como era alérgica, não parava de se coçar, como Shirley, quando coça as orelhas até que passo os lenços de Aloé que o veterinário me deu, mas a princesa se coçava por todo o corpo, e ninguém acreditava nela. E, claro, de tanto não dormir e com tanto rasca-rasca, a pobrezinha ficou louca, e é daí que vem a história da loucura da linhagem portuguesa ou a síndrome de Joana.

Silvia olha para ela sem piscar, pasma. Nenhum de nós consegue recuperar a fala até que Olga decide finalmente intervir.

– Ah, Sindy – diz, arqueando as sobrancelhas. – Um nome muito... humm... doce.

Tio Eduardo suspira.

– Uma doçura é o que ela é, verdade – diz, assentindo com a cabeça, lentamente. – Embora, é claro, Sindy não seja seu nome real. Seu nome verdadeiro é Teresinha.

Silvia se vira para ele, mas não consegue falar, porque mamãe não dá trégua.

– Oh! Telesilha! Que nome bonito, Eduardo – comenta, assentindo também e cravando o garfo no planeta rochoso que tem no prato e que se abre como uma pedra de gesso, revelando uma mistura verde que supostamente é o recheio de espinafre. – E em espanhol, como seria?

Agora sou eu que estou rindo. Emma também.

– Te-re-si-nha – corrige tio Eduardo, balançando a cabeça. – Ela se chama Teresinha, como a mãe, mas seu nome artístico é Sindy.

– Nome... artístico? – pergunta Silvia, levantando uma sobrancelha.

Os olhos de tio Eduardo se iluminam.

– Sim, Sindy é cantora.

Da cabeceira, mamãe dá uma batidinha no tampo da mesa, que assusta Olga.

– Eu sabia – declara. – Com certeza ela tem uma pequena barraca em alguma daquelas pracinhas tão bonitas de Lisboa, onde as crianças e os idosos caem o tempo todo, porque, claro, não sei onde li que, como há tantas ladeiras, desde pequenos os moradores se acostumam a se deitar no chão para rolar rua abaixo, e assim não caem, e diga-se de passagem, aliás, eles têm ruas limpas, mas limpas como pátenas, não como aqui, olha como está essa praça, cheia de papéis e restos de coisas. Ah, e com certeza Teresita canta fados que fazem você chorar, aposto que sim, não é? Portugal é assim. Tão... tropical... Quando eu contar para a Ingrid, ela não vai acreditar. Do jeito que ela gosta de chorar, desde que o xamã passou as espadas em suas costas e lhe disse para se livrar de toda a eletricidade acumulada desde que trabalha com turismo, e que o melhor para isso é chorar.

Tio Eduardo deixa o garfo ao lado do prato e toma um gole de água.

– Bem... não exatamente.

– Ah, não? – pergunta Silvia com uma voz de interesse que soa um pouco falsa.

– Não – responde tio Eduardo. – Sindy é mais... como é que vou explicar? – Inclina a cabeça para um lado e esfrega o queixo, em um gesto que com certeza alguém deve ter dito a ele que lhe dá um ar interessante. – Humm, mais reivindicativa – diz, cerrando um olho. – Mais... como Portugal de agora.

O sorriso de mamãe se transforma em uma careta de dor e preocupação.

– Ah. Ela é muito... pobre?

Silvia ri e eu também, apesar de desejar que ela deixasse o tio Eduardo contar um pouco mais. Quando mamãe se põe a falar, lá de seu universo de conexões e desconexões variadas, esse é o resultado, e, embora eu o conheça – todos conhecemos –, nunca deixo de me surpreender.

Tio Eduardo, que, claro, está totalmente imunizado à lógica marciana da mamãe, faz que não com a cabeça, põe o copo em cima da mesa e suspira. Em seguida, empurra a cadeira e se levanta. Vai até sua pasta de mão e tira uma caixa quadrada da Louis Vuitton, que de início mais parece ser um porta documentos, mas que, assim que ele abre, vemos que é um iPad.

Quando ele se senta novamente, toca na tela com o dedo, e o que se ouve é um assobio. Em seguida, põe o iPad na vertical, em cima da mesa, e diz:

– Venham ver. Quero lhes apresentar a Sindy.

Nós nos levantamos depressa e ficamos em pé, atrás dele. Um segundo depois, quando tem certeza de ter toda a nossa atenção, ele passa de novo o dedo pela tela e o fundo preto se transforma, como que por magia, em um vídeo do YouTube que começa com uma espécie de maracás sintéticas e, na tela, aparece, em letras amarelas e vermelhas, o nome completo de Teresinha e o título da música em português, legendado em espanhol, e que estamos prestes a ouvir.

"Eu sou uma cachorrinha da rua. Dê-me crack, dê-me crack", lemos nas legendas. E a seguir: "Sindy Lopes."

Silvia me cutuca e por pouco me deixa sem fôlego, enquanto articula, sem voz, "Sindy Lopes?" e Olga pisca, incrédula, inclinando-se ligeiramente para a frente, apoiada no ombro de Emma. Ao meu lado, mamãe aplaude, encantada.

– Ela gosta de cães! Gosta de cães! – Pula. – Ah, começou bem. Um pontinho para Teresita.

Em seguida, as palavras desaparecem, e o que vemos aparecer na tela é algo que vai além do horrível e fica um pouco só aquém do catastrófico: uma espécie de Michael Jackson magro e alto, com o cabelo parecendo a pele de um peixe-aranha, olhos redondos e enormes, que dão a impressão de pular para fora das órbitas, para atravessar a tela sobre um bigode de cerdas aramadas. É Sindy, que pode ser vista em primeiro plano, vestida com um macacão prata amarrado nos punhos, com colarinho roxo. Ela tem seios pequenos, de mamilos acentuados, e está usando uns tênis com plataforma branca, que estiveram na moda por aqui na década de oitenta, e que alguma alma caridosa tirou de cena, simplesmente por serem horrendos.

Sindy Lopes.

– Meu Deus do céu – diz Olga ao meu lado, com uma voz que é quase um gemido contido. – Mas isso é...

Não ouvimos o que Olga acha, porque nessa hora as maracas sintéticas se transformam na versão infernal de chucu-chucu estoura tímpanos, e o peixe-aranha com bigode começa a rebolar na frente da tela, enquanto profere uma montanha de atrocidades em um ritmo diabólico que, supostamente, é rap ao molho de bacalhau. São coisas lindas – pelo menos é assim que as lemos, devidamente traduzidas. Coisas do tipo:

> E dá cana, me dá cana
> Toca minha coisa e põe manha
> Se me der uma saída, eu lhe dou uma sacudida
> Me tira daqui, sou craque, sabe que eu gosto
> Muito por trás
> Ai ai ai
> Ai ai ai.

Tio Eduardo acompanha o ritmo da música com os dedos, tamborilando sobre a mesa, encantado. Os outros não dizem nada. Na tela, Sindy passa as mãos por todo o corpo, até que de repente arranca a calça como uma stripper de bar de estrada e fica de calcinha. Nesse momento, tio Eduardo abaixa o volume da música e se vira para nos olhar.

– E então? O que vocês acham?

Silêncio.

– Não acham que é… especial?

Silêncio.

Silvia se inclina ligeiramente para a frente, para ver melhor o que está acontecendo na tela, enquanto, ao meu lado, mamãe diz, com uma voz insegura:

– Mas quando é que ela vai aparecer?

Tio Eduardo olha para mamãe.

– Esta é Sindy, Amália.

Mamãe balança a cabeça, dá uma risadinha e põe uma mão no rosto.

– Hahaha, criatura. – E em seguida, sacudindo a mão no ar, como se fosse uma pequena espiga: – Ai, Eduardo, como você é! Esse deve ser o irmão dela, homem de Deus. Parece incrível que você confunda a sua namorada com o irmão – diz, balançando a cabeça. – Embora eu lhe diga uma coisa: isso é problema de vista. Mas agora que você parou de beber, com certeza vai começar a enxergar melhor.

Silvia aproveita para fazer um comentário sarcástico:

– Na verdade, é muito chique, tio. – Ele sorri, virando os olhos para a tela. – E parece muito intensa. Quase... humm... espiritual, eu diria – continua Silvia.

Mamãe inclina a cabeça ligeiramente para um lado e para o outro e, durante um ou dois segundos, segue os movimentos de Sindy na tela.

– Puxa, filha – diz finalmente –, também não exagere. A criatura, se for mesmo essa, o que eu duvido, muito irmã Teresita não é, não. As coisas são como são. – Ela se inclina um pouco mais para o iPad, colocando uma das mãos sobre os olhos para evitar a luz, e, como aparentemente não consegue ver direito, estende os dedos e os desliza sobre a tela, como se quisesse limpá-la. Em seguida, arregala os olhos e diz: – Bem, é que eu a vejo um pouco... negra?

Olga, em quem a mamãe está apoiada, arqueia uma sobrancelha e revira os olhos.

– Sim, Amália, ela é negra.

– Ah – diz mamãe, ao aproximar levemente o rosto da tela. E acrescenta com um sorriso de menina feliz: – Claro! Não é à toa que tem cabelos tão crespos! – Em seguida, olha para baixo e enruga um pouco os lábios. – Veja, isso é uma das coisas que sempre me dão pena nas negras.

Silvia se vira lentamente para olhar para mamãe e lança um olhar de descrença, mas não diz nada. Espera que termine de fazer seu comentário. Já mamãe, que percebe o olhar de Silvia, termina por despencar ladeira abaixo, para dizer o mínimo.

– Sim – concorda, balançando a cabeça devagar. – O cabelo. – E como ninguém fala nada, esclarece: – É complicado para conseguir dormir, porque quando apoia a cabeça no travesseiro, a pessoa acaba encostando o pescoço, o que deve doer muito. É por causa disso que os negros são obrigados a dormir com a cabeça para fora da cama, ou então de ponta-cabeça, como os morcegos.

– Fique quieta, mamãe – diz Silvia, com ar de quem não a suporta por nem um segundo a mais. Mamãe olha para mim, querendo o meu apoio, mas não entro no jogo dela, e Silvia aproveita o momento para falar numa voz de falsa doçura: – E quando você disse que vai fazer 15 anos, tio? – Tio Eduardo se vira e olha para ela franzindo a testa. Em seguida, depois de um momento de hesitação, decide tecer um comentário *en passant* e volta a se concentrar no iPad, enquanto Sindy para, na tela, acompanhada por dois adolescentes cheios de piercings que dão tiros na direção da câmera com armas falsas, e cantam todos em um único tom. A letra da música tem tanta besteira, a cada segundo, que Olga engole a saliva e põe a mão no rosto. Ao meu lado, Emma olha para a tela distraidamente e toca o ombro do tio Eduardo.

– Na verdade, tio, se isso faz bem a você, eu encaro tudo como algo fantástico – diz com uma voz suave, enquanto Olga se vira para ela e estica ligeiramente o pescoço, ao inclinar de leve a cabeça.

– Humm... talvez seja um pouco... radical – diz pigarreando, bem na hora em que soa o toque de um celular, e mamãe, que quando ouve um telefone tocando fica imediatamente com as orelhas eriçadas, feito um cão de guarda, e larga o que tiver na mão para atender, pula na mesma hora e se vira bruscamente, varrendo com o braço o iPad da mesa, que sai voando e se estatela no chão, enquanto ela corre na direção do balcão da cozinha gritando "Já vou, já vou!", até apanhar o aparelho.

No chão, Sindy parece estar com a boca emudecida, enquanto a mamãe caminha pelo corredor para o quarto dela, e nós a ouvimos dizer:

– Ah, Ingrid, querida, você não vai acreditar no que eu vou dizer. Faz de conta que você é um Buda, porque... ah... você não sabe...

Estamos todos em silêncio, observando a mamãe se afastando, sem nos mexer, e quando finalmente ela desaparece pelo corredor, enquanto tio Eduardo se abaixa para pegar o iPad do chão, Silvia olha para os sputniks envoltos naquela crosta marrom, e que continuam intactos nos pratos, em cima da mesa, e diz, baixando a voz:

– Depressa, Emma, me ajude a jogar estas pedras no lixo. Assim, passamos direto para as uvas. – Ela olha para o relógio e suspira. – Meu Deus! É quase meia-noite! O champanhe! Precisamos abrir o champanhe!

Mas quem se levanta, ansiosa e solícita como sempre, é a Olga, que compartilha com Silvia a sensação de eficiência doméstica e esse anseio de "colocar em ordem a desordem", o que faz as duas ficarem mais próximas do que qualquer uma delas gostaria de admitir. Na cabeceira da mesa, tio Eduardo está agachado, pegando o iPad do chão, aquele no qual Sindy Lopes volta a soltar pela boca todo tipo de porcaria, acompanhada de seus dois criminosos tatuados, e na minha frente Emma olha para mim com os olhos cheios de uma luz que vem da sala de jantar, mas também tem salpicada no rosto outra iluminação, mais hermética, acima. É uma luz que reconheço, porque houve um momento em que ela e eu compartilhamos todos os dias uma linguagem inventada entre nós, irmãos que passaram por muitas coisas juntos.

O olhar dura somente alguns segundos. Olga interrompe, com uma voz trêmula:

– Emma, querida, você poderia nos ajudar...

Ela olha e balança a cabeça, e quando Olga volta para a cozinha, para o que estava fazendo, ela pega o iPhone em cima da mesa e mexe nele rapidamente com ambas as mãos. Manuseia o teclado com uma agilidade espantosa, enquanto Olga e Silvia colocam os pratos e os copos no lava-louça, jogam os restos de comida no lixo e organizam o espumante, as uvas e o torrone.

Momentos depois, um bip–bip apita no meu celular, que estava no bolso do casaco. Vejo uma nova mensagem no WhatsApp. É dela, claro. Diz o seguinte: "Se for menina, se chamará Sara."

Quando levanto a cabeça, vou ao encontro de seus olhos verdes fixados nos meus. Os dedos ainda estão colados ao iPhone, tensos, parados.

– Tem certeza? – pergunto, questionando sem voz.

Ela sorri e acena lentamente com a cabeça, em um gesto que pretende ser discreto, mas que parece mecânico. Logo olha de novo para baixo e digita mais uma vez no iPhone.

Sua segunda mensagem de WhatsApp chega um segundo mais tarde, depois de seus dedos voarem sobre as teclas imaginárias da tela. O que se lê é: "Não se pode encontrar a paz evitando a vida, Leonard."

A frase, é claro. Quando nos olhamos, ela sorri. Eu também. Lá no fundo, mamãe fala e ri, no seu quarto, conversando com Ingrid; ao nosso lado está tio Eduardo murmurando entre os dentes enquanto reinicia o iPad, que ele colocou novamente em cima da mesa; e perto da cristaleira ouvem-se gritos e risadas a todo momento, das pessoas que atravessam a praça, já antecipando a festa. Além disso, quase simultaneamente, um carro freia de repente no escuro com um guincho que é quase um grito, cortando as gargalhadas, as vozes e a noite, e, em seu lado da mesa, Emma se contorce bruscamente na cadeira, abrindo e fechando os olhos, à espera da chegada do choque. São apenas alguns segundos que ficam suspensos no ar da sala de jantar, como uma fila de água-viva flutuando no falso mar de um aquário, leve e letal.

E numa questão de segundos, sinto um soco surdo no peito, quando noto a expressão de espanto da Emma, o gesto encabulado dos ombros e a linha que aperta sua mandíbula – os mesmos que eu vi no dia em que Sara não ligou, aquela tarde quente de junho na qual Sara tropeçou na calçada da vida e Emma se segurou a tempo, se arrastando em sua onda cheia de espuma suja, de madeiras, garrafas vazias e páginas de coisas não vividas até este momento e até esta mesa.

Até esta noite.

Sara.

Sara e Emma.

A diferença de hoje é que o choque não chega, e os segundos de espera por fim se desvanecem em nós. Um sino bate a cada quarenta e cinco minutos e Emma abre os olhos, relaxando os ombros, as rugas e os músculos. Em seguida, inspira lentamente o ar, e o exala pelo nariz, aliviada, antes de voltar a ser a Emma fechada que, durante anos, copia o nome de Olga vez por outra por cima do de Sara, para que a memória não a traia.

E então ela sorri para ninguém, e, com uma voz cheia das luzes claras da Emma que se foi, a de antes de tudo descambar, ela diz, se virando para olhar para fora da janela:

– Sara é um bonito nome para uma menina, não é?

Terceiro livro
Este barco que nos leva a todos

Há dois tipos de pessoas:
as que vivem, brincam e morrem,
e as que se mantêm em equilíbrio
na aresta da vida.
Os atores e os equilibristas.

Nieve, Maxence Fermine

Um

Foi tudo muito simples, tanto que, contando dessa forma, em retrospectiva, quase fica parecendo uma daquelas histórias que ouvimos por acaso durante uma conversa alheia, ou um assunto qualquer que, na ausência de mais informação, cai rapidamente no esquecimento, solapado pelo seguinte. Foi simples como são as coisas que acontecem sem prazos nem processos, ou como uma pedra cai na água do lago: queda, golpe, ondulação, calma.

Ação, reação.

Física. A vida e a morte.

E às vezes acontecem coisas que impactam sobre nós de tal modo que no início só têm importância por si mesmas, porque têm tanta carga e tanta dimensão humana que o cérebro só é capaz de entendê-las como um conjunto fechado. Mas logo o tempo se encarrega de nos mostrar que, apesar da brutalidade do impacto, o que realmente importa não é tanto o golpe, mas sim a onda que ele causa e que se expande, a mesma que coloca as fichas em cima do tabuleiro da vida e muda uma paisagem que até então pensávamos ser inalterável. Às vezes – só às vezes – acontece o mesmo que houve com a Sara. Então a vida se desenrola em um novo plano, de acordo com um cenário cuja decoração se eleva no ar enquanto os atores continuam fechados em si, ignorando a súbita mudança de luz, dos móveis e dos espaços. O que antes era a sala de jantar de uma casa se transforma em rua. A noite fechada, em dia. O frio, em verão. A penumbra, em esplendor. Essa é a magia da ficção e também o horror da realidade: de que a vida não é sempre o que acontece, mas as sequelas do que parece ser. E que as dimensões que o tempo acumula sobre os acontecimentos são, em muitas ocasiões, as que dão a medida da experiência vivida.

Foi exatamente o que aconteceu com Sara. Houve primeiro um fato real, que caiu na vida de Emma como uma pedra na água e que de lá se espalhou em círculos sobre nós, em zigue-zague, como labaredas na direção de uma lancha, com boias alardeando nos píeres. Então, quando a água voltou à calma, entendemos que já não éramos os mesmos. Não mais. Nenhum de nós.

Sara se foi na tarde de 13 de junho. Emma e ela ficaram de se encontrar no terraço da Gran Vía para irem juntas ao cartório e assinarem os papéis do apartamento que tinham acabado de comprar. Estávamos no ano de 2010, mas isso já não importa mais. O que importa, ou o que tem mais relevância, é a hora. A hora e os minutos que se seguiram. E a vida que veio depois. A de todos.

Emma entrou na cafeteria às cinco horas. Pediu uma água com gás e uma madalena, e sentou-se a uma mesa da varanda, a que estava mais perto da calçada. Às cinco horas e dois minutos recebeu uma mensagem de Sara.

"Estou saindo agora da escola. Em dez minutos chego aí. Beijo."

Nos dez minutos que se seguiram, Emma comeu a madalena, tomou metade da garrafa d'água, fumou um cigarro – naquela fase, Sara e ela fumavam – e analisou a documentação que tinha pronta na pasta. Em seguida, recostou-se na cadeira, colocou os óculos escuros e se pôs a esperar, enquanto olhava as pessoas passarem pela calçada, envolta pelo ruído dos carros, a fumaça dos ônibus e o calor, que se erguia no ar, vindo do asfalto.

Naquele mesmo momento, a dois quarteirões de distância dali, um táxi parou no semáforo vermelho. O motorista apertou o botão do ar-condicionado no painel e olhou para o espelho retrovisor, para responder ao comentário da cliente, no banco de trás. No entanto, sua voz sequer saiu. Uma fração de segundo depois, um caminhão bateu no carro, que não pôde frear a tempo e foi jogado para a frente, atingindo o grupo de pedestres que esperava para atravessar a rua e batendo no semáforo, que caiu no chão, com uma pancada surda e um ruído de cacos de vidro. A maioria dos pedestres conseguiu se mexer a tempo e escapar raspando da batida do táxi. Dois deles não. Sara, que naquele momento preciso escrevia uma mensagem para Emma, apoiada na haste do semáforo, avisando que chegaria mais ou menos meia hora atrasada, sequer teve tempo de erguer o rosto. Nós nunca vamos saber qual foi a última coisa que ela pensou, e tampouco o que viu ou sentiu. Na verdade, só sabemos o que ela conseguiu digitar. Isso porque o celular continuou preso entre seus dedos endurecidos, mesmo depois de ela ter sido colocada na ambulância. E ficaram estranhamente congeladas na tela três palavras e a metade de uma mensagem que não foi concluída: "Querida, me espera. Já."

Não, nós nunca soubemos o que aconteceu com Sara naquele momento de despedida. Nem o que aconteceu com Emma nas quase três horas em que esteve sentada em sua mesa, observando as pessoas passarem pela calçada, enquanto o tempo e a angústia deslizavam, à espera, e as ambulâncias e os carros da polícia passavam em frente à cafeteria, na direção de Sara. Não soubemos naquela ocasião e não sabemos até hoje, porque Emma nunca falou daquelas três horas e nenhum de nós se atreveu a perguntar. Para a gente, que naquele momento ainda não éramos nada, não fazíamos parte daquele cenário, a tragédia começou logo após. Às oito horas e quatorze minutos daquela noite, eu recebi um telefonema de Emma, enquanto caminhava com Max. Lembro que tínhamos parado em uma sorveteria e esperávamos nossa vez chegar, enquanto um casal de japoneses perturbava uma vendedora dominicana, pedindo a ela informações sobre os diferentes sabores dispostos no compartimento da vitrine refrigerada, e me lembro do olhar de cansaço da funcionária, sua cara de tédio e o calor que batia forte no toldo. O meu celular tocou três vezes. Nas duas primeiras, não consegui atender, porque os japoneses se cansaram de perguntar e, finalmente, a moça serviu a eles o sorvete de trufa, que seguravam na mão, e já estavam pagando. Na terceira vez, atendi. Do outro lado da linha, Emma levou algum tempo para falar. Ao escutá-la respirar lentamente, como se estivesse soprando dentro do telefone, pensei que era o vento. Quando finalmente falou, sua voz soava como se estivesse cheia de cinzas.

– Sara não ligou – disse.

Era isso. "Sara não ligou." A pedra caiu diretamente dentro da água e causou um impacto de uma onda estacionária que se expandiu a partir da varanda da cafeteria até o leste da cidade, inundando as ruas, as praças e as avenidas, até cair sobre mim como lama aluvial. Eu esperei, bem quieto; ela também. Em seguida, depois de um silêncio que parecia eterno, ela repetiu, desta vez mais devagar:

– Sara não ligou.

E depois:

– Saranão ligou. Saranãoligou. Saranãoligou.SaranãoligouSaranãoligouSaranãoligouSaranãoligou.

Notei o sabor da angústia na boca e, de repente, a trufa gelada tinha gosto de areia. Um segundo depois, eu vi a bola de sorvete caindo na calçada, da minha mão aberta, e Max se aproximou e a lambeu lentamente, todo feliz.

A ligação de Sara. Esse foi o impacto. Depois veio todo o resto.

Eu poderia passar a vida toda contando o que e como aconteceu. Poderia detalhar as ligações, a espera, a confusão, o hospital, os pais de Sara, mamãe, Silvia, o funeral, a preocupação, o terrível... Poderia destrinchar as cenas, as emoções, as lembranças... mas, depois de todo esse tempo, sei que isso não é o mais importante. O que realmente importa é o que de fato aconteceu, que Sara, de uma calçada, partiu desta vida, com uma mensagem escrita pela metade, e que isso provocou tantas coisas que mudaram muitas outras. O que importa é que de repente tivemos que estar de prontidão e vigia, prontos para cuidar de Emma, nos revezando, e isso quando fazia muito pouco tempo que a família estava ainda abalada pela partida de papai, e quando eu tinha apenas começado a seguir adiante sem o Andrés. Nós nos preparamos sem tempo, improvisamos o atendimento de primeiros-socorros que foi possível usar, porque Emma nos surpreendeu com uma coragem que não esperávamos e que nos pegou de surpresa, nos confundindo.

Ela se recusou terminantemente a ir ao hospital identificar o corpo de Sara. Não, não foi ao hospital. Nem ao funeral. Não queria conversar. E nós não a vimos derramar uma lágrima. Mamãe a levou para sua casa, e lá elas passaram juntas os dois primeiros dias, mas quando sugeriu que ela passasse uma temporada lá, Emma recusou com firmeza, e foi essa decisão que nos deixou atônitos. Ela não queria deixar o apartamento – o que tinha compartilhado com Sara ao longo dos últimos quatro anos –, e não houve como convencê-la a pedir demissão do colégio. "Ela está muito sentida", pensamos. "Às vezes, reage-se dessa forma", disseram-nos. "Deem-lhe tempo." Foi o que nós fizemos. Tempo, supusemos que tudo era uma questão de tempo, que o choque ainda era muito recente, demasiado grande, demasiado tudo. Decidimos observá-la, vigiá-la, acompanhá-la. "Quando cair, nós estaremos lá para ajudá-la", previu Silvia. "Essa menina precisa de ajuda", insistia mamãe, aflita. Estávamos todos do outro lado, afastados pela máscara da calma mansa e da doçura oca que Emma tinha adotado de repente, e que havia tirado ninguém sabia de onde.

À primeira vista, muito pouco mudou na vida de Emma após a morte de Sara. No dia após o primeiro fim de semana que ficou na casa da mamãe, ela voltou para o seu apartamento e me ligou no meio da tarde, para me perguntar se poderia dar uma volta com Max. Eu lembro que era uma segunda-feira e havia chovido durante a manhã toda. No terraço, o ar quente do começo do verão atraiu nuvens de vapor das poças e cheirava a sal e asfalto. Embora o telefonema e a pergunta tivessem me pegado de surpresa, eu disse que sim. Supus que ela precisasse sair de casa, arejar a cabeça e se distrair. Quando Emma passou para apanhar Max e eu ofereci a minha companhia, ela me olhou sem pestanejar, com a mesma suavidade impregnada de firmeza que vinha utilizando em muitas de suas negativas desde o acidente, e respondeu:

– Não.

Era tudo. "Não." Foi um "não" lento e cru que caiu em cima de mim com uma lona fina e quase transparente, uma nova pedra na superfície da água que não me deixou brecha para dar uma resposta.

Fiquei plantado no meio da sala, sem saber o que dizer, enquanto Max e ela saíram pela porta e desapareceram escada abaixo, para voltar algumas horas mais tarde. Então nós jantamos juntos.

– Você se importa se eu ficar para dormir? – perguntou, depois de tirar a mesa.

Desde esse dia, o ritual era sempre o mesmo: Emma chegava em casa por volta das quatro e meia, depois de sair do colégio. Ia dar uma caminhada com Max e voltava depois das oito horas. Em seguida, jantávamos, nos sentávamos à mesa, ela corrigia as provas ou preparava as últimas aulas do curso, e eu inseria legendas em filmes no laptop ou lavava a louça e organizava um pouco o apartamento antes de sair novamente com Max para fazermos juntos o último passeio do dia. Às vezes jogávamos xadrez ou assistíamos a algum filme, e muitas noites íamos para o terraço com duas Coca-Colas e nos sentávamos com Max na escada que dá para a sala, para conversar por horas e horas. As conversas com Emma eram relaxantes, muito calmas, e a bonança noturna de junho nos acompanhava. Falávamos da mamãe, das suas aulas no colégio, da vida em geral e de nada em particular. Ela fazia muitas perguntas. O que mais a interessava era ouvir coisas sobre meu trabalho.

– Me diga, vamos – pedia, colocando a mão em meu braço. Esse é um gesto que ainda faz. Quando Emma pede alguma coisa a alguém, ela coloca a mão no braço da pessoa e a deixa ali por algum tempo. Sua mão não pesa, mas esquenta, como a garra de um gato quando não quer arranhar. Contei a ela o que tinha feito naquele dia, e ela ouvia, interrompendo frequentemente. O que a seduzia eram os detalhes, essas coisas que para a pessoa são de rotina, mas que para quem está de fora parecem raras, singulares. No meu caso, o que mais a interessava era se eu estava envolvido na dublagem de algum ator do qual ela gostava em especial. Nesses casos, me pedia para repetir algum diálogo, ou qualquer coisa, e ela inventava a cena, ou improvisava uma réplica. Também gostava de me ver fazer legendas no computador. Ela se sentava ao meu lado no terraço e escutava com muita atenção os diálogos do original, enquanto eu procurava encaixar a versão das legendas em espanhol na tela. Ela assistia, e eu gostava de falar com ela sobre o que eu estava fazendo, acho que em parte porque para mim também era algo novo e porque, desde que Andrés se fora, eu não tinha muitas pessoas com quem dividir as coisas. Não faz muito tempo, o meu trabalho de legendagem de filmes e de tradução de scripts se somou ao de dublagem, em primeiro lugar, e de locução de publicidade, em segundo lugar. E por uma série de coincidências que ainda hoje me surpreende, a minha vida profissional tinha dado uma volta de cento e oitenta graus, e me vi trabalhando em um ritmo que alguns meses antes eu nunca teria imaginado. A legendagem de filmes me levou à dublagem – um dos meus clientes me incentivou a fazer um teste de voz para um estúdio de gravação com o qual ele trabalhava com frequência e que estava procurando uma voz como a minha. "Vozes quebradas como a sua sempre fazem falta, e você não tem nada a perder, confie em mim." Isso me encorajou. E assim aconteceu. Um dia, o telefone tocou e alguém do outro lado da linha me pediu que eu fosse ao estúdio para um teste. Eu fui, fiz o teste, gostei e dublei meu primeiro filme – e a dublagem me levou quase naturalmente para a publicidade. Dei tanta sorte que o segundo anúncio para o qual tive de fazer locução foi o de um carro que não se sabe nem como nem por que alteraria a fórmula de fazer publicidade no setor, e a minha voz foi de repente associada a esse novo modo de locução.

Na época que Emma começou a dormir lá em casa, eu vivia submerso num ritmo intenso de trabalho que me obrigava e me estimulava a sair de casa diariamente. Meus dias foram marcados por uma dupla coordenada que tornou as coisas mais fáceis, porque as simplificava: de um lado, o trabalho, de outro, Max. O lado pessoal, o mais íntimo, essa sequência de coisas mal resolvidas que tinham vindo a reboque comigo para o estúdio, teve de ficar em suspenso, guardado para mais tarde. De repente, havia barulho ao meu redor: a minha voz, com seus múltiplos tons, timbres e facetas, anunciando carros, escovas de dentes, gasolina, energias renováveis, máquinas de lavar roupa, goma de mascar e grandes lojas suecas; incorporando em meu dia a dia uma nova terminologia – "claims", "labiais", "takes" – que me conferia toda uma atmosfera e me ajudava a ser menos e fazer mais. Eu me transformei em um homem que trabalhava duro e comecei também a me ver dessa maneira: "Eu sou locutor, sou dublador, sou um sujeito que é bem-sucedido no que faz", dizia a mim mesmo, satisfeito de ver que eu me tornava um homem que finalmente entendia que "uma pessoa não é o que ela é, mas o que ela faz", sobretudo quando o que a pessoa faz depende só dela mesma, sem que precise contar com mais ninguém. A chegada de Emma à minha casa coincidiu com o nascimento desse Fernando, e, longe de julgá-lo – de me julgar –, ela se limitava a perguntar, a querer saber, simplesmente. Ela me escutava como escutam as crianças, que, apesar de esperarem uma resposta que não chega – e que talvez não venha nunca –, não se cansam de esperar. Muitas noites nós ficávamos conversando até tarde, e acabávamos dormindo no sofá-cama, encolhidos, com Max a nossos pés. Ela me dava um beijo de boa noite, punha o celular embaixo do travesseiro e se virava para a janela, antes de apagar a luz. Durante a semana, Emma se levantava cedo, descia com Max para levá-lo ao seu primeiro passeio e depois ia trabalhar. Nos finais de semana, a dinâmica era a mesma: ela acordava às sete e meia, tomava o café da manhã, levava Max para passear e depois saía.

Foi assim durante quase um ano: nem uma lágrima, nenhuma referência – velada ou não – a Sara. Nós nunca a ouvimos mencioná-la. E se, por acaso, perguntássemos, comentássemos, insinuássemos... ela sequer piscava. Sorria como se soubesse algo que nós ignorávamos, sempre com o celular na mão ou em cima da mesa, mexendo-se devagar, quase em câmera lenta. Mamãe e Silvia se tranquilizaram quando souberam que ela estava praticamente morando comigo, na minha casa, e aos poucos foram relaxando as tensões, embora nunca tenham abaixado a guarda de vez. "É a Emma, mas não é a Emma", dizia mamãe, daquela maneira tão pessoal, tão dela de resumir as coisas. Uma maneira que às vezes é tão simples que não há necessidade de outra coisa. "É como se estivesse anestesiada, isso não pode ser bom", insistia Silvia. Ambas tinham razão. Emma era ela, a essência e o esqueleto eram os seus, mas havia algo que não estava ali. Sua risada era oca; o sorriso, ausente. Olhava fixamente ao falar, mas era um olhar fechado em si mesmo, no qual ficávamos presos quando ela nos observava com ele. Comia bem, continuava indo nadar todos os dias, tinha inclusive parado de fumar e havia recomeçado as aulas e os jogos de *paddle* na academia, mas tudo nela era um gesto estudado, um personagem com diálogos escritos por outra mão, como aqueles que eu dublava na cabine de gravação diariamente: soavam bem e tinham um encadeamento lógico. A ordem e a entonação eram adequadas, mas entre as linhas não havia emoção, somente ar.

E, além disso, havia seus olhos.

Uma das coisas que nós, dubladores, aprendemos, mais cedo ou mais tarde, é que existem mais linguagens em nossos olhos do que em nossos lábios. Os olhos anunciam o momento exato em que o personagem está a ponto de intervir e a emoção que vai imprimir ao que quer comunicar. O bom dublador sabe que boa parte de nosso trabalho é decifrar olhares, e não lábios, porque os lábios são o alto-falante dos olhos. No caso de Emma, seus olhos não anunciavam o que dizia sua voz, porque a expressão que eles antecipavam era um conjunto vazio. Eu a ouvia falar, e, às vezes, se fizesse o exercício de imaginar dublá-la, me parecia impossível. Desconectada. Emma estava desconectada do próprio poço de emoções: falava com suavidade, sempre inalterável, quase com doçura nos matizes. Parecia deslizar sobre uma suave capa de gelo com uma fluidez quase líquida, que só se quebrava quando chegava alguma mensagem no celular ou quando, de repente, ela acreditava não estar com o telefone à vista. Então o olhar se embaçava, os olhos se semicerravam, e ela se encolhia sobre si mesma como um punho, até ler a mensagem ou localizar o telefone. Respirava fundo e então recuperava o sorriso rígido, as mãos sobre o colo, os olhos tristes.

E, assim, prosseguimos todos nesse barco que nos levava: Emma apagada em seu duelo velado e hermético de um lado do sofá, eu com minha nova vida inventada do outro, e Max aos pés dos dois, compartilhando o carinho dela e o meu também, testemunha de uma rotina e de uma companhia diária que primeiro se estendeu ao longo das semanas e depois ao longo dos meses, como uma falsa calmaria que não teríamos nem sabido nem conseguido interromper, nem ela nem eu, e que sem dúvida teria se eternizado se a casualidade ou o destino não tivessem jogado mais uma vez com cartas marcadas.

E se mamãe não tivesse feito o que fez, surpreendendo-nos a todos – ela mesma também caindo como uma pedra na fina capa de gelo sobre a qual deslizávamos nossas lâminas.

Mudando tudo.

Dois

Da sala de jantar, o tilintar de copos e talheres é abafado pelas vozes apagadas de Emma, Olga e Silvia, enquanto mamãe fala ao telefone com Ingrid, em seu quarto. De repente ouvimos uma risada nervosa de Olga, um comentário do tio Eduardo e a réplica seca da Silvia, que não consigo ouvir daqui, enquanto a noite vai caindo sobre nós, e do lado de fora o estouro de fogos de artifício anuncia que já foi, que dezembro está acabando. O desejo de celebração impregna o ar.

O banheiro de mamãe, ou melhor, suas paredes são o reflexo da mulher em que ela se transformou desde que chegou a este apartamento e pôde começar a imprimir suas marcas no que o decora, sem esperar a permissão nem a crítica incerta de papai, que sempre odiou – e ainda deve continuar odiando – ver coisas na parede. As paredes tinham de ser brancas e vazias. Nada de quadros, nada de furos, nada de plantas.

"Plantas são como cachorros: o lugar delas é do lado de fora", dizia. E não se falava mais nisso. Se por vezes tentávamos convencê-lo a nos deixar pendurar um pôster em nosso quarto, uma foto, um cartão-postal, ele fazia um movimento de cabeça para dizer que não e fungava de mau humor. Depois, o comentário era sempre o mesmo. E o tom também: "Enquanto vocês continuarem vivendo na minha casa, as paredes continuarão brancas e as plantas permanecerão nos parques. Quando ganharem suas vidas e se tornarem independentes, poderão fazer o que quiserem."

As paredes do banheiro tiveram a mesma sorte que as do resto da casa. Quando mamãe se instalou, não demorou para enchê-las de coisas. São "suas" coisas e, por mais horríveis que possam nos parecer – e por mais que Silvia e eu nos empenhemos em fazê-la entender que não era necessário ter tudo à vista –, ela não dá o braço a torcer e brinca de nos fazer acreditar que sim, que sabe, e que quando for pintar a casa vai retirá-las, ou, melhor ainda, "quando trocar esse armário que está rangendo", "ou quando guardar as roupas de verão e tirar as de inverno, aí aproveito".

Ela sempre tem uma desculpa para não tocar no que para ela é intocável, embora nunca a tenhamos ouvido dizer: "Não, isto é meu e eu gosto assim." Não, mamãe não fala desse jeito. Foram anos demais esquivando-se da autoridade – primeiro a do vovô e depois a de papai – e evitando o afrontamento. Anos demais lançando mão de subterfúgios, tentando ficar "na dela", usando os resquícios que a vida das outras pessoas lhe deixavam, e agora, que já não tem quem a amarre, faz o que quer, mas sem declarar abertamente. Aprendeu a ver e agir na sombra, e já é tarde demais para mudar.

A parede acima do lavabo está ocupada por um grande retângulo de cortiça abarrotado de recortes, cartazes de filmes em miniatura e outros papéis que o recobrem quase que por completo. Acima da moldura de madeira em volta da cortiça, em letras brancas, está meu nome. Conheço bem essa cortiça: é o resumo do que foram meus últimos três anos, uma espécie de tela sólida na qual mamãe foi espetando com pequenos alfinetes coloridos o que eu fiz, as marcas que fui deixando, semana após semana, mês após mês, em seu mapa de recordações. Os alfinetes de cabeça amarela espetam os recortes de jornais ou revistas nos quais aparecem os anúncios dos quais fiz a locução. São de todos os tipos: sopas, carros, redes de lanchonetes, pastas de dentes, leites de soja ou cereais light. Os alfinetes de cabeça azul prendem os cartazes em miniatura dos filmes nos quais dublei algum ator; e os de cabeça vermelha seguram os filmes que legendei, além de umas duas entrevistas publicadas em uma revista de cinema e em um jornal dominical. O currículo inteiro, meus últimos três anos, estão ali, à vista de todos. Isso é o que mamãe mostra de mim para todo mundo que passa por ali, e sua forma de me dizer que o que a preocupa são os espaços onde não há nada pendurado, os vazios que não são trabalho e que estão ocos de todo o resto. "Trabalho", diz o quadrado de cortiça. "Você é o que você faz, Fer." Na realidade, é um bom resumo do que tem sido minha vida desde que eu e Andrés rompemos e me mudei com Max para a quitinete perto da praia: trabalhar, trabalhar e trabalhar. Pouco ou nada mais. Temos falado muito sobre isso, mamãe e eu, e sabemos o que ambos pensamos.

– Você não pode continuar desconfiando assim de todo mundo, Fer – me diz ela, com essa confiança cega que continua demonstrando ter para com os demais e que, depois de ela ter vivido o que viveu com papai, tenho dificuldade em entender. – Andrés já passou. Terminou mal, mas já passou. – Sabe que não foi somente Andrés, que foi ele e também os que chegaram antes, que não escolho bem, porque no fundo sou como ela. Minha mãe sabe que não escolhi bem da primeira vez, que repeti o erro na segunda e reincidi na terceira. Sempre o mesmo padrão, sempre o mesmo perfil: o encantador de serpentes, o inseguro que se vende bem, a risada ampla, a sombra estreita, o reflexo de papai. Mamãe sabe disso, como eu também sei, e ainda sabe que Andrés tem tão pouca importância quanto os anteriores, porque quem escolhe sou eu. Nisso, Emma e eu somos muito parecidos. Cada um à nossa maneira, nós pedimos pouco do outro, nos conformamos em saber que somos importantes, capazes de atrair um olhar. Emma não soube parar. Eu decidi que não mais.

Chegando a esse ponto da conversa, ela nunca diz nada. Olha para mim com pena, estala a língua e vai espetando alfinetes coloridos na cortiça, para me lembrar de que a cada vez ficam menos vazios de vida para preencher. De minha parte, eu a vejo espetar seus alfinetes coloridos e continuo esperando que o tempo me dê algum sinal, ou um empurrão, ou sei lá o quê... Algo que me indique que talvez eu esteja preparado para retornar e escolher melhor, para me enganar menos, ou diferente.

Na parede oposta, ao lado da porta, há outras duas cortiças, menores e idênticas. A da direita é a da Silvia. A mais vazia. Fora uma foto recente de documento que mamãe deve ter resgatado de alguma de suas pastas, só o que a cortiça mostra são cartões-postais: Miami, Rio, Auckland, Nova York, Oslo... Alguns estão pendurados com a imagem virada para a cortiça, deixando à vista a breve mensagem com a delicada e fina letra da Silvia, que quase sempre é a mesma: "Oi, mamãe. Te escrevo de... Espero que esteja bem. Estou com saudades suas. Um grande beijo. S." A cortiça da esquerda – a de Emma – está cheia de fotos nas quais ela aparece sempre com alguém: Emma comigo, Emma com mamãe, com Silvia, com Olga, com amigas na Patagônia, com as meninas da equipe de *paddle*, Emma com... Em nenhuma aparece sozinha. Também há algumas de Emma com Sara.

As três cortiças são as três janelas que mamãe mantém sempre abertas para nós, aquelas com as quais nos fala sem voz. São o que ela vê de seus filhos, a luz vermelha que reconhece nos três. O banheiro é, por meio de suas paredes, a carta que mamãe continua nos escrevendo para cada um, há bastante tempo, sua maneira de dizer em silêncio "estou vendo, sou sua mãe e percebo o que está acontecendo com vocês, onde estão". Com a cortiça dedicada a Silvia, mamãe lhe diz que não sabe como chegar até ela, que duas frases e meia enviadas de longe a cada quinze dias não são nada e que sente falta de coisas que não sabe explicar. Mamãe expõe os cartões-postais como quem oferece as peças de um quebra-cabeça. "Filha, olha tudo o que você não me diz", fala para Silvia. "Veja só como você está longe."

No caso de Emma, a mensagem é outra: "Minha filha do meio que não sabe ficar só", diz sua cortiça cheia de companhia. "Tão dependente quanto eu, tão errada quanto eu." É isso que ela lhe diz com sua colagem para Emma, que tampouco lê naquilo alguma mensagem. Mamãe nos dedica as paredes de seu banheiro, e sei que é importante, que ela não faz isso só para alegrar o ambiente. É sua forma de nos dizer que é nossa mãe e que, como pode, está aí, tentando, agora que papai e sua sombra não a obscurecem, recuperar seu papel.

Ouvindo-a ao telefone, não consigo reprimir um sorriso. As gargalhadas com as quais pontua o que diz são tão contagiosas e seus comentários tão... Ela que ainda me surpreende por ter feito o que fez, no seu dia, para trazer Emma de volta à vida. Embora talvez não tenha sido tanto o que ela fez, nem como fez, mas sobretudo o que vimos dela em sua reação, essa Amália inteira e maior, que até aquele momento não havia figurado em nossos mapas. Mamãe ficou grande, descobriu-se protagonista sem papai ao seu lado, e com seu gesto reduziu o tamanho de todos, reorganizando um cenário que acreditávamos ser invariável.

Enxugo minhas mãos com a toalha e abro a porta. Quando estou a ponto de ir para a sala de estar, me detenho. A frase supostamente sussurrada de mamãe chega de seu quarto e me paralisa.

– Você acha? – pergunta. – Não sei, Ingrid. Não acho que seja uma boa ideia. Do jeito que estão os ânimos, se eu disser esta noite, vão pular em cima de mim como feras, principalmente Silvia. – Breve silêncio. – Sim, hoje ela está atacada.

Outro silêncio, este mais prolongado.

– Ahã. – Mamãe volta à carga. – Pois é, faz muito tempo que essa menina não está bem, é só olhar para ela. Mas, claro, ninguém lhe diz nada. Além do quê, como ninguém me ouve, é isso.

Silêncio. Viro para a esquerda e sigo pelo corredor até chegar à porta de seu quarto. Quando espio, eu a vejo estirada na cama e recostada sobre um par de almofadões enormes, com Shirley roncando em seu pescoço, parecendo uma estola viva. Enquanto fala ao telefone, segurando o fone entre a cabeça inclinada e o ombro, ela tricota um dos quadrados da manta que vem fazendo há uns dois meses para mim. Tem os olhos semifechados. Muita luz. Não me vê.

– Não sei, na verdade – continua. – Entre a gravidez das meninas e aquilo do meu irmão... – Leva a mão ao rosto e enruga os lábios. Está preocupada, quase chateada, e se expressa como qualquer mãe, em um momento de intimidade com uma amiga que está acostumada a ouvi-la. – Às vezes tenho a sensação de que não conto, Ingrid – confessa com uma voz triste. – Que não me levam em consideração. E... bem, me lembro de Manuel, que sempre me dava medo de fazer as coisas erradas, porque sempre estavam erradas e...

Silêncio. Engulo em seco. De repente, me sinto mal escutando. "Não deveria", penso. "Isso não está certo." Mas não me mexo. Mamãe e seu perfil B voltam a falar, e eu fico onde estou.

– E ainda por cima, Eduardo com essa... menina. Ou seja lá o que for. Ai, Ingrid, meu irmão não vai aprender nunca. – Ela deixa escapar um suspiro meio triste e conformado. – Eu não sabia nem que cara fazer, sério. – Mamãe assente, atenta ao que lhe diz Ingrid do outro lado da linha, sem deixar de tricotar, cobrindo Shirley com a lã, e em seguida: – E ainda não estou certa de que seja uma menina. Com aquele bigode, aqueles pernões peludos, e aquela... tanga – diz com cara de nojo. – Não enxergo muito, mas garanto que ali dentro havia algo gordo que nós não temos, sem falar de... – Ela se cala, parecendo ter sido interrompida por Ingrid. Instantes depois arregala os olhos, acena devagar e leva a mão ao peito. – Meu Deus – diz com um arquejo de angústia. – Então... – Fecha os olhos por alguns segundos e torna a abri-los, arregalados. – Você acha que talvez Eduardo seja... gay?

Silêncio.

– Claro! Como não pensei nisso antes? – pergunta, pondo as agulhas para cima e alçando a voz. Em seguida percebe que podemos ouvi-la e tapa a boca com a mão, colando-a ao fone. – Por isso está sempre vivendo fora, e essa sua má sorte com as mulheres. Claaaaro! – Respira fundo e acena devagar com a cabeça. – Ai, Ingrid... vai ver que meu irmão... também. E veja bem o que deve ter sofrido o coitado, mantendo tudo em silêncio. E tão só. – Arqueia uma sobrancelha e inclina um pouco a cabeça. – Embora eu não saiba por que me surpreendo, na verdade, porque, claro, talvez a homossexualidade seja genital, e deve ser porque li sobre isso outro dia no jornal, então deve ser hereditário, e você já sabe o que dizem: não há dois sem três. E não preciso lhe dizer que aqui já temos dois.

Ai. O disco da mamãe rodou de repente, e agora a agulha sulca sua face A, a do ruído e das interferências. De repente ela se ilumina e torna a arregalar os olhos. Sua expressão é a de uma criança.

– Ai, Ingrid. Genética, genital... que importa? Não seja tão suscetível. A questão é que se herda – diz, agitando uma mão no ar. Em seguida, um silêncio. Bem curto. – Sim! Bem, não sei o que é, mas o que posso dizer é que a tal Sindy Teresilla não é o que parece e tem pelos e volumes onde não deveria. Estou lhe dizendo. E já que estamos nisso, digo também que não sei como vão dormir juntos com aqueles pelos tão duros que o rapaz tem na cabeça e nas pernas. E dormir é muito importante, embora muita gente não acredite. Porque, veja bem, essa questão de sexo dura enquanto durar, o que graças a Deus costuma ser pouco, mas dormir... ah, dormir tem que dormir, sim ou sim. Ou você não acha?

Silêncio.

– Sim, estou chocada, céus, é assim como estou lhe dizendo. – Breve silêncio. – E que nenhum de nós tenha percebido até agora... – Outro silêncio. – Sim, é verdade! Que corajoso mostrar assim seu namorado, não? Imagina só o que Silvia e Olga devem ter dito, com a língua que elas têm, e o rapaz, tão escurinho... tão português. – Balança devagar a cabeça e estala a língua. – Como deve estar se sentindo mal. – Silêncio. Concorda como uma menina obediente. – Sim, claro. Se Eduardo resolveu sair do armário, temos de ajudá-lo, e que saia completamente. – Pausa. – Sim. Vou pôr mãos à obra. Assim que voltar para a mesa, não se preocupe.

Faz-se um silêncio mais prolongado. Mamãe ouve atentamente, enquanto acaricia Shirley, que agora se estica de boca para cima sobre seu pescoço e joga a cabeça para trás. Mamãe concorda devagar e, de repente, franze a testa.

– O... nosso? – pergunta com uma expressão confusa.

Silêncio.

– Ah, o nosso, sim. Estava meio perdida. – No pescoço de mamãe, Shirley começa a escorregar devagarzinho no vazio, de cabeça para baixo. Mamãe não percebe. – Não, Ingrid. Vai saber como eles vão encarar – diz, acariciando distraidamente a barriga de Shirley com a ponta da agulha. A cadela põe a língua para fora e deixa a cabeça pendurada no espaço entre as duas camas, como um morcego dopado. – Mas pode ser que você tenha razão. Também, aqui cada um com suas coisinhas, um que sai do armário, as outras que engravidam pelo ventre comum, ou seja lá como se chama isso, e qualquer um diria que a mim nunca pode acontecer nada – acrescenta com um muxoxo de menina contrariada. – Mas veja bem – começa, de repente valentona. – É melhor que saibam já, assim vão se acostumando com a ideia, você não acha? Além disso, entre uma coisa e outra, o tempo vai nos pressionar! – Dá uma risadinha feliz, e Shirley continua sua lenta queda até o chão, escorregando, relaxada. – Ai, você não sabe a vontade que eu tenho. Não vejo a hora de estrear o quimono! – exclama, baixando a voz e tapando mais uma vez a boca com a mão, como se de repente se desse conta outra vez de que alguém poderia ouvi-la.

Não é difícil adivinhar que mamãe e Ingrid têm em mãos uma nova fofoca, embora, verdade seja dita, isso também não cause nenhuma surpresa. Desde que se conhecem, as duas conspiram sem descanso de braços dados, como duas meninas de férias, e nós tentamos como e quando podemos lhes impor limites, embora nem sempre o façamos bem e em tempo. Enquanto mamãe vai se despedindo de Ingrid, eu me afasto da porta e começo a caminhar devagar pelo corredor até a sala de estar, entre divertido e curioso, até que de repente a ouço dizer:

– E o que era mesmo que nós tínhamos que dizer quando chegarmos? – Um pequeno silêncio e logo, inspirando o ar, ação que imediatamente reconheço e que dispara todos os alarmes vermelhos em meu radar, ela acrescenta com uma risadinha travessa que conheço muito bem e que não prenuncia nada de bom: – Isso mesmo. Até a vitória sempre, companheira Che. – Silêncio, este muito breve. – Ah, sem Che? Humm, está bem, pois então, até a vitória sempre companheira Sem Che.

Silêncio. Mamãe concorda com uma expressão chateada e estala a língua.

– Ai, filha, não me confunda. Assim eu dizia. Além disso, não sei por que esse negócio de usar esse nome tão... tão oriental. Ou por que tem que mudar nosso nome porque são comunistas e talvez não nos deixem entrar se souberem que somos divorciadas pela igreja?

É então que entendo, com um pequeno calafrio de antecipação, que a noite, esta noite única deste ano que está prestes a terminar, apenas começou, e tenho de estar preparado. De qualquer forma, não há mais tempo para nada. A voz de Silvia rompe o silêncio vindo da sala de jantar com um "mamãe, está quase na hora das uvas! Você pode fazer o favor de vir aqui?", ao que mamãe responde com um suspiro de impaciência:

– Já vamos, coração – diz, incluindo, como sempre faz, Shirley no pacote. – Me serve só um golinho, tá? Você sabe que espumante me dá gases.

– Talvez o que lhe dê gases seja falar tanto ao telefone, mamãe – replica Silvia, cujo comentário é acompanhado de uma gargalhada sonora do tio Eduardo.

– Bom, vou desligar, Ingrid – diz mamãe, baixando a voz até quase um sussurro. – Sim, você a ouviu, não? O que lhe disse? Está im-pos-sí-vel.

– Mamãe, desliga logo!

– ... E lembre-se de me fazer um pouco de Reiki, mas do mesmo que você faz aos monitores do canil, tá? Ah, agora me lembrei, não lhe disse que ontem encontrei no banco o Isidro, o rapaz de cadeira de rodas que passeia com cachorros...

– Mamãe!

Paro um segundo no corredor, quase em frente à porta do banheiro, e, ao se virar para a esquerda, vejo minha imagem refletida no espelho em pé que mamãe pendurou no alto e na transversal, como uma espécie de janela alongada. Por um momento, volto a me ver da mesma forma que há uns dois meses no balcão do bar, enquanto esperava o atendente me servir, e sinto novamente um calafrio ao lembrar o momento em que os olhos da pessoa que tomava café da manhã no canto se viraram e nossos olhares se encontraram no espelho. Lembro-me também do que aconteceu depois, ou melhor, começo a lembrar, porque logo em seguida, quando a voz de mamãe interrompe o momento, a imagem se desconstrói.

– Shirley, cuidado!

O que se segue é um baque surdo acompanhado de um guincho longo e agudo de ratazana velha, e um segundo depois vejo a cadela passar como um raio entre minhas pernas, grunhindo e arrastando entre os dentes o tricô da mamãe, incluindo as agulhas, enquanto em seu quarto mamãe parece finalmente ter se posto em movimento, resmungando: "Ai, meu bem, a mamãe é muito desajeitada e não viu você. Não vá embora assim, minha rainha. Venha, venha que a mamãe vai lhe fazer uma dessas massagens mágicas da tia Ingrid, e você vai ver como vai parar de doer."

No espelho, o encontro dos olhares desapareceu, e só resta eu. Meus cachos ruivos se iluminam por trás, agora envoltos em um halo cor de laranja, e a pele branca parece ainda mais pálida assim, refletida no branco da parede.

Mamãe aparece na soleira da porta de seu quarto. Ela ficou com os cabelos alisados atrás da cabeça e continua usando os chinelos quadriculados. Ao me ver, sorri e seu olhar se ilumina, até que da sala de jantar Silvia volta a chamá-la e ela ergue os olhos e mostra a língua, antes de dar de ombros e rir em silêncio, buscando minha cumplicidade, que inevitavelmente encontra.

Ela põe sua mão no meu braço e se observa no espelho. Nossos olhos se encontram. Ela sorri. E eu também.

– Vamos, Fer? – pergunta.

Ofereço meu braço e ela se apoia nele, antes de se olhar novamente no espelho e perceber que seu cabelo está todo grudado na parte de trás da cabeça. Arregala os olhos, horrorizada.

– Meu Deus – diz, levando a mão livre à cabeça e apalpando o cabelo. – Está faltando um pedaço da minha cabeça.

Ambos damos risada.

– E você nem para me dizer nada, criatura? – diz, ficando séria e afofando o cabelo, sem nenhum êxito. – Humm, melhorou? – pergunta.

– Está bem melhor.

– Mentiroso.

– Os quartos, os quartos! – grita Silvia da sala de estar. Nós a vemos se levantar da mesa, arrastando a cadeira no piso – Mamãe! Fer!

Mamãe respira fundo, agarra outra vez meu braço e diz, erguendo novamente os olhos:

– Vamos, filho. Se sua irmã e Shirley continuarem gritando assim, os vizinhos vão pensar que estamos em plena matança e vão chamar a polícia.

E assim, nós dois rindo, andamos até a sala, onde nos esperavam. Lá fora, as badaladas do último quarto de hora terminam de encerrar o ano, e mais para baixo, em direção ao mar, os primeiros fogos de artifício sulcam o ar, iluminando a janela da sala de estar como vagalumes coloridos. Ao redor da mesa, já estão todos em pé, com as tigelas de uva na mão: tio Eduardo na cabeceira; à sua direita, Silvia. À sua esquerda, o talher intacto e a cadeira vazia, seguida de Emma e Olga.

Logo, logo vai ser hora de brindar.

E depois virão outras coisas.

A noite continua.

Três

É uma e quinze e faz tempo que os fogos de artifício que encheram a noite, após as baladas dos sinos, deixaram de ser ouvidos. Agora, o silêncio na praça é quase total, quebrado muito de vez em quando por uma buzina, ou pelos gritos pontuais de um grupo de adolescentes que andam até a estação do metrô. Aqui na sala de estar, acabaram o espumante e o torrone, e só sobraram o café e as conversas mais relaxadas. Foi um Réveillon tranquilo depois das uvas, do brinde e dos beijos e abraços.

Silvia fuma ao meu lado, enquanto Olga se demora bastante em nos contar, com todo luxo de detalhes, as reformas que vão fazer na casa para o nascimento do bebê. Mamãe a ouve com expressão de fingido interesse e um sorriso estampado no rosto. Ela assente de tempos em tempos, acrescentando vez ou outra um de seus "que bacana" de praxe, que Olga saúda com um pigarro seco, antes de continuar detalhando os materiais – todos ecológicos, principalmente a pintura –, as cores, as texturas e as marcas que querem usar na obra.

Principalmente as marcas.

– São tão importantes... – insiste pela terceira vez, pondo sua mão no punho de mamãe, que pisca para recuperar a concentração. – Porque, deixa eu lhe dizer – pigarro –, as marcas, embora não pareça, importam. E muito. A marca é uma garantia. E com os filhos temos de procurar garantias – arremata, com voz de vendedora de seguros.

Silvia se vira para me olhar com cara de tédio e ao mesmo tempo me dá um chute por baixo da mesa, do qual consigo me esquivar. Ao ver que ninguém diz nada, Olga engole em seco e prossegue com o assunto:

– É que no fundo, bons pais – se interrompe e se vira para olhar Emma, que neste momento mexe distraidamente em seu iPhone –, ou mães... – diz, inclinando um pouco a cabeça e esboçando uma careta que pretende ser um sorriso – devem ser como um bom banco.

Tio Eduardo ergue a vista do iPad que está junto ao seu copo vazio e assente umas duas vezes, como se estivesse no terraço de um bar e tivesse visto passar uma bicicleta sem ninguém em cima. Na outra extremidade da mesa, mamãe abre os olhos e põe sua mão na de Olga.

– Ai, filha, você diz cada coisa. – Olga a olha como se não estivesse entendendo se o que mamãe diz é crítica ou cumprimento, mas mamãe tira a dúvida. – Como dá para ver que você está acostumada a lidar com gente! O que é que estou dizendo? Não com gente, com pessoas. Eu nunca teria pensado em uma imagem tão... mm... poética.

Silvia me dá outro chute por baixo da mesa, que dessa vez alcança seu objetivo. Diante de nós, Olga sorri encantada e pigarreia. Quando quer prosseguir com sua tagarelice, mamãe volta à carga.

– É verdade, Olga – diz, assentindo devagar, como se medisse bem suas palavras. – Uma boa mãe deve ser como um bom banco.

– Correto – concorda Olga.

– Sim – insiste mamãe. – Um banco como os de antes. – Olga pisca, de repente, sem entender, e mamãe percebe. – Você sabe, filhinha: um desses bancos nos quais você podia se sentar, com quatro pés e as tábuas de madeira verde, um pouco gastas, para não deixarem marcas, não como esses potros de tortura que colocaram na praça. – Inclina a cabeça e sorri, comprazida com o que acaba de dizer. – Veja bem, quando me mudei para cá, durante um tempo acreditei que fossem lixeiras... para você ver. E eu via os velhinhos se sentarem, assim, curvados, uns olhando para lá, outros de costas, e dizia a mim mesma: "Amália, esse bairro, não sei, não. Muito golden e muitas crianças loiras, mas no fundo somos todos iguais: os mais velhos sentam-se nas lixeiras e os pequenos fumam as plantas", não é verdade, Eduardo?

Olga vai ficando tensa. Desde que falou ao telefone com Ingrid, mamãe tenta incluir tio Eduardo na conversa de qualquer jeito, mas ele continua concentrado na tela de seu iPad, resmungando entre os dentes, e participa da nossa conversa com frases curtas e genéricas.

– Hein? – pergunta então, levantando o olhar. – Ah, sim. Esse negócio dos bancos é terrível – concorda com um sorriso forçado, ao mesmo tempo em que dá dois golpes na carcaça do tablet. Ao ver que Olga olha para ele com o cenho arqueado, reconsidera. – Tão... escuros – acrescenta, gesticulando no ar. – E tão inóspitos.

Mamãe se anima toda e põe sua xícara de café no prato com um tilintar.

– É isso aí, Eduardo – diz ela. E logo em seguida: – Inóspitos como... como a selva, ou como o oceano, ou como... como... os armários, certo?

Tio Eduardo ergue novamente os olhos.

– Os... armários?

Mamãe assente devagar com expressão compungida.

– Sim. Não há nada mais inóspito que um armário.

Silvia se vira para ela.

– Mamãe.

– Sim?

– Podemos saber do que você está falando?

Mamãe estica o pescoço.

– Ai, filha. É o que todo mundo sabe: os armários são terríveis, mas terríveis de verdade. Não sei onde eu li que uma ONG dessas que tratam dos traumas de guerra ou alguma coisa fez um estudo apontando que uma grande porcentagem da população do primeiro mundo tem pesadelos com armários. Desses pesadelos terríveis: armários com dentes, com metralhadoras, armários cheios de sogras, de palhaços como aquele do McDonald's e de escritores noruegueses, e armários que são como as lojas dos chineses, mas sem o garoto salvadorenho que lhe acompanha por aqueles corredores cheios de plásticos e de cortinas para chuveiro que...

– Mamãe. – Silvia olha para ela como se não conseguisse acreditar. – Você está se sentindo bem?

Mamãe está concentrada e nem a ouve.

– Ou de onde vocês acham que vem esse negócio de cair do armário?

– É sair, Amália – corrige tio Eduardo, deixando o iPad virado para baixo, fazendo uma careta de aborrecimento. – Sair do armário. Não cair.

– Isso! – sobressalta-se mamãe, dando um tapa na mesa que faz tilintar xícaras e talheres, e que Shirley, enroscada em seus joelhos, saúda com uma fungada e um latido. – Sair do armário! É preciso sair dos armários, Edu!

Olga pigarreia e faz uma tentativa de mediação que soa assim:

– Amália, querida, quando você precisar guardar a roupa de inverno e tirar a de verão, eu venho lhe ajudar, se você quiser. Não sabia que isso a afetava tanto...

Mamãe olha para ela e sorri, sem prestar muita atenção. Volta logo a se concentrar em tio Eduardo, mas por não saber como abordar o que quer dizer, começa a mexer as mãos no ar, embora sem pronunciar nenhuma palavra. Rapidamente recolho a garrafa de espumante vazia que está na frente dela, e que ficou a ponto de sair voando em cima da Olga. Isso, esse movimento das mãos silencioso, é uma coisa que mamãe costuma fazer, enquanto pensa em algum problema e procura abordá-lo da forma mais suave possível. Ela sabe aonde quer chegar, mas o caminho que a levará até lá não está definido. De repente, engasga como agora e embaralha um monte de formas, princípios e fórmulas, que em noventa e nove por cento dos casos terminam resumidos na pior opção. Ao meu lado, Silvia me olha e franze a testa. Ela intui o que eu já sei, mas mamãe não dá trégua nem tempo para mais. Lá vai ela:

– Eduardo, querido – começa, levando a mão ao pescoço e massageando-o com cuidado. – É que eu estava pensando que... bom, que, Humm... se você se casar com Teresita em Lisboa, talvez seja um pouco violento para você, porque, claro, os portugueses são daquele jeito, ou seja, um pouco peludos e com as sobrancelhas juntas, porque como o ar do Atlântico bate neles, se não tivessem essas trincheiras de pelos, não conseguiriam enxergar, e, além do mais, na verdade, não sei se são muito abertos.

Silêncio. Silvia acende um cigarro e Olga estica a mão sem dizer nada, com um gesto mecânico, pedindo-lhe um. Mamãe sequer olha para elas. Sabe aonde quer chegar. Fecho os olhos e respiro fundo.

– Esse negócio de abertos, eu digo porque não sei se em Portugal também se casam os gays, as lésbicas e os transgêneros, e, bem, não quero que você sofra, Eduardo. – Ela balança a cabeça, mexendo-se toda e sacudindo Shirley, que mostra o focinho sobre a mesa e o apoia na toalha. – E por conta disso, também vou lhe dizer outra coisa que me preocupa. – Tio Eduardo franze as sobrancelhas. Não está entendendo nada. – O volume.

Baixo o olhar e o fixo na xícara, só que, por mais que tente não rir, mamãe me vence, e solto uma gargalhada que transformo rapidamente em tosse.

– O... volume? – pergunta tio Eduardo, sem entender nada. De repente ele se dá conta, porque fica tenso e olha para mamãe com cara de preocupação, um gesto imitado por Emma, de onde está. – Que volume, Amália?

– A... coisa – responde mamãe, servindo-se um pouco de água. – A coisa volumosa.

Sei que se eu levantar o olhar não vou conseguir transformar minha risada em tosse novamente, porque mal sou capaz de respirar, e por isso opto por continuar olhando para minhas mãos como se de repente tivesse aprendido a ler a linha da vida, da saúde e do dinheiro, as três de uma vez só. Silvia fuma ao meu lado, soltando fumaça como se estivesse possessa. Quando olho para ela de soslaio, a vejo concentrada em mamãe, observando-a sem pestanejar. Logo em seguida, a ouço perguntar:

– Mamãe, quer que eu grave você com o celular, e depois, antes de dormir, você se ouve um pouco, para entender por que às vezes é tão difícil ser sua filha, e não conseguir dormir durante duas semanas?

Mamãe olha para ela e estala a língua, com certeza chateada, nem tanto pelo comentário, mas com o momento em que foi feito.

– Eduardo, querido – continua –, o que quero dizer é que, veja bem... Teresita tem um volumezinho na calcinha que não é... normal. Pior, não é saudável. Mas, claro, é de Portugal, e já sabemos como são os portugueses... Ingrid diz que como cantam tanto nos bares e sempre comem bacalhau, que tem muito mercúrio, pois eles têm excesso de testosterona, e acontece que a testosterona incha tudo por baixo e os deixa sem pelos por cima. – Balança a cabeça devagar e franze os lábios. – O que quero dizer é que... – fica em dúvida, de repente insegura – se você vai se casar com a Teresita, ou seja lá como se chame a criatura, creio que ela deveria operar antes, não acha? – Tio Eduardo arregala ainda mais os olhos e abre um pouco a boca, mas não diz nada. Silvia bufa à minha direita. – Não, não me olhe assim – pede mamãe. – Isso se opera há muitos anos, e, acredite em mim, é muito mais saudável. Costurar e cantar, vamos. E aqui, paz e depois glória. Assim Teresita aceitará sua sexualidade completamente, e você também, meu amor. Era isso que eu queria lhe dizer, Edu: que você foi muito corajoso nos apresentando seu namorado assim, de peito aberto, e isso honra você, e sua irmã está muito orgulhosa. – De repente, sua voz fica um pouco embargada, ela engole em seco, antes de prosseguir: – E que também sinto muito que você tenha sido obrigado a viver se escondendo durante todos esses anos, fingindo por medo, e saindo com todas essas mulheres que, enfim, essas pobres garotas que não tinham culpa do seu... problema.

Por um momento, a cena fica borrada diante dos meus olhos, e em flashes aparecem um por um, os rostos de algumas das namoradas mais insignes do tio Eduardo, que desfilam pela minha memória como por uma passarela de despropósitos: lembro-me da Irina, uma moça lindíssima, neta de uma condessa russa – ou assim dizia ela –, que tio Eduardo havia conhecido em Buenos Aires, e que estava tão pouco acostumada a cozinhar e cuidar de uma casa que, no primeiro dia em que tio Edu e ela foram morar juntos, Irina preparou um estrogonofe de frango, e não teve outra ideia senão enfiar o frango na panela com penas e tudo, pondo, assim, fim à aventura russa do tio Eduardo; lembro-me também de Lorena, uma aeromoça boliviana, quinze anos mais velha que ele e, pelo que nos contou tio Eduardo anos depois, não usava calcinha e fazia xixi em pé, mas o pior não era não se sentar, mas fazer isso em qualquer lugar, porque dizia que os indígenas de seu país agiam assim, e por isso ela também repetia; me lembro também da Rose, uma alemã de Hamburgo que tomava café da manhã com cerveja e que era provadora de tabaco e tinha dentes amarelos como pás de extrair azeite, e cabelo ruivo, que lavava dia não e semana também não, o que deixava mamãe em pânico. Esses são somente três dos múltiplos perfis femininos que passaram pela vida do tio Eduardo, mas as demais também não foram exemplos de normalidade, a bem da verdade, o que sempre deixou mamãe apreensiva. Por isso entendo que, na sua cabeça, a má sorte de tio Eduardo com as mulheres tenha uma explicação simples, cabal e compreensível, como a que ela e Ingrid esboçaram no telefone. Tio Eduardo deve ser gay, dissera Ingrid. E mamãe enxergou a luz, claro como a enxerga todas as vezes que a angústia por um de nós a incomoda, e ela se aferra à primeira coisa que lhe vem à mente.

E quando se aferra a alguma coisa, mamãe é como um Bull Terrier: não solta o que tem na boca nem para beber água. Lá vem ela de novo:

– Não – retruca, erguendo os olhos e levantando um pouco a mão para impedir tio Eduardo de falar. – Não precisa dizer nada, Edu. Imagino o que você tem sofrido e quero que saiba que isso acabou. Além do mais, acho que você deveria trazer a Tonino para a gente conhecer. – Seu rosto se ilumina e ela arregala os olhos, radiante. – Claro! E que ele opere aqui! – Leva a mão ao peito e solta uma espécie de silvo. – Ah! Vocês poderiam se casar pelo ritual xamânico. Com certeza Ingrid tem como conversar com o Osvaldo, ou seja lá como se chame o sujeito das espadas que tira sua corrente, para que os case. Ah, seria lindo. E talvez ele próprio até possa operar a Tonino. Afinal, se trata somente de cortar... não? – Vira-se para encarar Olga, absolutamente petrificada que sequer pisca. Entre seus dedos, o cigarro se consome sem que ela o tenha tocado, e ao seu lado, Emma passa o dedo pela tela do iPhone como se olhasse para as Páginas Amarelas, à procura do endereço da emergência.

Então, no silêncio que segue, um desses intervalos que tanto a incomodam e que tanto a animam, em sua melhor versão "acaba com as tensões", mamãe sentencia:

– É que a homossexualidade é uma coisa muito séria – diz ela. E em seguida: – E muito genital. Eu acho.

Olga abre a boca e logo a fecha num gesto puramente mecânico. Logo, ela se vira para Emma e lança um olhar de alarme.

– Querida – diz, segurando seu punho e conferindo a hora em seu relógio. – Acho que está ficando tarde e sua mãe está cansada. Além do que, não confio no trânsito nessas noites. Você sabe como são as pessoas...

Silvia, que parou de rir, apoia o queixo na mão, e ainda com um sorriso, afirma:

– Mamãe, definitivamente nós vamos gravar você falando. Mas não para torturá-la antes de dormir, e sim para que você sinta como é. – Mamãe olha para ela e franze as sobrancelhas, sem entender, e Silvia inclina um pouco a cabeça, antes de observá-la atentamente durante alguns segundos e perguntar: – Mãe, você ouviu o que disse?

Mamãe está confusa, evidentemente, e todos nós sabemos que é bem capaz de continuar assim até o final da noite, agarrando-se sozinha e adentrando cada vez mais nesses pântanos surrealistas dos quais sai aos trancos e barrancos, no final, mas nem sempre em pé. Vendo-a desse jeito, assim presa, reconheço nela aquilo que dissimula, porque ouvi parte de sua conversa com Ingrid e a conheço bem. Está brincando de despistar já faz alguns minutos. O que na realidade a preocupa não é mais o casamento, nem a suposta sexualidade de tio Eduardo. Não lhe importam mais Teresinha nem tão pouco o volume, nem seus pelos parecidos com arames, porque isso são, agora, águas passadas. O computador pessoal que ela tem incrustado no cérebro estampou o selo de "assunto revisado" no tema Eduardo, quando se deu conta de que estava vestindo a camisa errada, e, temendo o silêncio e a vergonha, continuou fiando uma bobagem amalucada atrás da outra, coisa que, por outro lado, é muito frequente nela. E quando o silêncio ameaça, mamãe ataca com a primeira coisa que lhe vem à cabeça, e que tenha mais ou menos lógica, como uma menina que, após dizer a primeira mentira, se enrola numa espiral de embustes, cada vez mais flagrantes, até que algo externo – sempre é algo externo – venha ajudá-la, desviando a atenção que naquele momento estava fixada nela.

O que mamãe faz nestes últimos minutos é deixar passar o tempo, à espera de que alguém diga algo que lhe arrebate o papel principal, e lhe permita preparar na sombra sua próxima intervenção, esse "o nosso" que a ouvi mencionar no telefone enquanto escutava no corredor. Sei, pelos anos que tenho passado, me alegrando e sofrendo com ela, que é em parte o que a está deixando tão ansiosa esta noite, e também sei que aquilo sobre o tio Eduardo foi sua maneira de preparar o terreno para o que virá.

Um salva-vidas é o que ela está esperando. E é exatamente isso que chega quando a suave voz de Emma enche a sala de estar com seu timbre discreto, caindo sobre a noite como uma nova pedra e balançando a todos com sua maré.

– Sara sempre dizia que não há nada mais inóspito do que não saber – revela, passando a mão pelo guardanapo vermelho que continua intacto no prato à sua direita. É um gesto distraído, quase automático. – Embora eu ache, sobretudo, que o terrível são as ausências – acrescenta com um sorriso triste. E em seguida, quase como se desculpando: – As ausências são a coisa mais inóspita de tudo.

Mamãe olha para mim e retribuo seu olhar. Essa frase, exatamente essas mesmas palavras, foram as que ela pronunciou há algum tempo para resgatar Emma de seu poço de areia movediça e devolvê-la à vida após a morte de Sara. Essa foi a frase que finalizou aquilo que nenhum de nós acreditava ser possível, a que certificou o milagre. Agora, depois de tanto tempo, ao ouvi-la sendo dita pelos lábios de Emma, é como se de repente voltássemos no tempo e revivêssemos o que aconteceu naquele dia, aquele em que mamãe e eu descobrimos, exatamente um ano após a morte de Sara, e que chegou logo, apenas alguns dias mais tarde.

No silêncio que agora nos envolve, olho para Emma e meu olhar envolve também o talher vazio que está ao seu lado, com seus dois pratos, seus copos, o guardanapo e a cadeira no lugar. Sei que se alguém nos visse de fora, pensaria que estávamos esperando por uma pessoa que não veio, e sei também que essa seria minha atitude se não soubesse nada do que sei. Mas eu não estou fora, estou dentro. Não sou papai, nem Andrés, nem Sara, a não ser uma parte dos que ainda ficaram desta família que, graças à mamãe, aprendeu a venerar suas ausências e dar-lhes lugar na vida real. Isso é alguma coisa que todos reconhecemos e da qual lhe agradecemos. Principalmente Emma.

Embora antes não fosse assim. As coisas não eram assim.

Mas o acaso ou as cartas marcadas do destino quiseram que começassem a mudar no dia em que mamãe e eu descobrimos o segredo de Emma, e minha mãe decidiu agir sozinha, pular no campo e jogar o tudo ou o nada.

Depois disso, nenhuma das duas voltaria a ser a mesma.

Quatro

Foi o acaso. Ou talvez não. Talvez fosse mais simples do que isso. Talvez fosse simplesmente que por vezes a vida nos toma coisas, e outras, quando menos acreditamos precisar, decide cuidar de nós, fiel a uma lei de compensação que não corresponde à física nem à química, mas sim a uma ordem que ninguém soube ainda explicar. Ainda não sei o que foi, mas me lembro disso. Lembro que fazia calor e que faltavam poucos dias para a festa junina, porque já se ouvia o estouro de algum rojão ao cair da tarde e nas praças começavam a se acumular móveis e trastes velhos para as fogueiras. Fora isso, teve início como um dia qualquer: Emma saiu de casa bem cedo, depois de levar Max para passear, e fiquei arrumando e organizando tudo, até o meio-dia. Eu havia combinado com Silvia de ir ao centro comer em um restaurante vegetariano, e às quatro entraria no estúdio de gravação, para repetir a locução de um anúncio que tinha gravado na semana anterior e que não havia convencido o cliente. Como eu imaginava que – se tudo corresse bem – a gravação não levaria mais de meia hora, combinei com mamãe às quatro e meia, na porta do estúdio, para irmos juntos a uma loja de artigos para pessoas com deficiência visual, na intenção de comprar um celular que Silvia vira na vitrine.

Tudo ocorreu conforme o previsto, inclusive a regravação da locução no estúdio, e, poucos minutos depois das quinze para as cinco, mamãe e eu descíamos por uma das ruas que desembocam na Gran Vía, bem perto da universidade, não falando de nada em particular e procurando sombras para nos proteger de um sol de início de tarde, que já começava a não ser nada agradável. Quando saímos da Gran Vía e viramos à esquerda, em direção ao centro, parei na hora. Mamãe fez a mesma coisa logo em seguida. Ela se virou para me olhar e cobriu os olhos com a mão, sem entender.

– O que está acontecendo?

Diante de nós, a pouco mais de dez metros da esquina, vi Emma sentada à mesa de um café com Max estirado aos seus pés. Estava de lado para nós, e usando óculos de sol. Sobre a mesa havia uma garrafa de água e um bolinho ou um sanduíche pequeno, não consegui distinguir exatamente. Durante alguns segundos continuei olhando para ela sem dizer nada. Não me mexi. Nesse momento, eu não saberia afirmar por quê, mas havia algo na cena que piscava em alerta no fundo real da rua, do trânsito e do asfalto. Algo estava mal. Desajeitado.

– Emma – disse sem elevar muito a voz, como se temesse que ela pudesse me ouvir. Mamãe fechou os olhos, tentando ver, embora fosse em vão.

– Onde? – perguntou.

Foi precisamente esse "onde" que me fincou no chão e me deu de repente a resposta a uma pergunta que eu ainda não tinha sido capaz de formular.

Onde. Claro, era isso.

Emma estava sentada na varanda da cafeteria onde havia esperado Sara no dia em que tudo tinha se rompido. O café era o mesmo. A mesa também. A garrafa era de água. Não era um sanduíche, mas sim uma madalena cortada ao meio.

Senti um calafrio que subiu até minha cabeça, enquanto uma cortina de suor descia pelas minhas costas, molhando a camiseta. Mamãe se aproximou devagar e segurou meu braço.

– O que está acontecendo? – perguntou, me puxando até ela com suavidade.

Por um momento, duvidei. Sabendo quão mal mamãe se orienta na cidade e o quão sem noção é, no geral, pensei que se agisse rápido e fingisse uma normalidade que estava longe de sentir naquele instante, o mais provável era que ela não se daria conta de que a varanda e a cafeteria eram as mesmas. Estive a ponto de lhe dizer que tinha me enganado, que pensava ter visto Emma, mas que me havia confundido e que era melhor atravessarmos a Gran Vía pelo farol da esquina, aproveitando que estava verde, e seguir pela calçada do outro lado até a loja. Foi por pouco, e teria feito isso, se no segundo antes de falar não houvesse olhado para o café bem no momento em que o relógio da universidade soou, fazendo-se ouvir, apesar do ruído do trânsito.

Foram cinco badaladas metálicas e ocas, como o tamborilar de cinco dedos de um robô num cristal, ao término das quais Emma havia deixado de ser a mulher relaxada e sentada a uma mesa com seu cachorro, para se transformar em alguém com as costas rígidas mal apoiadas no encosto da cadeira, a cabeça baixa e o iPhone na mão. Eu a vi tomar a água do copo e, depois, dar uma mordidinha na madalena, tudo com a mesma mão, enquanto segurava o celular no alto sobre a mesa.

– O que está acontecendo? – insistiu mamãe ao meu lado.

Foi então que entendi que já era tarde e que, além disso, fingir ia ser pesado demais para mim. Eu me virei para encarar mamãe.

– É Emma – disse, procurando em minha base de dados de locutor um tom de voz que pudesse tranquilizá-la.

– E?

Respirei fundo.

– É a mesma hora, e a mesma varanda também, mamãe.

Foi isso o que eu falei. Por mais surpreendente que possa parecer agora, não foi necessário mais nada. Mamãe se aproximou mais de mim e perguntou:

– Você a está vendo bem?

Assenti.

– Mais ou menos – respondi.

– Vamos chegar mais perto um pouco – disse ela. Em seguida: – Acha que ela vai nos ver?

Quando ouvi a pergunta, soube que não. Emma estava sentada de lado para nós, muito adiante na calçada para poder ver o que acontecia às suas costas. "Sim, podemos chegar um pouco mais perto", pensei.

Caminhamos na direção da cafeteria praticamente colados à fachada dos dois primeiros prédios que havia entre a esquina e as mesas da varanda. Quando chegamos à terceira porta, paramos e entramos na loja de eletrodomésticos vizinha. A poucos metros de nós, Emma havia largado o telefone em cima da mesa e tinha levantado a cabeça. Tomou um pouco de água e terminou de comer o resto da madalena que estava no prato. Aos seus pés, Max dormia com a cabeça entre as patas, também de costas para nós.

Mamãe, que continuava segurando meu braço, semicerrou os olhos, tentando enxergar.

– O que ela está fazendo? – perguntou.

Não respondi logo. Depois de alguns segundos, Emma levantou um pouco a mão esquerda, olhou a hora, estirou mais as costas e fez um movimento brusco com a cabeça, enquanto pegava o iPhone da mesa e o aproximava do rosto. Sem mesmo pensar, imitei seu gesto e olhei para meu relógio.

Eram cinco horas e dois minutos.

– O que ela está fazendo? – insistiu mamãe, me puxando pelo braço, dessa vez com uma angústia na voz que nem tentou disfarçar.

Quis dizer a ela que nada, que não se preocupasse, e que talvez fosse melhor irmos embora. Estive a ponto de falar "Vamos". Mas quando quis chamá-la, Emma fez uma coisa que bloqueou minha voz nos pulmões: sentada à mesa, com as costas rígidas e o celular na mão, começou a balançar, muito pouco no início, com um movimento suave e quase imperceptível – de trás para a frente e de novo – que com o passar do tempo foi ganhando em percurso, não em velocidade. Em segundos, ela se balançava como uma boia em alto mar, de frente para trás, de frente para trás, sem tirar os olhos da tela do celular, a não ser para olhar o relógio. Eu me apoiei na vitrine da loja e continuei observando Emma em silêncio, incapaz de falar.

Ao meu lado, mamãe apertou meu braço com a mão.

– Fer – disse.

Olhei para ela.

– Está se balançando, mamãe – falei finalmente, com uma voz que soou como a minha. Ela franziu o cenho.

– Está se... balançando?

Eu não soube o que inventar.

– Sim, está se balançando. – E ao ver que mamãe continuava imóvel, me olhando como se esperasse mais, engoli em seco, e me lancei encosta abaixo, consciente de que não havia retorno. – Está balançando enquanto olha o telefone e, às vezes, a intervalos de uns tantos balanços, também olha a hora. Em seguida recomeça.

Mamãe não tirou a mão do meu braço, enquanto se virava para a figura que com sua visão precária devia intuir ser Emma.

– E depois? – perguntou com a voz fininha.

Olhei para Emma e, enquanto a via se balançar como uma louca na cadeira – balanço, iPhone, balanço, iPhone, balanço, relógio, e tudo recomeçava –, perguntei a mim mesmo se essa cena, essa Emma perdida no café com Max aos seus pés era algo pontual, um simples acaso, ou, ao contrário, era o que acontecia sempre, todos os dias, desde que Sara se fora e ela tinha ido buscar Max para seu primeiro passeio com ele.

De repente, os detalhes foram caindo em cima de mim como uma chuva de pedras, encaixando uma peça após a outra num quebra-cabeças que eu sequer sabia que tinha disposto sobre a mesa. Veio-me à mente a pontualidade crispada de Emma quando ela vinha buscar Max, sua negativa de que eu ou alguém a acompanhasse, a vontade com a qual Max saía comigo, para dar seu último passeio do dia, quando fazia pouco mais de três horas que havia retornado de suas longas caminhadas pela praia com Emma, e deveria estar supostamente exausto. Tudo se encaixava.

– Talvez devêssemos ir embora – comecei a dizer, sem saber muito bem por quê.

Ao meu lado, mamãe me olhou.

– Não – interrompeu ela. – Espere. – E, alguns instantes mais tarde: – Talvez isso passe – disse com uma voz diminuta que partiu meu coração. Havia tão pouca esperança nessa voz, que eu logo soube que mamãe havia começado a enxergar os buracos do quebra-cabeça e que sua mente estava à procura de respostas, motivos, material de primeiros-socorros para tapar os buracos, por que a dor que antecipava ameaçava acabar com ela. Então, inspirando fundo e deixando escapar o ar pelo nariz, ela concluiu: – Não podemos deixá-la assim.

– Não podemos fazer nada, mamãe – retruquei.

Ela olhou para mim. Sua voz, a que articulou o que veio a seguir, foi o primeiro sinal de que algo nela havia começado a mudar.

– Podemos olhar para ela – disse. – Daqui. E saber. – E antes que eu pudesse falar algo, ela se postou ao meu lado, na porta da loja, inclinou um pouco a cabeça, até tocar meu ombro, e acrescentou: – Me conte, querido. O que ela está fazendo agora?

Emma se balançava presa entre a tela do iPhone e seu relógio. Foi isso que eu quis dizer a mamãe, porque foi o que vi. "Está se balançando, mamãe", estive a ponto de dizer. No entanto, não foi isso que disse.

– Emma está esperando, mamãe.

Ela soltou meu braço e sua mão procurou a minha.

Sim, Emma esperava e continuou esperando durante as três horas em que mamãe e eu permanecemos onde estávamos, de mãos dadas, calados e imóveis. Observando.

De vez em quando, mamãe perguntava:

– E agora?

A resposta era sempre a mesma, porque o que acontecia na mesa de Emma não variava: balanço para a frente, breve pausa, balanço para trás, olhar nervoso para a tela do celular, outro balanço, pulso, relógio e tudo recomeçava, enquanto a tarde ia destilando calor e a cidade ganhava sombras, a partir das esquinas, entre o ruído incansável do trânsito, as pessoas e o cotidiano. Sim, a resposta foi sempre a mesma durante aquelas horas, e o silêncio com que mamãe a aceitava também.

As pessoas se movimentavam, passava o tempo e as badaladas da torre da universidade anunciaram primeiro seis, depois sete, finalmente oito horas. Quando a última badalada fundiu-se com o barulho dos ônibus, ciclistas e carros da Gran Vía, mamãe apertou minha mão e propôs:

– Vamos, Fer?

Sua voz soou tão fraca e cansada que sequer respondi. Limitei-me a passar meu braço por suas costas e dei-lhe um beijo na testa. Em seguida, fomos andando pela Gran Vía, na direção oposta a Emma, e entramos na primeira rua que subia para oeste, até que vi um táxi com a luz verde e o aviso "Livre" e levantei a mão.

Mamãe se pendurou em meu braço.

– Não – disse. – Quero andar um pouco.

Abaixei a mão.

– Claro. Acompanho você.

Caminhamos devagar, cada um enclausurado no próprio silêncio. A noite começava a fundir as ruas em cores cinza e o trânsito era outro, em retirada. Quando chegamos à porta de sua casa, mamãe se despediu de mim com um beijo, enfiou a chave na fechadura e, antes de fechar a porta atrás de si, voltou a olhar para mim com um sorriso cansado, dizendo:

– Amanhã vou voltar.

Eu não soube o que responder. Também estava muito cansado.

– Não precisa me acompanhar, Fer – disse sem desmanchar o sorriso. – Posso ir sozinha.

Pelo tom de sua voz, percebi que não fazia sentido tentar convencê-la de que não fosse.

– Não, mamãe. Eu vou com você.

Ela concordou. Em seguida, antes de virar as costas e fechar a porta com suavidade, acrescentou:

– É melhor não dizer nada a Silvia ainda, não acha? Você sabe como ela fica. Além do mais, amanhã vai viajar e ficar fora por umas duas semanas. Assim não a preocupamos.

– Claro.

Quando finalmente entrei em casa, após um longo passeio, Emma e Max tinham acabado de chegar. Ela era a mesma de sempre: neutra, tranquila, vazia. Estava preparando o jantar e falamos disso, daquilo, nada importante. A normalidade – a dela – era tal que, por um instante, cheguei a me perguntar se o que mamãe e eu havíamos visto na varanda da cafeteria tinha sido real, mas a dúvida não durou; ou durou pouco. Quando nos sentamos para jantar, recebi um SMS de mamãe que dizia: "Amanhã às quinze para as cinco, na mesma esquina, está bem?"

Durante os três dias seguintes, às tardes – as minhas, as de Emma e as de mamãe – foram idênticas: Emma veio como sempre buscar Max, ao sair do colégio. Enquanto os dois iam embora, eu saía e subia de bicicleta pelo calçadão, virando na rua Pelayo até a praça Universidade, onde deixava a bicicleta no estacionamento junto à entrada da estação de metrô. Mamãe já me esperava. Pouco depois, chegavam Emma e Max, sempre na mesma hora. O que acontecia em seguida, o ritual da espera, também se repetia: água, madalena, tempo, badaladas, rigidez, balanço, celular, relógio... sempre igual, tudo igual, um dia após o outro, enquanto mamãe intercalava sua pergunta como se intercalavam as badaladas do relógio da universidade no fluxo do trânsito e das tardes:

– E agora, o que ela está fazendo?

Não tenho muito mais o que dizer sobre o que foram aqueles dias. Eu me lembro deles cheios de silêncio – aquele que mamãe e eu compartilhamos em pé em nossa vitrine – e principalmente de espera: Emma sentada à mesa esperando em vão que seu telefone tocasse, e eu aguardando que mamãe despertasse da espécie de labirinto mental no qual parecia ter se instalado e de onde eu não sabia como retirá-la. As poucas vezes que tentei falar com ela durante essas horas de vigília, mamãe reagiu de forma pouco própria dela: franzia o cenho, incomodada, e sem desviar em nenhum momento os olhos do café, e dizia quase bruscamente: "Espere, estou pensando", e não conseguia mais nada. Cogitei inclusive ligar para Silvia em Tóquio e contar-lhe tudo, mas nunca consegui me decidir. E devo reconhecer agora que fico feliz por ter me contido. Provavelmente, se o tivesse feito, o que aconteceu depois jamais se realizaria, mamãe não poderia ter encontrado seu buraco e requerido seu papel, e não teria feito o que fez, e Emma não estaria aqui esta noite sentada, com Olga de um lado e o talher vazio e intacto do outro.

Se mamãe não tivesse conspirado como o fez, tirando da cartola aquilo que batizaria pouco tempo depois de Cadeira das Ausências, Emma provavelmente teria enlouquecido, e nós a teríamos perdido.

E nós junto com ela.

Cinco

Três dias depois daquela primeira tarde, postados na vitrine da Gran Vía, vendo Emma se balançar em sua cadeira na calçada, recebi um SMS da mamãe que dizia:

"Amanhã não iremos. Te ligo. Você diz sim para tudo."

E assim foi. O telefone tocou cinco minutos mais tarde. Eram quase dez horas e estávamos terminando de jantar. Mamãe e eu conversamos como se não tivéssemos nos visto naquela tarde, falando sobre as insignificâncias de sempre, e quando eu começava a me perguntar se a mensagem de texto era um falso alarme ou uma dessas ocorrências que ela logo esquece, e que, além de tudo, nunca reconhece ter tido, ela me disse que uma amiga da Ingrid tinha aberto um restaurante a duas quadras da casa dela, e que estava pensando em ir comer lá no dia seguinte, aproveitando que era sexta-feira e que minha irmã saía cedo do colégio. Tapei o bocal do telefone e consultei Emma, que concordou. Depois pareceu pensar melhor.

– É que amanhã saio às duas e meia – disse. – Tenho reunião de professores e ficamos depois da aula.

Contei isso à mamãe.

– Perfeito – respondeu ela com firmeza do outro lado da linha. – Quanto mais tarde melhor – acrescentou, baixando a voz como se Emma pudesse ouvi-la. E em seguida, recuperando seu tom habitual: – Que tal às três horas?

Perguntei para Emma, que concordou, embora não parecesse muito convencida.

Nós nos encontramos na porta do restaurante às cinco para as três, como havíamos combinado. Não aconteceu nada de extraordinário durante a refeição, salvo um pequeno detalhe, um comentário ao qual na hora, nem Emma nem eu demos importância, mas que marcaria o que estava por vir com uma clareza tal que até agora não entendo como não levantou minhas suspeitas.

O que aconteceu foi que, quando nos sentamos, o garçom entregou um cardápio para cada um, deixou uma cesta com pão e um pratinho com azeitonas no centro da mesa, e quando começou a retirar o talher ao meu lado – estávamos sentados em uma mesa para quatro –, mamãe ergueu um pouco a mão e, com um sorriso de cliente acostumada a vida inteira a tratar bem quem faz esse tipo de serviço, negou com a cabeça.

– Pode deixar, rapaz – disse ela. Ele olhou para minha mãe sem saber o que fazer, mas ela não desviou o olhar nem interrompeu seu gesto, e o garçom deu de ombros e foi embora. Depois cada um se concentrou em seu cardápio.

Não lembro o que comemos, e também não acho que isso tenha importância a esta altura. O que importa é que mamãe estava sentada ao lado de Emma, e eu de frente para mamãe. Isso interessa, e também o fato de que, devido ao horário, o restaurante não demorou a ficar vazio, e logo estávamos somente nós três, além de uma mesa com duas pessoas do outro lado do salão, que parecia ocupada por um casal amigo do dono, um homem de mais idade, cabelos brancos e pinta de galã argentino, que com frequência se aproximava do casal e ficava alguns minutos conversando e rindo com eles.

Quando estávamos pedindo a sobremesa, já passava das quatro e quinze. Ao ver a hora, Emma ficou tensa.

– Preciso ir embora – disse. – Tenho que ir buscar Max.

Mamãe olhou para mim.

– Não, querida – retrucou com uma voz despreocupada, esticando a mão e colocando-a sobre a de Emma, antes que eu pudesse dizer alguma coisa. – Nós já o levamos para passear antes de vir, certo, Fernando?

– Mas... – começou ela, admirada, olhando para mim. – É que Max está acostumado a sair neste horário.

Sorri. Tentei que fosse um sorriso tranquilizador, embora não saiba se consegui.

– Não se preocupe – disse a ela. – Demos um belo passeio, assim ele aguenta até mais tarde.

Emma engoliu em seco, mas não insistiu, porque nesse momento chegou o garçom, para anotar o pedido das sobremesas, e mamãe aproveitou a interrupção para acrescentar, olhando-a por cima do cardápio:

– Além disso, Ingrid me disse que viria tomar café conosco. Ela quer tanto ver você...

Emma não pediu sobremesa. Às vinte para as cinco tocou o celular de mamãe. Era Ingrid.

– Sim, estamos aqui. – Silêncio. – Claro, claro que esperamos. – Outro silêncio. – Sim, Emma também está aqui. Já lhe disse que você vem. – Um último silêncio, esse mais breve. – Está bem, não demore. Um beijo.

Quando Emma tentou dizer algo, mamãe a interrompeu:

– Ela falou que está aqui mesmo, na casa de uma cliente, aplicando um pouco de Reiki no papagaio. É só o tempo de descer.

Emma olhou para o relógio e apertou os lábios. Em seguida respirou fundo, olhou para a tela de seu iPhone, que estava ao lado do prato, e pareceu relaxar. Quando o garçom se aproximou para perguntar se queríamos café, mamãe disse que não com a cabeça, e eu pedi um pingado gelado. Emma, no entanto, ficou em dúvida. Ergueu os olhos e falou:

– Para mim, uma água com gás e uma madalena.

Mamãe me olhou.

Os quinze minutos seguintes duraram uma eternidade, principalmente para Emma, que nos olhava sem ouvir o que dizíamos, tensa, calada e com um olhar vazio que não era de boa companhia. De vez em quando tomava um pouco de água, nada mais, e mordiscava devagar a madalena que havia cortado em pedacinhos, enquanto mamãe conversava comigo e eu seguia o fio dos acontecimentos com um nó no estômago e preocupado com Emma.

Às cinco, o iPhone dela tocou, silenciando mamãe. Durou apenas uns dois segundos e apagou, cobrindo a todos nós com uma onda de silêncio que nos deixou envoltos na tranquilidade sussurrada do restaurante. Mamãe se virou para ela.

– Já são cinco horas? – perguntou com uma voz surpresa. – Temos que ver onde está Ingrid. Daqui a pouco nos trancam aqui – acrescentou com cara de contrariada. Ao seu lado, Emma não a escutava. De repente, enrijeceu as costas, afastando-as um pouco do encosto da cadeira, e olhou de novo para o relógio, levantando o iPhone no ar com um gesto mecânico, o que, visto assim de perto, me espantou. Eu a observei engolir em seco uma, duas, três vezes, como se quisesse falar.

– Eu... – começou com a voz rouca, piscando muito depressa – tenho que ir embora.

A mão de mamãe se fechou em punho como uma garra, tão rápida que não consegui ver o gesto, somente seus dedos envolvendo a pele morena de Emma, que virou a cabeça para ela, perplexa.

– Não, querida – disse mamãe, com uma voz tão doce e cristalina que pareceu ecoar diretamente da janela que tínhamos bem à nossa frente. – Você não precisa ir.

Emma arquejou e baixou o olhar para a mão de mamãe. Em seguida franziu o cenho como se não entendesse e, com um sussurro, perguntou:

– Não?

Mamãe negou devagarzinho com a cabeça e sorriu, mas não a soltou.

– Não, filha. – Acrescentou com um pequeno sorriso: – Você pode esperar aqui.

Emma piscou e, então, fui eu que engoli em seco, porque nesse momento seu rosto se comprimiu como papel enrugado e por um instante ela entreabriu um pouco a boca, como se não pudesse respirar direito.

– Mamãe – disse ela, olhando para o iPhone e fechando os olhos.

Minha mãe olhou para mim sem soltá-la e se virou para ela, inclinando na direção de Emma o corpo inteiro, enquanto dava suaves tapinhas com a outra mão em seus dedos. Ela sussurrou:

– Vamos esperar juntas, Emma.

Minha irmã não disse nada. Voltou a olhar para a porta e negou com a cabeça, devagar.

– Você quer? – insistiu mamãe.

Mais silêncio.

– Por quanto tempo mais, filha? – perguntou então. Emma franziu o cenho novamente, sem entender. – Por quanto tempo mais você vai continuar esperando por ela?

Emma puxou a mão de mamãe, tentando se liberar, porém sem êxito. Mamãe não a soltou.

– Você pode continuar esperando o tempo que quiser, querida – disse com uma voz tão segura e calma que não parecia ser dela. – Toda a vida, se quiser. – Emma parou de puxar. – Mas, sabe, se a vida me ensinou alguma coisa é que esperar por algo que nunca ocorrerá é uma morte horrível demais. E não vou deixar que isso aconteça com uma filha minha.

Emma arqueou as costas sem tocar no encosto da cadeira e pigarreou, enquanto ia passando o polegar sobre a tela do iPhone. Acariciava a tela cada vez mais depressa, num gesto automático e feio.

– Não, Emma, querida – falou mamãe então. – Sara não vai ligar.

Minha irmã soltou então uma espécie de tosse que pareceu um soluço seco, e apenas um décimo de segundo depois inclinou-se para a frente com um gesto tão brusco que quase pegou mamãe desprevenida. Mamãe olhou para mim e, quando nossos olhares se encontraram, Emma se recostou, recuperando sua posição inicial na cadeira, como um robô. Logo começou a se balançar, enquanto piscava e negava com a cabeça, ao mesmo tempo que, entre os dentes, deixava escapar uma única palavra que ressoou com um disparo surdo:

– Não.

Mamãe e eu ficamos olhado para ela, enquanto o balanço aumentava e o primeiro "não" ia desaparecendo atrás de uma lenta e gradual repetição de "nãos" que brotavam dos lábios de Emma como um mantra sincopado.

–Não, não, nãonão, nãonãonãonãonãonãonãonãonãonão.

E assim continuamos os três, durante o que foram apenas alguns segundos, que nós vivemos como uma vida inteira, com sua infância, juventude, maturidade e sua agonia: Emma trancada em seu eco de "nãos" e mamãe e eu engolindo perdas e danos até que, repentinamente, mamãe se levantou da cadeira empurrando-a com o corpo, se aproximou de Emma pelas costas e a abraçou por trás, encaixando seu queixo entre o pescoço e o ombro dela, e encostando suavemente seu rosto no dela. Emma ficou quieta, apenas por um instante, o tempo para que mamãe lhe dissesse, colando sua boca à bochecha dela:

– Não vou deixar que você se perca assim, querida – afirmou. – Porque se você se perder, juro que não vou querer seguir em frente.

Emma engoliu em seco e fechou os olhos, apertando-os com força e afastando-se um pouco, mas mamãe colocou a mão em seu queixo, a agarrou com força e a obrigou a olhar para a frente.

– Olha – disse ela, colando novamente o rosto ao dela. Um instante depois, Emma abriu os olhos. – Aqui, sentada diante de nós, está Sara. – Emma trincou os dentes. – Você a está vendo? – Minha irmã fez que não com a cabeça, devagar. Tinha o olhar vago. – E aí também está a vovó Ester, você se lembra da vovó? – Emma assentiu devagar, com o olhar brilhante e o cenho franzido.

– Mamãe... – balbuciou. Mas ela não havia terminado.

– Eu vivo todos os dias com a vovó, filha – prosseguiu. – Na minha casa, quando vocês pensam que estou comendo sozinha, muitas vezes ponho a mesa para dois: sua cadeira, seu prato, seus talheres e seu copo também, aquele de cristal azul, que era o que ela mais gostava. Em certos dias conversamos, e outros em que primeiro ouvimos um pouco o rádio, e depois aproveito para contar a ela coisas minhas, de vocês... ou, se estamos entediadas, tricoto e lhe mostro a manta que estou fazendo para o seu irmão, e ela dá aquele riso que lhe é tão característico, e me diz que estou maluca, comenta que, com a minha vista, como é que posso pensar em tricotar uma manta com agulhas tão pontudas, e diz que vou acabar furando um olho, com a falta que me fazem meus olhos.

Do meu lado da mesa, respirei fundo e apertei o guardanapo com a mão. Lembrei-me da vovó e de sua risada contagiosa, e senti uma golfada de saudades tão grande, tão úmida e salgada que foi quase como se uma espiral de câimbras nascesse no pescoço e me comprimisse as vértebras e costelas até a base da coluna. Senti saudades dela como fazia tempo que não sentia de alguém, e então entendi quão sozinha mamãe devia se sentir sem ela, sem tudo aquilo que a vovó arrancava dela, e sem seus olhos validando-a, animando-a a prosseguir. E esperando por ela. Quando pensei em dizer isso, a voz de mamãe atropelou a minha.

– Eu daria a vida para poder abraçar minha mãe uma única vez mais, só uma, e poder dizer a ela que eu consegui, que saí de onde estava, e que sinto falta de seu olhar, para saber o que fiz direito. Eu daria tudo o que tenho, filha – disse com uma voz triste. – Tudo menos vocês três, porque sem isso, sem seus irmãos e sem você não me sobraria nada para dar e também nada o que esperar. E isso não. Viver sem ter nada a esperar, não.

Baixei o olhar e procurei o ar com a boca, embora em vão, porque quando inspirei, meus pulmões estavam fechados. Ao erguer o olhar novamente, diante de mim, Emma inspirava, como eu devia estar fazendo. Olhou para mim, mas não me viu.

– A vovó dizia que todos temos nossa cadeira das ausências, querida – continuou mamãe com o mesmo tom de voz. – Ela está aí desde que nascemos, esperando que nós possamos lhe dar vida. Na minha, é sempre ela que se senta. Eu a coloco sentada nela para senti-la, para não perdê-la, e também para não me perder.

Emma fechou os olhos e o brilho de algumas pequenas lágrimas desceu devagar por seu rosto, quase como se estivessem explorando um caminho ressecado e duro que não lhe era familiar. Em seguida, ela voltou a se balançar, mais suavemente dessa vez. Embora seu olhar continuasse vazio, não o tirava da cadeira diante dela. Seu corpo balançava, mas seu olhar, não, e mamãe, abraçando-a pelas costas, e com a cabeça encaixada em seu pescoço, também começou a se movimentar em seu ritmo, para a frente e para trás, para a frente e para trás.

– Sim, querida, sim – disse, beijando-a. – Olhe para ela que eu embalo você. E diga a ela que a partir de agora, sempre que você se sentar à minha mesa, ela também estará aí. Que a colocaremoe sentada com a vovó, com todos aqueles que se foram e já não ligarão mais para nós, com nossas ausências – disse-lhe com a boca colada à bochecha dela, enquanto ambas continuavam se balançando diante de mim e eu engolia em seco, repetidamente, para não desabar sobre a mesa, e pedir que me dessem um lugar naquela cadeira, também, para minhas perdas, e que deixassem um espaço para poder me balançar com elas. – Diga a ela que querer não é esperar o que não vão lhe dar – sussurrou mamãe. – Não. Isso não é querer – disse, tornando a beijá-la.

Emma tinha o rosto tão contraído que as lágrimas caíam diretamente de seus olhos na toalha da mesa. Esperou alguns segundos antes de falar e, quando finalmente o fez, foi com uma voz rouca, esgotada:

– Dói. – Foi isso que ela disse: "Dói."

Mamãe enlaçou-a ainda mais, por trás, com seus braços, e continuou embalando-a devagar.

– Sim, Emma, lógico que dói – eu a ouvi dizer. – Recomeçar a viver dói, mas dói mais não voltar a fazer isso. – Esperou um pouco antes de continuar. – Sei muito bem o que digo, filha. Acredite em mim.

Emma assentiu, fechando os olhos. Eu também os fechei por alguns instantes, e quando os abri, o balanço parecia ter amainado.

– Mas eu estou aqui – prosseguiu mamãe –, e continuaremos nos balançando juntas por quanto tempo for necessário. E se eu tiver de afundar para que você flutue, afundarei. E se tiver de arrancar você da água para que possa viver, eu arrancarei, por mais dolorido que seja. Porque não tenho nada melhor para fazer na vida, filha. – E, erguendo o olhar para mim, o que me fixou na cadeira, acrescentou: – Não há nada melhor para fazer na vida. Não para uma mãe.

Aos poucos, o balanço parou completamente, e as duas ficaram quietas, Emma arquejando pela boca e mamãe sem descolar seu rosto do dela, acariciando devagar sua cabeça. Alguns segundos depois, esticou a mão e a fechou sobre o iPhone de Emma, que apertou os dedos sobre a tela.

– Pronto, Emma, pronto – disse mamãe.

Minha irmã continuou arquejando, cada vez mais devagar, até que mamãe puxou o iPhone, e Emma relaxou a pressão dos dedos. Mamãe ficou com o celular na mão, e o deixou em cima da mesa, virado para baixo.

– Pronto, meu bem. Pronto.

Então, Emma se retraiu sobre si mesma e diminuiu, se encolhendo e se aconchegando como se quisesse desaparecer entre os braços de mamãe, que a cobriu por inteiro.

Os soluços roucos de Emma ressoaram durante um bom tempo nas paredes desnudas do restaurante, enquanto mamãe continuava acariciando sua cabeça e sussurrando coisas no seu ouvido que não cheguei a escutar. No fundo, no canto próximo ao balcão, o dono e seu casal de amigos continuavam entretidos, bebendo entre risos e conversas, enquanto o tempo foi passando sobre nós, também se balançando, até que finalmente a calmaria chegou.

Quando saímos para a rua, a tarde havia começado a alongar as sombras sobre as calçadas. No ar, um cheiro de sal e umidade, e um vento quente vindo do leste varria a cidade. Fomos andando até a casa de mamãe, Emma e ela na frente, caminhando abraçadas. Eu atrás, estudando sem querer as duplas costas do volume que compunham.

Cansados, muito cansados os três.

Seis

Desde esse dia, sempre que nos reunimos para almoçar ou jantar para celebrar algo em família, nunca falta a Cadeira das Ausências, com seus pratos, seus copos e seu guardanapo. É o primeiro talher que servimos e o último que recolhemos, e que fica invariavelmente localizado junto a um canto da mesa, muitas vezes ao lado de Emma. Para nós é a "Cadeira". Para Olga é "esse hábito de sua mãe que deve ser respeitado, porque as mães são mães e sabemos disso". Agora, enquanto Emma ajeita o garfo no qual bateu sem querer, quando colocou de volta o iPhone em cima da mesa, depois de checar as horas e anunciar a Olga que "Já são três e meia. Quando você quiser, vamos embora". Somos envolvidos por um daqueles silêncios incômodos, interrompido por duas pequenas badaladas que vêm de fora, e que mamãe, com essa política antissilêncio, tão dela, interrompe com um de seus:

– Ah, mas que bom, não?

Tio Edu olha para a irmã e arqueia as sobrancelhas, enquanto Olga se vira para ela.

Mamãe, que resolveu trazer a manta para a mesa e tricotar enquanto conversamos, interrompe seu trabalho e diz, com um sorriso encantador:

– Aquilo da ioga e tal.

Silvia e eu nos viramos ao mesmo tempo para olhá-la.

– A ioga? – pergunta Silvia. – Que ioga?

Mamãe levanta devagar uma agulha no ar e arregala os olhos.

– Ah, não contei para vocês? – diz. – Me inscrevi em umas aulas de ioga.

Olga olha para Emma de relance, antes de falar.

– Que legal, Amália – sentencia com sua voz anasalada. – Vai ser uma maravilha, você vai ver. Quando se chega a certa idade, não há nada como a atividade física suave para manter tonificados o corpo e o cérebro. De fato, veja como são no Banco, que nos dá um vale gratuito para umas aulas de...

– Sim, estou encantada – interrompe mamãe com um suspiro de satisfação. – Eu me inscrevi com Ingrid. – Ela se cala por um momento, e acrescenta: – Na Semana Santa.

Silvia franze o cenho.

– Na Semana Santa?

– Sim.

– E por que na Semana Santa ?

– Ah, bem... hummm... vai ver que é por causa das procissões, sei lá.

Tio Eduardo está com cara de quem não entendeu nada e concorda devagar, tentando processar o que acabar de ouvir, e eu, antes de dar risada, prefiro me adiantar ao mau humor de Silvia e perguntar com calma:

– Mas mamãe, o que têm as procissões a ver com a ioga?

– Bem, muita coisa – responde ela, colocando-se na defensiva. Durante alguns segundos, ninguém diz nada, e ela, que foge dos silêncios como quem foge da peste, acrescenta: – É que Ingrid diz que os capuzes usados pelos escravos nas procissões atraem más vibrações cósmicas, e durante a Semana Santa, o corpo precisa se limpar de tanto lixo espacial.

Não posso evitar uma gargalhada, que ela acolhe com um sorriso encantado. Em seguida, entendo que foi um erro.

– Além do mais – anima-se, empolgada com minha risada –, dizem também que Jesus foi mestre de ioga. E de Reiki. Por isso curava tudo aquilo que tocava. E por essa razão é que tanto os burros quanto os bois do estábulo o amavam.

Emma, que não entende bem do que se trata, pergunta:

– Mas a Semana Santa são bem poucos dias, não?

Mamãe agita a agulha no ar e o novelo sai em disparada de seu colo, rolando no chão e perdendo-se no corredor. Shirley sai correndo atrás dele, ladrando como se estivesse possuída.

– Bem, é que é uma espécie de... ateliê.

Silvia inclina de leve a cabeça.

– Ah, um ateliê. Que interessante – diz, muito séria. E, em seguida, colocando a colher de café na xícara vazia à sua frente, acrescenta com uma voz cansada: – Talvez, aproveitando a ocasião, vocês possam dizer ao mecânico que ajuste os parafusos das duas.

Mamãe sacode outra vez a agulha no ar, atingindo a garrafa de água, que cambaleia perigosamente sobre a mesa, até que Olga estende a mão e a pega a tempo.

– Minha filha, como pode ser assim? – repreende-a, sacudindo a cabeça. – Se Ingrid a ouvisse... com o tanto que ela gosta de você...

Silvia solta um grunhido e enruga o nariz.

– Pois eu acho que a ideia parece ótima – intervém tio Eduardo. – Com certeza nesses... ateliês acaba-se conhecendo gente muito interessante, você vai ver. – De repente, sorri. – E... talvez até encontre um namorado, Amália.

Mamãe desata a rir.

– Ai, Edu. Mas que namorado, que nada! Você sempre pensando na mesma coisa.

– E onde é o... curso? – pergunta Emma. – Aqui? No bairro?

Mamãe pisca e faz uma cara blazê. Depois, olha para mim, como esperando que eu responda por ela. Ao ver seu olhar, entendo logo que está pisando em terreno pantanoso, e ela sabe disso. Seu olhar é uma dessas bengalas com etiqueta de "me ajude, filho" que conheço bem. Lembro-me então dos trechos da conversa que ouvi faz umas duas horas no corredor, e fico preparado.

É o momento de mamãe.

– Bem, mais ou menos – diz ela, soltando a agulha de tricotar, levando a mão para trás da cabeça, onde o cabelo continua achatado.

Olga pigarreia.

– Mais ou menos?

– Sim – diz mamãe. – Você sabe: aqui e ali.

"Meu Deus", ouço-me pensar, enquanto ao meu lado Silvia endireita as costas e estala os dedos de uma das mãos.

– Como é, mamãe? Aqui e ali, não – diz com voz de irmã mais velha. – Ou aqui ou ali.

– É isso mesmo – apressa-se em responder mamãe.

Tio Eduardo solta uma risadinha, e Silvia acende um cigarro.

– Mamãe, não vamos começar – diz. – Podemos saber onde é o curso?

Ela volta a mexer no cabelo e, com ar distraído, responde:

– Num lugar.

Se eu não percebesse que está tão angustiada como percebo que está, eu riria. Mas minha mãe está encolhida e começa a buscar uma saída que não encontra. Silvia apoia a colher na xícara.

– Um lugar, qual?

– Humm... agora não lembro bem.

– Mamãe...

Ela olha para mim e suspira.

– Pois veja, na verdade é um pouco longe, filha. Mas não se preocupe, porque irei com Ingrid, e, além disso, lá no centro vão cuidar bem de nós.

– Certo, mamãe, parece fantástico – diz Silvia, soltando o ar pelo nariz. – Mas dá para você ser um pouco mais precisa? Um pouco longe pode ser desde Las Ramblas até qualquer um desses povoados na montanha ocupados por hippies com filhos cheios de ranho que comem verduras cruas.

Mamãe sorri.

– Humm... está mais para praia do que para montanha.

Tio Eduardo assente.

– Ah, a praia. Não há nada como a praia. Em Lisboa, tem uma praia que chamam o Babadorzinho, porque é tão cheia de mulheres lindas com todas as suas coisinhas à mostra, que os homens andam por lá babando, feito buldogues.

Olga pigarreia e estala a língua. Silvia ignora o comentário e continua com o olhar fixo em mamãe.

– Praia onde? La Barceloneta?

Mamãe não responde.

– Sitges?

Ela dá um sorriso tenso.

– Cadaqués?

Mamãe massageia o pescoço devagar até que finalmente diz, juntando o indicador e o polegar no ar:

– É um pouquinho mais longe.

Ao meu lado, Silvia se arrepia, e Olga, que parecia estar a ponto de se levantar, volta a se acomodar.

– Ah – diz ela. – Mais longe.

Mamãe assente.

– É do outro lado.

Silvia não aguenta mais.

– Do outro lado onde? – Pula, dando um tapa em cima da mesa que faz tilintar talheres, copos e pratos.

Mamãe engole em seco e inspira fundo.

– Em Varadero, filha – diz finalmente, lançando na minha direção um olhar de socorro que acompanha uma careta mal disfarçada de "ai, olha o que vem para cima de mim, Fer". – Ingrid e eu vamos passar dez dias em Varadero.

Silêncio. O sino da igreja da praça badala os três quartos de hora, e entre as badaladas, ouvem-se os grunhidos de Shirley, que deve estar brincando com o novelo de lã da mamãe, em seu quarto.

O silêncio se prolonga.

As badaladas somem.

Ao meu lado, mamãe, tensa como uma vara, ao sentir todos os olhares fixados nela, abaixa devagarzinho a cabeça, fecha os olhos por um instante, e diz com um fio de voz:

– Ou seja, quase em... Cuba. – E quando torna a abri-los e encontra o olhar de Silvia fixo no dela, diz, com uma voz que tem a intenção de ser cândida: – Não?

Sete

Diferentemente de Emma, Silvia e eu herdamos os olhos de papai. Verdes. Grandes. Mais claros no verão, quase azuis no inverno. Quando eu era pequeno, a vovó Ester dizia que eu tinha um olhar incômodo e olhos como bosques alemães. Ela não soube me explicar o que queria dizer exatamente com isso de "bosques alemães" e eu sempre acreditei que se referia à cor, ao tom de verde. Entendi que "alemães" era sinônimo de bosques "do norte" e nunca quis tentar descobrir mais. Muito tempo depois, nesses anos em que às vezes já lhe falhava a memória e ela se perdia em tempos remotos que nem eu nem ninguém havíamos passado com ela, um dia, enquanto lanchávamos juntos, em sua casa, ela se calou de repente e, olhando-me muito séria, como se até então não tivesse se dado conta, me disse:

– Você tem os olhos como bosques alemães.

Fazia tanto tempo que não a ouvia dizer isso que não consegui disfarçar um sorriso. Ao ver-me sorrir, ela me imitou e, em seguida, caímos na gargalhada. Rimos como duas crianças que se esconderam dos olhares de seus pais e conspiram na intimidade de uma barraca de camping montada no terraço, ligeiros em sua inocência. Essa é uma das coisas que mais me faz falta da vovó: seu senso de humor, uma percepção misturada dos distintos planos da vida quase tão surrealista como a da mamãe, embora mais consciente e, sem dúvida, mais alerta. Isso e também sua risada, ampla e franca, sem medo de nada. A vovó ria de dentro, e seu riso a dominava por inteiro. "Quando dou risada, dou risada", dizia, encantada em ouvir a si mesma. E ela era assim, realmente: tudo ou nada, brutal com suas sentenças, letal com tudo aquilo que ameaçasse o bem-estar dos seus, de crítica ferina e cruel quando estava desgostosa, salvo com mamãe e comigo. Conosco vovó era outra: também tinha seu lado B, que reservava para nós dois. Talvez por isso eu nunca tivesse de me explicar muito com ela. A vovó me interpretava bem rápido, e em seguida recorria a seu humor para retirar de cima de mim todo o peso que, desde criança, me acostumei a pôr na vida, e que ela, prática e otimista como era, sabia afastar com uma risadinha e com aquele sentido comum de mulher que já vira o mundo mudar demasiadas vezes, como se o mundo pudesse com ela. Lembro-me desse dia na sala de jantar de sua casa, e ainda sinto o calor do sol da tarde sobre o piso, e visualizo suas mãos trêmulas e cheias de manchas, com as duas alianças no dedo, servindo café. Ficamos nos olhando por um momento, e quando pensei que fôssemos retomar o fio da conversa, apontou para os meus olhos com o indicador e acrescentou:

– Como bosques alemães – disse. – Cheios de buracos onde nunca bate sol.

Eu não soube o que dizer. Depois de tantos anos, a resposta veio como um golpe no meu peito, seco e profundo. Sorri, tentando disfarçar, e ela continuou servindo café como se não tivesse dito nada. Em seguida, pôs metade de um sanduíche no prato, cobriu minha mão com a dela e disse:

– Tente dar mais luz a eles, Fer. – E, baixando os olhos, acrescentou: – Antes que seja tarde.

Olhamos um para o outro. Ao perceber que eu não sabia exatamente ao que ela se referia, sorriu para mim:

– Aos buracos, querido, não aos olhos.

Estas palavras – esta expressão exatamente – foram a primeira coisa que veio à minha mente quando, há mais ou menos dois meses, a figura que estava sentada à mesa no canto da cafeteria se virou para o balcão com a mão para o alto e nossos olhares se cruzaram no espelho do bar, enquanto eu sentia o sangue subir ao meu rosto e queimar minha pele.

Eram meus olhos. Também os de papai.

Os olhos que encontrei nos meus, no espelho, eram dois buracos verdes em um rosto que me surpreendeu, de tão envelhecido. "Como está velho", pensei. Custei a engolir saliva e não soube o que fazer.

Meu primeiro pensamento foi me levantar e sair correndo, mas não fiz isso, porque nesse instante chegou o garçom com meu café e o croissant, e sua silhueta se interpôs entre nossos olhares, rompendo aquele momento. Quando o homem se afastou, papai estava novamente de costas, curvado sobre sua mesa.

Suponho que se passou mais de um minuto, dois no máximo. Durou o que durou e isso pouco importa agora, porque, por mais tempo que tenha durado, o que importa é o que foi: papai numa margem e eu na outra, ele de costas e eu também, os mesmos olhos cheios de buracos, e cada um com suas histórias escritas, cada um com o peso que a vida vinha acumulando sobre nossos ombros. Tentei pensar, organizar um pouco a onda de ideias, de reprovações, de emoções e de imagens que de repente me pregaram no banquinho, embora fosse em vão. Reparei na camiseta encharcada de suor e, por um segundo, pensei em ligar para Silvia, mas em seguida percebi que não era uma boa ideia. Enquanto procurava me acalmar e punha açúcar no café, o garçom voltou a se aproximar e começou a secar pratos e talheres na minha frente, ocultando o espelho. Uns segundos mais tarde, meu pai levantou a cabeça e sorriu para mim. Ao ver seu sorriso de dentes tortos e ausentes, me lembrei da vovó, e sua frase plainou sobre mim, fazendo-se ouvir em meio ao barulho metálico do bar:

"Tente dar um pouco de luz aos seus buracos, Fer", ouvi-a dizer novamente.

Ocorreu-me então que, talvez, aquilo que a vovó chamava de "dar luz aos buracos", talvez fosse algo tão simples e tão humano como entender que, apesar de que na vida de cada um são muitas as coisas que acontecem sem que tenhamos controle sobre elas – coisas que nos afetam, que nos mudam de um modo ou de outro –, às vezes podemos parar na calçada da vida e perguntar. Talvez seja pouco e talvez aconteça em raras ocasiões, mas é muito mais do que acumular peso sobre os ombros para não incomodar e muito mais do que viver carregando sempre os mesmos buracos. Entendi então que havia muitas coisas que eu não sabia e queria saber, e pensei que talvez a razão me ajudasse a entender e colocar em ordem o que o tempo e o silêncio não haviam conseguido encaixar. A voz de vovó Ester voltou a soar em minha mente, enquanto eu mexia o café com leite. Sua voz ressoou e também sua risada, e senti tantas saudades que teria dado o que fosse para que ela estivesse ali comigo, sentada ao balcão e compartilhando o momento, com suas certezas e seu caderno de espiral com páginas coloridas sempre por perto, aquele que nos últimos anos – desde que sua memória tinha começado a falhar e as lacunas eram cada vez mais frequentes – ela enchia com listas de coisas que não queria esquecer: listas de compras, notícias que ouvia no rádio enquanto tomava café da manhã e que lhe pareciam importantes ou curiosas, recordações que de repente a surpreendiam e que ela se apressava em pegar e reter consigo... listas de amigos e de pessoas que haviam sido importantes, e já não estavam mais presentes. E, principalmente, listas de coisas que queria saber – ou lembrar – e muitas vezes começavam com "Por que...?": perguntas que nos últimos tempos eram incômodas de tão infantis e desprovidas de pudor. Os porquês da vovó haviam se convertido nos "porquês" de uma criança que perguntava aquilo que nunca se atrevera a formular em voz alta, essas flechas diretas ao centro dos alvos que se guardam nos armários das realidades familiares, e que ninguém lança, porque sabemos que as respostas abrirão caixas cheias de outras caixas que escondem tesouros venenosos. A seção do caderno dedicada aos "porquês" – a de páginas violetas, a do final – era uma parte que vovó só compartilhava comigo. Ela a trazia presa por um par de clipes que só tirava para acrescentar alguma pergunta – ou a resposta, se eu lhe desse ou conseguíssemos encontrá-la entre nós – e para ler para mim seus novos porquês em voz alta. Com o tempo entendi que o que a vovó Ester fazia era se preparar para morrer em paz, uma vez respondidas todas as perguntas que para ela eram vitais. Queria partir com tudo sabido, com os deveres cumpridos. Precisava saber que tudo estava explicado e em ordem. Às vezes me telefonava e, após de um: "Oi, Fer, como vai, querido?", quase tradicional, dizia: "A página está cheia. Quando você vem lanchar? Amanhã?" Eu ia vê-la sempre que podia. Gostava de chegar à casa dela e encontrá-la me esperando na porta, quando eu saía do elevador, com suas pérolas, sua calça comprida – nunca a vi de saia –, sua gola rulê e aquele brilho nos olhos acompanhado de um sorriso de menina má que me desarmava. Quando fechava a porta, me dava a mão e me puxava para a sala de estar, onde já havia preparado o café, os sanduíches e uma bandeja de doces. No braço de sua poltrona estava o caderno, sempre aberto nas páginas violetas. Em seguida, sentava-se, soltava um pequeno suspiro e, com um sorriso alegre, dizia: "Conspiremos", e eu respondia sem falta: "Você vasculhou bem a sala para ver se não colocaram microfones?" E ela dava risada, e eu ria com ela. Era sempre a mesma brincadeira e a mesma risada. A gente ria olhando um nos olhos do outro, encantados em poder conspirar daquele jeito, como se tudo que não fosse nós estivesse longe, ou como se não houvesse mais ninguém. Ela servia o café, colocava metade de um sanduíche no prato, e, enquanto me olhava comer, pegava o caderno, punha os óculos e lia as cinco ou seis perguntas que havia anotado durante os dias em que nós não tínhamos nos visto e que podiam ser algo do tipo: "Por que, quando seu avô morreu, seu pai não foi ao enterro?" ou "Por que sua mãe teve de vender um dos apartamentos que lhe demos para os estudos de vocês?" ou "Por que a sua irmã Silvia e esse norueguês não tiveram filhos?" ou "E Emma? Você acredita que ela é assim porque teve má sorte com aqueles namorados ignorantes ou ela já era assim?". Perguntas. Porquês. A curiosidade de vovó não tinha limites, e a tranquilidade com que aceitava minhas respostas sempre me surpreendia. À medida que eu respondia, ela ia anotando no caderno, bem devagar, com sua letra redonda e organizada, ao mesmo tempo em que assentia ou murmurava coisas entre os dentes, enquanto eu falava transformado em sua memória amiga, um biógrafo familiar, e entre os dois enchíamos os buracos que ela não queria manter no escuro.

As páginas violetas e os porquês da vovó Ester se ampliaram até que ela estivesse bem próxima da morte. Uma tarde, horas antes de falecer no hospital onde a havíamos internado, esperou que mamãe e Emma fossem lanchar na cafeteria e me disse, com uma pequena faísca de luz no olhar:

– Tenho algo para você.

Eu estava sentado ao seu lado na cama, lendo uma revista. Não soube o que dizer.

– Abra a gaveta.

Fiz o que ela me pediu. Dentro, encontrei um envelope de papel-bolha com meu nome escrito na aba.

– Não mostre isso para ninguém. Promete? – perguntou, enquanto me via tentar descolar a aba.

Concordei.

– Prometo.

Quando finalmente tirei o que continha dentro do envelope, senti um sabor amargo na boca. Esperei alguns segundos antes de erguer a vista e encontrar seus olhos.

– Guarde-o bem – disse, com um sorriso tão cansado, que tive de engolir em seco. – É a nossa história, dos nossos, contada por você. – E, logo depois de respirar, acrescentou: – A das verdades, não a dos buracos.

Tornei a enfiar o caderno no envelope sem abri-lo, e me recostei junto a ela. Vovó abriu lugar para mim com um pequeno grunhido, e eu a abracei. Estava encolhida e pequena, e já era um amontoado de ossos. As orelhas eram grandes, os braços apenas duas frágeis asinhas. Ficamos assim por alguns minutos, em silêncio, olhando pela janela do quarto, enquanto ouvíamos o burburinho do hospital do outro lado da porta, e do jardim vinham vozes apagadas e o guincho dos papagaios. Continuamos desse jeito até que a senti apoiando suavemente sua cabeça em meu ombro. Esperei alguns segundos, pensando que talvez tivesse adormecido, e quando me mexi e estava prestes a sair da cama, ouvi-a dizer:

– Não espere tanto quanto eu para preencher seus buracos, Fer – disse com a voz sem fôlego, mas eu entendi. Abaixei a cabeça e a vi olhando para mim com um sorriso (sempre aquele sorriso) em seus lábios sem cor. – Com certeza você não tem um neto tão bonito como o meu para ajudar quando sua memória começar a falhar – acrescentou, apertando meu braço com sua mão ossuda. Em seguida, fechou os olhos e soltou um suspiro diminuto pela boca entreaberta.

Eu a deixei dormindo na companhia de mamãe.

Ela se foi durante a noite, levando consigo uma peça do nosso quebra-cabeça, mas pelo menos tivemos a sorte de tê-la junto de nós. Deixou conosco um buraco com o grande porquê de sua morte, ao qual ninguém até então conseguiu dar uma resposta. Mamãe, que dormia com ela naquela noite no hospital, nos contou que vovó tinha falecido quando ela estava no banheiro, de madrugada. "Como se tivesse esperado ficar só para partir", dissera, e todos acreditamos, porque não nos custou imaginar a vovó calculando o momento de sua partida. Mamãe disse também que umas horas antes de falecer tinha recuperado a consciência durante um instante enquanto ela lia ao seu lado. A vovó havia aberto os olhos, olhado para mamãe e dito: "Acho que não esqueci nada." Em seguida havia retornado a esse sono profundo do qual não despertaria.

Demorei alguns meses para voltar a abrir o envelope com o caderno da vovó. Eu o havia guardado entre uns livros em casa, na mesma noite que ela o tinha me dado, e ali ele continuava. Não me lembrei disso até que uma tarde, fazendo faxina, o caderno apareceu. Curiosamente, há dias eu pensava em vovó, e nas duas últimas noites havia sonhado com ela. Não lembrava o que, mas sim que era ela, que estava ali dizendo coisas.

Sentei na poltrona, abri o envelope e tirei o caderno. Sorri ao ver que ela o tinha amarrado com um elástico – volta dupla, sempre volta dupla –, e fiquei surpreso ao encontrá-lo tão fininho. Quando o abri, entendi: só restavam as páginas violetas. Todas as demais, as outras cores, tinham desaparecido. Fiquei um tempo folheando-o, recordando cenas, conversas e risadas, enquanto relia as perguntas com suas respostas, escritas com sua letra firme de menina aplicada, sentindo saudades novamente. Ao chegar à última página, encontrei um pequeno envelope, colado à cartolina da capa de trás. Abri. Dentro, havia um de seus cartões de visita, com seu nome e endereço num canto. No centro, com marcador violeta, estava escrito:

"Sempre nos resta o direito
de querer saber, Fer."

Sempre nos resta o direito de querer saber. Isso é o que dizia sua última anotação, e foi o que me veio à mente enquanto estava sentado no banquinho, mexendo o café com leite, diante do garçom, decidindo que se era mesmo papai sentado ali, se podia estar sentado, de costas para mim, como se não me conhecesse, eu... queria saber. E nesse momento, quando resolvi não sair do bar sem me aproximar de sua mesa e fechar com ele minha página de porquês, imaginei vovó sentada em sua sala de estar, com seu caderno e suas páginas violetas cheias de listas. Pedi ao garçom um pedaço de papel e uma caneta. Ele assentiu, secou as mãos com um pano, foi até o caixa e voltou com uma folha quadriculada e um lápis. Entregou tudo para mim com outro sorriso cheio de buracos, e nos segundos seguintes, rabisquei com toda pressa cinco breves por ques, quase ininteligíveis.

> Por que você não foi ao enterro da vovó?
>
> Por que riu da mamãe e a chamou de idiota no dia em que ela não viu que a janela panorâmica do terraço estava fechada e bateu de cara no vidro, ficando com a testa cheia de cacos?
>
> Por que você nunca nos abraçou?
>
> Por que diz sempre que você é assim e que não tem mas? Assim como? Assim para quem? E nós? Não somos alguém? Não deveríamos ser?
>
> Por que não sinto saudades de você, se é meu pai? Por que não sei quem você é, papai? Por que nunca nos deu nada de presente nos nossos aniversários? Por que eu ainda gostaria que as coisas fossem diferentes?

Não quis continuar. A pequena página estava cheia, e decidi que era o suficiente, pelo menos para começar. Devolvi o lápis para o garçom, tomei meu café com leite de um gole só, peguei o papel e fechei os olhos. Em seguida respirei fundo duas vezes e desci do banquinho. Antes de me virar, me lembrei da vovó e de sua frase: – "Sempre nos resta o direito de querer saber" – e sorri. O garçom olhou para mim e voltou para o que estava fazendo.

Então, eu me virei de costas.

Horas mais tarde, quando mamãe abriu a porta de seu apartamento e me viu ali, em pé, apoiado no batente, com Max e minha mala, semicerrou os olhos e deve ter visto algo muito evidente em minha expressão, pois, ao contrário do que costumava fazer, não se aproximou para me dar um beijo. Ficou onde estava, olhando para mim.

– Você se importa se Max e eu passarmos alguns dias aqui, com Shirley e você? – perguntei.

– Claro que não, filho – disse, afastando-se para o lado.

Nem um "Por quê?", nem um "O que está acontecendo?". Nada. Quando deixei a mala em cima da cama de hóspedes e me sentei na dela ao seu lado, mamãe pôs a mão em minha cabeça e perguntou:

– Você quer um chá? Ou, melhor, uma cerveja?

Levantei o olhar. A pergunta sequer me incomodou.

– Eu não bebo, mamãe.

Com cara de inocente, disse:

– Eu sei, querido. Por isso mesmo.

Demos risada. Primeiro eu e em seguida ela, mas a risada não durou, e mamãe começou a arrumar o armário para abrir espaço para mim. Embora estivesse tentado, eu não quis – ou não pude – contar-lhe, e ela não me perguntou. Nem naquele momento nem nas semanas seguintes até agora. Nunca fez uma única referência àquela tarde. Nunca fez uma pergunta nem um comentário durante todo esse tempo. Enquanto isso, continuo instalado aqui. Dividimos o quarto como se estivéssemos viajando, e eu mantive minha rotina – trabalho, academia, Max, alguns fins de semana no campo com Emma e Olga, *paddle* com Emma quando ela vem a Barcelona, *paddle* com o pessoal do clube quando minha irmã não está – a única diferença é que eu passo em casa para pegar a correspondência duas vezes por semana. Ou pouco mais.

E aguardo. Não sei o que, mas aguardo. Mamãe não me deixa agoniado, e sei que, no fundo, está encantada com a companhia, apesar de que, às vezes, a convivência não é nada fácil, e de termos nossos momentos mais ou menos, que finalmente se resolvem com alguma tirada dela, e com risadas, sempre risadas. Ela continua com suas pequenas loucuras, conspirando com Ingrid nas nossas costas, embora muitas dessas conspirações ela acabe compartilhando comigo, e eu a protejo para que Silvia não fique sabendo e possamos dar uma festa em paz. Não é prático. Viver assim, em quarenta e cinco metros quadrados, com dois cachorros e uma mãe – qualquer que seja ela – não é como deveria ser, e eu sei disso.

– Não é normal – afirma Silvia às vezes, bufando, incomodada, quando almoçamos no centro, e conto a ela as coisas de nossa mãe. – Não é saudável isso da mamãe e você. Além do mais, não entendo o que você está fazendo enfiado na casa dela há tanto tempo. – E em seguida, acrescenta, baixando a voz: – Na verdade, não sei como você a aguenta.

Nem ela nem Emma estão a par de que estou morando aqui. Não sabem que este é meu refúgio, nem imaginam que há algo como aquilo que aconteceu naquela manhã na cafeteria que não compartilhei com elas nem com mamãe. Não sei como Emma reagiria. Com ela, é difícil saber, embora provavelmente a afetaria pouco, agora que está entusiasmada com Olga e com sua maternidade compartilhada. E quanto à Silvia... não está passando por um bom momento, basta olhar para ela.

Talvez, pensando bem, eu não diga nada nunca.

É possível que seja melhor assim.

Como saber?

Oito

– Em Cuba?

À minha esquerda, Silvia fuma devagar, observando mamãe com olhos sombrios e o pescoço tenso, como se estivesse tentando conter um jato de água suja que sobe de seu estômago. À minha direita, mamãe tenta se servir de um pouco de água e derrama metade fora do copo.

Sim. Cuba. Foi isso que ela disse. Em seguida, olhou para mim e fez uma careta de "Ai, o que vem para cima de mim. Quem mandou eu falar", que se estivéssemos sozinhos, eu desataria a rir, mas a julgar pelo olhar e pela postura de Silvia e pelas sobrancelhas arqueadas de Olga, essa notícia não seria bem recebida.

Isso ocorreu há alguns segundos. Mamãe soltou sua pequena bomba particular e a onda se espalhou em todas as direções, abalando o relaxamento que já nos invade a esta hora da noite – madrugada avançada – com uma centelha de confusão. A bomba de mamãe foi seguida por um silêncio, e ela, temerosa do que a espera, não pensa duas vezes para enchê-lo de ruídos, despencando morro abaixo com uma ladainha de detalhes sobre sua viagem, que em nada ajuda a melhorar as coisas.

– É que vamos com uma ONG – justifica-se em seguida, adiantando-se à reação de Silvia, que, curiosamente, optou por servir-se de um pouco de espumante e se recostar nas costas da cadeira, com cara de cansada. Vendo que nenhum de nós diz coisa alguma, mamãe decide continuar contando. – Acontece que Ingrid tem uma amiga, Suleima, que tem um blog de ioga, ou seja, tem uma dessas plataformas em que dá para escrever na internet, e fala sobre ioga e *bodyhealing* e outras coisas de corpo-mente. E a tal Suleima é, além disso, guru, mas uma de verdade, com vestido laranja e tudo, e tem um centro de ioga em

Soria onde famosos vão se desintoxicar e voluntários cubanos os limpam gratuitamente. E, às vezes, ela organiza cursinhos em Varadero com algumas mulheres. Pouquinhas, viu? Somente umas quinze ou vinte, nada além disso. – Ela olha de novo para mim, buscando em minha expressão algum sinal que a oriente para saber se está no caminho certo. Não sei o que vê, mas em seguida desvia o olhar e prossegue: – Veja como é generosa essa Suleima, que está pagando a metade das passagens do próprio bolso, e nos conseguiu um hotel com tudo incluído. E Vip!

Tio Eduardo a encara estupefato e franze o cenho.

– Humm, está bem. Se forem os cubanos, é por aí mesmo – diz com voz de homem experiente. – Quando têm, eles dão. O problema é que nunca têm, e daí é que inventam tantas coisas, porque gostariam de dar sempre. Ou seja, não é que mintam, é que se adiantam à realidade. Por isso aquilo do cubismo.

Agora sou eu que me viro para olhá-lo. Olga pega um pedaço de torrone e o põe inteiro na boca, e Emma boceja enquanto esfrega a tela do iPhone para lustrá-lo, com o guardanapo da Cadeira das Ausências.

– O... cubismo? – pergunta Silvia, deixando seu copo em cima da mesa e pegando um cigarro do maço.

Tio Eduardo sorri, encantado com a atenção.

– Claro – diz ele. – O cubismo foi inventado em Cuba, onde mais? – Passa a língua pelos dentes superiores e, ao ver nossa expressão de perplexidade, acrescenta: – Não vão me dizer que não sabiam?

Mamãe o acode.

– É isso aí, Edu – diz ela. – Basta ver Glória Estefan. – Todos se viraram para olhá-la. Juntos, como numa partida de tênis. – Ou a Bola de Neve.

Tio Edu solta uma gargalhada rouca que ecoa nas paredes da sala e que mamãe acolhe com um sorriso de alívio. Aos meus pés, Max levanta a cabeça e deixa escapar um suspiro. Quando o silêncio se instala, mamãe resolve prosseguir:

– Pois vai ser assim – diz ela. – Portanto, não há com o que se preocupar. – Olha para Silvia, que continua reclinada em sua cadeira, com o olhar vago, e esclarece: – Uns dias de ioga, banhos medicinais, massagens, meditação... E vejam como a Suleima é generosa, pois a única coisa que ela nos pediu em troca foi um pouquinho de... teatro.

Emma ergue a vista.

– Teatro?

Mamãe assente.

– Sim. – E, em seguida: – Fingir que cada uma de nós se casou um pouco com os jovenzinhos que ela tem lá, para que assim possam ir limpar o centro de ioga de Soria e ganhar um trocado. Olha só que mulher mais... mais generosa.

Silêncio. Olga finalmente consegue quebrar o pedaço de torrone de Alicante que está girando dentro da boca já faz alguns minutos, com um "croc" que não prenuncia nada de bom. Silvia se apoia na mesa.

– Ca... sar? – diz bem lentamente.

Mamãe assente.

– Sim. Mas de mentirinha, não é? – esclarece com um sorriso feliz. – E somente no aeroporto. Assim que chegarmos à Espanha, já não vale mais. Ingrid diz que os rapazes não ficam em Madrid porque Suleima freta um ônibus só para eles e os leva diretamente até a casa de Soria. É que a coitada está exausta, pois, ao que parece, no começo, ela os deixava uns dois dias em uma pensão em Madrid, para que vissem um pouco da cidade e se aclimatassem, mas Ingrid me disse que quando iam ao El Corte Inglés, muitos desciam correndo ao supermercado e comiam tudo, mas tudo mesmo, até os caranguejos e as lagostas vivas do aquário, e, lógico, no fim, ela decidiu que o melhor é passarem logo uma temporada ajudando-a no centro, limpando e fazendo massagens nas clientes, para que deixe de lado um pouco aquilo do cubismo.

Silvia olha para mim, fecha os olhos, e respira fundo umas duas vezes. Em seguida, apoia o queixo na palma da mão e diz com uma voz que, para surpresa de todos, soa exausta, quase conformada.

– Mamãe.

Ela vira-se para a filha.

– Sim?

– Você entende que o que acaba de dizer não é normal, certo? – pergunta bem lentamente. Há ameaças em sua voz, mas muito veladas, difusas.

Mamãe, que sente isso tão bem quanto eu, pisca, tentando ganhar tempo.

– Normal como?

– Normal, mamãe – replica Silvia. – Normal.

Mamãe enruga o nariz. Essa é uma careta que costuma fazer Silvia se irritar, mas que, desta vez, nem a faz pestanejar.

– Bom, na verdade Suleima não é uma mulher que...

– Estou cansada demais, mamãe – interrompe Silvia.

Mamãe se cala e deixa escapar um suspiro incomodado.

– Certo, filha. Está mesmo muito tarde. – Olha para o relógio. – Ui, são quase quatro horas.

– Não, mamãe, quero dizer cansada em geral – responde Silvia, erguendo os ombros. – E principalmente cansada... disto – acrescenta com um breve suspiro, olhando para todos nós ao mesmo tempo que abarca a mesa com um gesto da mão.

Mamãe engole em seco.

– Disto...?

– Sim, mamãe – diz Silvia com a voz triste. – De ouvir você dizer tantas burradas e ter de vigiá-la continuamente, sempre atrás de você para que não apronte alguma das suas, como se nós fossemos a mãe e você, a filha. Disso, sobretudo disso: de tantos anos sendo mãe de minha mãe. Cansa, sabe? Juro que cansa.

– Bem, bem... – intervém tio Edu em tom conciliador, inclinando um pouco a cabeça e colocando a mão no antebraço de Silvia, que o afasta com um gesto brusco como se acabasse de tomar um choque.

– E das suas loucuras – acrescenta Silvia. – Que você nunca faça caso de nada, e ter que correr para resolver suas bobagens, porque, claro, a pobre Amália, todo mundo sabe, tão desnorteada, tão pouco acostumada a viver só... – Interrompe-se por um momento, respira fundo. – Pois você sabe de uma coisa? Não é a única que está só, e mesmo que fosse, isso não lhe dá o direito de fazer o que quer, sem pensar nos outros.

– Mas eu... – começa mamãe.

– Exato. É esse o problema – interrompe-a Silvia. – Esse "mas eu" com o qual você sempre se perdoa por tudo, com o qual todo mundo perdoa tudo o que você faz, porque assim é mais fácil: eu faço, eu penso, eu decido, eu brinco e você... você se ferra. Funcionamos todos assim. E desse jeito nos agrada. Desse jeito: a mim, a esta família, a esta cidade e a este país de merda, com um governo de merda e com uns empresários de merda que põem você na rua depois de sugar tudo de você, como se a pessoa tivesse nascido somente para isso, para que a suguem, e um dia pedem para que se sente e dizem que estão muito contentes com você, que você é craque, mas que somos dois chefes de equipe e é necessário abrir mão de um, porque a vaca já não produz leite para tantos, e acontece que quem vai para a rua é você porque... porque você não tem a porra de uma família para alimentar, e porque não puxa o saco do diretor-geral, nem joga golfe com ele, nem consegue ingressos grátis para ir com a namorada russa ver o Nadal jogar. Simplesmente assim. O que é... normal.

"Ai."

Abaixo o olhar. De soslaio, vejo mamãe um pouco encolhida, e com a mão suspensa no ar, a poucos centímetros da mesa, como se estivesse apoiada em algo que não vemos, os olhos semicerrados, porque Olga deslocou a garrafa de água, e o reflexo da lâmpada no vidro a ofusca.

– Filha – diz ela. À minha esquerda, Silvia respira fundo. Realmente parece exausta. Não responde. Limita-se a estar ali. – Mas então?... – pergunta mamãe com um fio de voz.

Ela demora a falar. Quando o faz, recupera o tom seco, embora não chegue a ser o da Silvia de sempre.

– Então nada, mamãe – diz, esfregando lentamente o pescoço com a mão. – Nada.

– Ah.

Passam-se uns segundos e ninguém diz nada. Finalmente, mamãe pousa a mão na toalha da mesa.

– Alguém quer mais um pouco de café? – pergunta Olga, esticando uma mão tensa até a cafeteira vazia.

Silêncio.

– Bom... – diz mamãe com a voz neutra. Em seguida, alguns segundos depois, acrescenta, quase sussurrando: – Pois eu... fico feliz.

Silvia levanta o olhar e nega devagar com a cabeça. Perplexa, ela está perplexa.

– O que você está dizendo?

– Que fico feliz, filha.

– Por quê?

– Porque você não vai mais me mandar cartões-postais. – Fecha os dedos sobre um miolo de pão e começa a amassá-lo devagar, mecanicamente.

Silvia funga e segue negando com a cabeça.

– Mamãe, estou dizendo que me despediram do trabalho – diz com a voz raivosa. – "Nada" quer dizer "na rua".

Mamãe abaixa o olhar.

– Entendi, minha filha. – Em seguida, acrescenta quase entre dentes: – Não sou tonta.

Silvia encolhe-se como se tivesse recebido um golpe que não tínhamos visto.

– Eu não quis dizer isso.

Mamãe olha para ela, esboça um sorriso tão triste que até Olga pigarreia. Silvia e ela se olham por um instante, antes que mamãe volte a falar.

– É que eu ficava muito triste com os seus cartões-postais, filha – acrescenta, baixando um pouco a voz, como que se desculpando.

Silvia franze a testa. É um comentário que não esperava. Nem ela nem os demais.

– Triste?

– Sim.

– Por quê?

– Porque você estava muito longe.

– Eu estava trabalhando, mamãe. – E em seguida, baixando um pouco o tom: – Estava viajando, mamãe.

– É que você sempre está viajando, filha. Até quando não viaja – diz isso observando o miolo do pão, sem se atrever a olhar para Silvia, que por seu gesto nota a mesma tristeza na frase que eu. – Você sempre está... indo. – Mamãe fica triste e fala assim, como uma mãe triste. Passam-se alguns segundos. Quando vê que Silvia leva novamente a mão ao pescoço, diz: – Talvez agora que você tem tempo... – interrompe-se e inspira antes de terminar – algum dia a gente possa viajar juntas. Sem cartões-postais nem nada.

Outro silêncio. Silvia engole em seco e faz uma careta que parece quase um sorriso, mas que não pode ser, porque tem os lábios trêmulos. Está com os olhos brilhantes.

– Eu gostaria – diz mamãe, olhando-a com esse olhar de criança assustada que faz quando pede alguma coisa com medo de que a resposta a magoe, e que conhecemos bem por que é sua cara mais B, a com a qual crescemos. Ao ver que Silvia não responde, inclina a cabeça e acrescenta, tímida: – Bom, isso se Peter não se importar, claro.

Estou a ponto de não olhar para Silvia, mas já é tarde. Em seus olhos vejo a dúvida e o impulso de terminar de contar e colocar tudo para fora de uma vez. Vejo-a brilhar por um momento, logo em seguida apagar-se. Respira fundo e, quando volta a falar, o brilho que enche seus olhos são lágrimas.

– Peter não se importa com isso, mamãe – diz ela com um sorriso que não consegue conter. – Não se preocupe.

Mamãe também sorri. Feliz. Está feliz. Sobriamente feliz.

– Vamos enviar um cartão-postal para ele – sugere ela. – E lhe diremos que sentimos saudades. Tudo bem?

Silvia trinca os dentes e continua sorrindo, enquanto as lágrimas ficam presas nas pestanas e ela pisca bem depressa. As duas lágrimas mancham a toalha da mesa como dois pregos, e minha mão procura a dela por baixo da mesa. Quando a encontra, ela a aperta antes de retirá-la.

– Claro que sim, mamãe – diz com a voz embargada. – Claro que sim.

Então, mamãe queima seu último cartucho do ano, pegando-nos de surpresa. Depois de pigarrear, levanta-se bem devagar, deixa Shirley no chão, vai até o corredor e entra no banheiro. Alguns segundos depois, sai com o pequeno mural de cortiça onde estão pendurados os cartões-postais de Silvia e retorna à mesa, dando a volta para chegar até minha irmã, e coloca-o diante dela, em cima do prato de sobremesa com restos de torrone. Em seguida, assim como o fez com Emma, abraça-a por trás e gruda sua bochecha à bochecha molhada de Silvia, apertando-a em seu peito e embalando-a com suavidade.

– Nada mais de cartões-postais, filha. Nada mais de cartões-postais – diz no seu ouvido.

Enquanto elas se balançam ao meu lado, o relógio da praça soa as quatro horas e quinze e, no silêncio que nos envolve quando a badalada é só um eco do próprio ruído, Max se espreguiça aos meus pés e Olga se vira para Emma.

– Talvez devêssemos ir embora, não, meu bem? – diz com uma voz suave que não lembro já ter ouvido.

Na cabeceira da mesa, tio Eduardo assente devagar, embora tenha o olhar velado, como se assentisse, respondendo a algo que ouve, mas que escapa aos demais, enquanto ao seu lado mamãe e Silvia continuam abraçadas, alheias a ele e a todo o resto. Já não se balançam. Agora só respiram juntas olhando para a frente. Mamãe sorri e, entre seus braços, Silvia tem a fisionomia relaxada e a pele de sua fronte brilha.

– Peter já não está, não é verdade, querida? – pergunta mamãe.

Silvia não responde de imediato. Balança mais uma vez com suavidade, protegida por mamãe, até que por fim se volta para encará-la.

– Não – responde com um fio de voz.

Mamãe assente.

– Certo.

Não dizem mais nada. Mamãe volta a abraçá-la e as duas ficam assim, respirando juntas, como se não houvesse nada nem ninguém além delas na sala de estar, e não existisse o tempo, até que mamãe volta a falar:

– Agora vou tirar os cartões-postais, meu bem. Você quer?

Silvia não diz nada, tampouco faz qualquer movimento. Quando mamãe entende que ela não vai falar, estica a mão até o primeiro cartão-postal, mas então tio Eduardo a olha e também estende a mão até tocar o pulso de Silvia.

– Não – diz ele.

Mamãe fica quieta e Silvia e ela se viram para ele, sem entender.

– Você tem que tirá-los – afirma tio Eduardo, olhando Silvia nos olhos. Ela nega devagar com a cabeça. – Tem, sim – insiste ele, assentindo. Mamãe retira a mão e fica abraçando Silvia por trás, muito quieta, e a filha aconchega-se em seus braços. – Você sabe por quê, Silvia? – pergunta ele sem deixar de encará-la.

Ela nega com a cabeça, devagar.

– Não – murmura entre os dentes.

– Porque assim poderemos fazer isso juntos – diz tio Edu com uma sombra de sorriso. – Como antes. Como antes de... tudo. – Fica em silêncio por um segundo e acrescenta: – E porque enquanto arrancamos os cartões-postais, vou contar umas coisas para você.

Silvia não se mexe.

– Você quer?

Silêncio.

Tio Edu puxa o pulso da sobrinha até o mural e, embora ela resista, a princípio, consegue levar sua mão até o primeiro cartão-postal. Em seguida, pega seus dedos e os fecha sobre um alfinete. Devagar, bem devagar, os dedos de ambos retiram o alfinete e o cartão-postal, enquanto ele diz:

– Quero contar que gosto de me sentar aqui, a esta mesa, e pensar que ainda resta alguém que me espera todos os anos, apesar dos anos. Que isso me faz viver e me ajuda a seguir em frente, pois desde que meus pais morreram, esse negócio de orfandade não me cai bem e acho que já é tarde para aprender.

A mão de Silvia, conduzida pela mão de tio Eduardo, leva o cartão--postal até a mesa e o larga sobre a toalha, perto de mamãe. Em seguida, retornam lentamente ao mural num gesto mecânico, como os braços de um par de robôs.

– Vou contar que gosto de ver vocês rirem, de fazer vocês rirem – diz, afastando o olhar de Silvia e fitando todos nós. – E que se tivesse tido uma filha, teria sido você. Não como você, mas você. Tão teimosa, intensa, cabeça-dura... e equivocada, tão parecida comigo em muitas coisas e tão você em outras... E que eu gostaria de ter sido mais para você, maior, mais forte, estar mais próximo e não deixar você tão sozinha com tanta coisa. E que lamento muitíssimo ter falhado com você.

As mãos resgatam um segundo cartão-postal, enquanto Silvia engole em seco e, já sem tanta resistência, a colocam sobre a primeira. Depois, tio Eduardo retira sua mão, e a de Silvia se desloca sozinha até o mural, bem devagar, enquanto ele continua falando, sem desviar os olhos dela.

– Quero contar que Sindy não existe. – A mão se detém no ar por um instante, e, em seguida, retoma o movimento. – Não, não existe. Eu a inventei esta tarde no avião, para vir aqui com algo, dissimular o que já não há e creio que não vá haver a esta altura. – Mantém o silêncio por um instante e respira fundo. – Talvez eu tivesse gostado que existisse, embora também goste que não exista, porque assim posso continuar inventando sem me arriscar a magoar você mais do que o necessário.

Silvia está concentrada no mural. Vai tirando os cartões-postais com um movimento pausado e uniforme, como uma criança brincando com um álbum de figurinhas, enquanto tio Edu continua falando com ela, da cabeceira da mesa.

– Vou contar que você está enjoada com a vida e que tem motivos para isso. Certamente, no seu lugar, eu também estaria, mas você se engana se acredita que não fazer é viver melhor. Não, não fazer é viver menos, e isso você deveria saber.

Silvia para de manipular os cartões-postais por um instante. Em seguida inspira e solta o ar pelo nariz, antes de continuar.

– E vou contar que estou só e me sinto só. E também desde que seu pai já se foi e podemos passar juntos a noite de Natal, venho todos os anos com a ilusão de que vocês me peçam para ficar, porque tenho vergonha de perguntar se sentem saudades de mim. Tenho medo da resposta. – Baixa o olhar e tenta sorrir. – Sou um velho tonto, eu sei.

Silvia retira os últimos cartões-postais enquanto suas lágrimas vão caindo nos braços de mamãe, que está com o rosto enfiado em seu cabelo. Enquanto isso, tio Eduardo continua contando coisas dele, de que nunca falou e de que quer falar, até que finalmente, Silvia tira o último alfinete e, com ele, o último cartão-postal. Então, fica quieta com o mural vazio diante dela, esperando que tio Eduardo fique calado.

– Já está vazio – diz ela.

Ele sorri. Desta vez sim.

– Boa garota.

Silvia assente, mas não diz nada.

– Agora, você deve pensar em enchê-lo outra vez – diz ele.

Silêncio.

– Com cartões-postais, digo.

Silêncio.

– Talvez possam ser de... Lisboa.

Silvia levanta o rosto para ele, mas de onde estou não vejo sua expressão. A de tio Edu é quase infantil.

– Você gostaria?

Olham um para o outro, mas nenhum dos dois diz nada, até que ele inclina a cabeça para o lado e alisa o guardanapo com a mão.

– É só uma ideia – diz, enrubescendo um pouco. – Não faça caso de mim.

Silvia sorri. De onde estou sentado vejo somente metade de seu sorriso. É um sorriso como os de mamãe, embora o de Silvia esteja molhado, coberto de muco e água. Estende a mão até tio Edu e a fecha em seu braço.

– Claro – diz ela. – Claro que eu gostaria.

Ele engole em seco e abaixa o olhar.

– Acho que eu precisaria limpar um pouco a casa antes de você chegar – diz, sem levantar a cabeça, como uma criança.

Ela cai na gargalhada. Ele também.

– É melhor, sim.

Ficam assim os dois, em silêncio, com mamãe abraçada a Silvia por trás, enquanto do outro lado da mesa, ao lado da Cadeira das Ausências, Emma acaricia distraidamente o braço de Olga com a mão, e uma sirene soa perdida em algum canto da praça, cidade adentro. Aos meus pés, Max deixa escapar um suspiro de sono, que se expande pela sala de estar, como uma pequena onda.

– Acho que deveríamos ir embora – diz Olga, pigarreando e olhando primeiro para seu relógio, e em seguida para Emma. – É muito tarde e temos uma longa viagem de volta. Sabe-se lá como vão estar essas estradas – acrescenta, virando-se para mamãe.

Mamãe assente, se recompõe devagar com um pequeno resfolegar e se separa de Silvia, que continua com a mão na de tio Eduardo. Então, põe as mãos sobre os ombros dele e se vira para a janela. Do outro lado do vidro, o céu continua escuro, mas já não está negro. Há uma luz, em alguma parte da madrugada, vislumbra-se uma luz que sobe a partir do mar, embora ainda não ilumine nada.

– Acho que hoje veremos o amanhecer – diz, sem desviar os olhos da janela. E logo, como se falasse com alguém que estivesse do outro lado, alguém que somente ela vê, acrescenta, ao mesmo tempo que assente e esboça um pequeno sorriso, quase uma sombra de sorriso: – Sim, hoje veremos o amanhecer.

Quarto livro
Os amanheceres violetas

"Todas as coisas em nossa vida têm um sentido; todos os finais são também começos. O que acontece é que naquele momento nós não sabemos."

M. Albom

Um

São pouco mais de seis horas. Tio Eduardo e Silvia foram os últimos a ir embora, só dez minutos depois de Olga e Emma, porque o táxi que pediram por telefone demorou para chegar. Depois, mamãe e eu limpamos a mesa e pusemos os pratos no lava-louça, e quando eu pensava que iríamos para a cama, ela se agachou, abriu o armário embaixo da pia e ficou fuçando lá dentro, enquanto resmungava algo entre os dentes, até que finalmente tirou uma caixa de biscoitos.

– A última? – pergunta, estendendo a caixa metálica com uma careta de menina levada. São uns biscoitos de chocolate belga que às vezes ela compra na seção gourmet do El Corte Inglés, e que guarda como se fosse um tesouro, escondidos entre os detergentes, para que ninguém os encontre.

– Mamãe, se você continuar assim, vai explodir – repreendo-a. – Não parou de beliscar chocolate desde que comemos as uvas.

– Mentiroso – replica ela, enquanto tenta abrir a lata. E em seguida: – Além disso, é só hoje.

Nós nos sentamos à mesa com a caixa aberta entre os dois. Ela pega um copo de Coca-Cola Light e eu, um copo de leite.

– Ah. – Suspira depois de beber, colocando o copo em cima da mesa. – Mas que bom, não?

Olhamos um para o outro. Estive a ponto de perguntar a que vinha desta vez o "que bom", mas não foi preciso.

– Que por fim, tudo tenha saído tão... assim – esclarece, agitando as mãos no ar.

Dei risada. Apesar da hora, do cansaço e de mamãe, eu dei risada, mas ela não.

– Veja que maneira mais bonita de iniciar o ano, não? – disse, enfiando um biscoito na boca. Sacou o quadrado do patchwork da manta que estava fazendo para mim, e pôs-se a tricotar, aproximando a lã do rosto. – As meninas grávidas, Edu que não vai se casar com Tonino, ou seja lá como se chama aquele peludo, porque, não quis insistir, mas isso de Tonino ser *ela*, eu não engoli, ora vamos... – Suspirou, e assomou a cabeça por cima das agulhas. Quando sorriu, tinha os dentes pretos de chocolate. – E Silvia... ah, que alívio, filho. Sem tantas viagens e tanto trabalho, e principalmente sem... Peter – acrescenta, abaixando um pouco a voz. Em seguida escancara os olhos, pisca como se tivesse lembrado alguma coisa, e estica o pescoço. – Ui, vamos ver se é mesmo verdade que não há dois sem três, também tem aquilo do *bayetismo* e talvez encontre um namorado mais normalzinho, como aquele que tinha antes. Você se lembra do Sérgio? Ah, esse sim era uma gracinha. Até seu pai gostava dele... Não digo mais nada. Embora, claro, pensando bem. Se seu pai gostava dele, talvez ele também não fosse lá essas coisas, não?

Pego um biscoito. Mamãe estava sem sono, e quando isso acontece ela precisa de companhia. Então fala, fala, tentando reter você com sua conversa fiada, como se de repente tivesse um guizo na mão e quem não pudesse dormir fosse você. Ela volta a aproximar o tricô do rosto e eu sinto um beliscão nos pulmões ao vê-la assim.

– Talvez você devesse parar, mamãe – digo a ela, pegando as agulhas de tricô com a mão. – Deixa, vai. Se faz tanta questão, podemos comprar uma manta.

Ela me olha novamente por cima do tricô com os olhos semicerrados e uma careta aborrecida.

– Nem pensar – disse, muito decidida. – Quero terminá-la. Mesmo que leve um ano inteiro.

– É que não entendo o que passa pela sua cabeça – digo, sem soltar as agulhas. – Não preciso de manta, e você vai perder a visão, não está vendo?

Ela enruga o nariz.

– E com que outra coisa melhor do que um presente para você, acha que eu possa perder a visão? – solta ela, com um tom de voz em que há ofensa e também uma sombra de tristeza. Eu não sei o que dizer. Ela tira as agulhas de minha mão e continua tricotando por alguns segundos em silêncio, antes de arrematar: – Quando eu não estiver mais aqui, você terá esta manta. Se cobrirá com ela todas as vezes que se deitar para tirar um cochilo no inverno, e estarei feliz porque será como se eu lhe desse todos esses abraços de que precisa, e que você nunca me deixa dar.

Eu não digo nada. Embora nunca pareça compreender, mamãe sabe que ponto quer atingir, e o que disse era um aviso aos navegantes de última hora, que preferi não computar. Continuamos em silêncio por mais alguns instantes, e quando ela retoma seu tricô, eu me levanto.

– Bom, acho que vou dormir – digo-lhe. – Estou exausto.

Ela olha para mim com incredulidade.

– Dormir...?

– É.

– Mas Fer... e os cachorros?

Olho para Max e Shirley. Dormiam no sofá. Shirley com a boca virada para cima, com as patas encolhidas, e Max com a cabeça pendurada na borda da almofada, tocando o chão.

– Os cachorros?

– Temos de sair com eles.

– São quase seis da manhã, mamãe.

– Por isso, Fer – disse ela, deixando o tricô de lado. – Faz mais de dez horas que estão sem sair, e se formos dormir agora, vamos ter de levantar daqui a pouco para levá-los para passear.

Ela tem razão. Apesar da preguiça, do sono e da pouca vontade, sei que mamãe tem razão.

– Está bom, então saímos agora, e damos só uma volta na praça, que já não são horas.

Ela se levanta, coloca um último biscoito de chocolate na boca, e fecha a caixa.

Uns dois minutos mais tarde, saímos pela porta de vidro do prédio até a praça. Sobre nós, a escuridão começa a diluir-se e um véu esbranquiçado toma o céu. Shirley e Max caminham zonzos ao nosso lado, e mamãe segura meu braço.

Isso faz apenas alguns minutos. Cruzamos a praça devagar, e agora chegamos ao extremo oposto, junto ao quiosque e ao ponto de ônibus. Caminhamos em silêncio. A brisa percorre a madrugada trançada de sopros temperados e úmidos, sobretudo nesta parte da praça menos protegida pelos prédios. Já não é noite, mas o dia não chega.

– Não sei por que custamos tanto a dizer as coisas nesta família – dispara mamãe na mesma hora, como se estivesse pensando em como dizer isso já há um bom tempo. – Com o tanto que nos acontecem, não é?

Não digo nada.

– E como é saudável contar – volta à carga ao cabo de um instante. – Veja como todos foram embora contentes.

Continuamos andando em silêncio.

– É que não há nada melhor do que botar para fora o que a gente carrega dentro de si. Principalmente porque muitas vezes a gente acredita que uma é coisa terrível, e logo depois acontece que... tcharan! – Agita a mão livre no ar. – No fundo, nunca nada é tão grave como parece.

Paro e olho para ela.

– Mamãe, você está querendo... me dizer algo?

Ela vira a cabeça e me olha como se não soubesse ao que me refiro.

– Eu? – pergunta, apontando para seu peito com o indicador.

– Sim, você.

Não sei por que perguntei. Sei bem qual é a resposta, porque conheço muito bem mamãe, mas não sei se quero ouvi-la. Voltamos a caminhar. Uns metros mais adiante, quando chegamos a uma zona de canteiros de grama, ela diz:

– Quem sabe não é você quem quer me dizer algo. – Eu me viro para ela e a vejo olhando para mim com a cabeça inclinada e uma expressão de mãe em alerta, que me faz sentir mal. – Não? – pergunta com uma expressão fingidamente inocente, enquanto se senta no banco ao lado. Em seguida, me puxa, obrigando-me a sentar, e solta Shirley, que logo sobe num dos canteiros e corre com vontade, na grama rala. Também solto Max, e mamãe e eu ficamos sentados bem próximos, sem dizer nada, no ferro frio do banco. Na praça, o silêncio é total e o céu começa a clarear desde o mar, tingindo o escuro com tons menos densos que são quase sombras. Enquanto passam os minutos e o ano novo começa o andor até sua primeira luz, sinto que mamãe quer saber, que faz tempo que está esperando, e que de alguma forma, depois destes dois meses juntos, desta noite e de tudo aquilo que aconteceu durante estes últimos anos, devo isso a ela. Devo a ela confiança, e também cumplicidade.

E por mais que custe, embora seja difícil contar, sei que estou em boas mãos e também em boa companhia. Continuamos em silêncio por uns bons minutos, vendo Max e Shirley perambularem pela grama ao compartilharmos a espera. Até que me decido a falar.

– Eu me encontrei com papai – digo finalmente. Mamãe continua olhando para a frente, sem pestanejar. – Me encontrei com ele no mesmo dia que fui para o seu apartamento. Na cafeteria em baixo da minha casa.

Mamãe deixa escapar o ar pela boca bem lentamente, antes de falar.

– Ah – diz ela. É um "ah" pequeno, como um esboço de um golpe leve. Em seguida, ficamos calados novamente até que ela resolve perguntar, misturando em sua voz preocupação e curiosidade. Quem pergunta é a Amália das duas caras: a B (a mais adulta) teme minha resposta; a A (a criança que ainda conspira às escondidas e faz travessuras com sua amiga Ingrid) quer saber. Sua pergunta é simples e também é aquela que espero. – E o que aconteceu?

Dois

Tudo.

Eu lhe conto tudo, enquanto no céu a escuridão se afasta devagar como a lona translúcida, clareando a madrugada, e os cachorros se deitam na grama, atentos aos primeiros ruídos do dia. Conto-lhe minha noite maldormida depois do fim de semana na casa de Emma e Olga, o apagão da letra "C" do painel luminoso que durante estes anos, no meu apartamento, me serviu de bíblia de neon, minha chegada à cafeteria, os olhos de papai no espelho, o garçom, minhas lembranças de vovó, seu caderno violeta, as perguntas, os porquês. Tudo, todos os detalhes dessa manhã. E enquanto falo, mamãe continua com o olhar perdido na praça, ouvindo muito atenta, até que chego ao momento em que desci do banco e me virei para a janela da cafeteria com minha pequena folha quadriculada na mão. Faço uma pausa e me calo.

Depois de alguns instantes de espera, mamãe vira a cabeça para mim, e semicerrando os olhos, porque seu olhar é ofuscado pela luz do poste atrás de mim, diz:

– E então?

Alguns segundos se passam e um carro freia no semáforo amarelo.

– Nada. – Ouço-me dizer quando o carro já se afasta. – Então, nada.

Ela continua olhando para mim, mas não fala. Não sei o que ela pode ter ouvido em minha voz, porque põe a mão no meu braço e fica assim, muito quieta, esperando. Em seguida, ela aperta meu braço com os dedos e apoia sua cabeça em meu cotovelo, animando-me a prosseguir.

E é o que faço, seguir lembrando para ela e contar-lhe, nesta madrugada do ano que chega, que na mesa de papai não havia ninguém e que foi isso que aconteceu: papai não estava lá. Estavam o jornal, os restos do sanduíche e a xícara vazia, mas ele já não estava mais. Fiquei com a folha na mão, de costas para o balcão e sem desviar o olhar de sua mesa até que do outro lado do vidro, na calçada, alguém levantou bruscamente a mão e, segundos mais tarde, um táxi parava ao seu lado. Papai não se virou. Abriu a porta, entrou rapidamente no carro e fechou a porta com força. O táxi arrancou.

E foi só isso.

O que aconteceu a partir daí é parte daquilo que, em meu arquivo de recordações, ficou incluído nas "coisas que aconteceram depois". A batida de porta de papai marcou um "a partir de agora" que minha memória foi ordenando da seguinte forma: quando saí da cafeteria não voltei diretamente para casa. Fiz um pequeno passeio pela praia, tentando pensar, embora fosse em vão. Sentia um vazio tão grande no estômago que, se conseguisse pensar, teria vomitado. E pena. Também havia pena. E muitas coisas que nesse momento doíam porque pareciam desenhadas para tal, para machucar. Pensei na vovó, em Andrés e na mamãe, e culpei a mim mesmo por ser idiota, por ter esperado mais uma vez alguma coisa de alguém de quem não deveria. Sim, outra vez. De repente foi como se eu levasse uma bofetada de vergonha e me senti ridículo ao me lembrar de mim mesmo na cafeteria, escrevendo minha lista de porquês, como quando eu era pequeno – algumas semanas antes do Natal, Emma, Silvia e eu nos sentávamos na sala de estar para escrever a lista de presentes que pediríamos ao Papai Noel, muito depois de papai nos ter dito que quem se encarregava de comprar os presentes era ele e quem os distribuía era mamãe. Visualizei a mim mesmo de novo na cafeteria com o papel de meus porquês na mão e me senti idiota por esperar que as pessoas mudem. Como a mamãe, como a vovó. Como Emma. Como todos aqueles que não são papai.

Depois do passeio, subi de volta para casa e preparei um chá. Max veio me cumprimentar assim que entrei, e em seguida saiu para o terraço e desabou na sombra. Quando estava com a xícara nas mãos, também saí e me sentei ao seu lado no chão, enquanto em outro terraço da rua alguém dava marteladas em algo metálico e a umidade começava a incomodar.

Max colocou sua cabeçorra sobre minhas pernas e me mostrou os dentes, sorrindo como ele faz, e de repente, ao vê-lo assim, tão entregue e confiante, tão dependente de mim, me vi pequeno, pequeno como quando tudo parece grande porque se percebe que se está demasiado só e que aprender a se proteger não é sempre aprender a viver melhor. E também senti uma tremenda vertigem quando voltei a me lembrar de papai, da mesa do bar vazia e de sua figura entrando apressada no táxi, fugindo de mim como se eu fosse o inimigo e não um filho.

E nesse momento, me lembrei da pergunta de Emma, e sua voz pausada ressoou em minha cabeça: "Quanto tempo mais você pretende ficar no farol?" E, em seguida, provocada por sua pergunta, chegou também a resposta. Nossa frase, de nós dois:

– Não se pode encontrar a paz evitando a vida, Leonard – falei em voz alta, olhando para Max, que me respondeu com um suspiro de prazer e esticou as patas, espreguiçando-se. Então também deixei escapar um suspiro e me ouvi dizer: – E eu não sei por onde começar a deixar de evitar, Max. A única coisa que sei é que preciso de alguém que me ajude, de alguém que me ensine, porque senão...

Não terminei a frase. De repente uma nova descarga de marteladas ressoou do outro lado da rua, seguida de um estrondo metálico que assustou Max. Larguei a xícara no chão e me levantei para ver.

Do outro lado da rua, três operários trabalhavam no painel luminoso do prédio em frente. Parece que estavam trabalhando nisso desde a primeira hora, por já que haviam desmontado algumas letras e o que tinha ficado em pé era uma espécie de estrutura que mais parecia uma boca desdentada, com mais buracos do que peças. Os três trabalhadores tinham se sentado para fumar e contavam piadas. Quando li as letras que ainda faltava desmontar, senti um leve frio na barriga. Eram somente quatro.

MA... MA

Isso era o que havia sobrado no telhado: duas letras duplicadas como o balbucio de uma criança, e isso – esse "ma ma" – foi o que comecei a repetir em voz baixa no terraço, e o que continuei repetindo entre os dentes enquanto entrava em casa, enfiava o celular e umas quatro coisas numa mala e descia até a rua com Max.

Caminhamos por quase duas horas e meia, até chegar à casa da mamãe.

*

– O resto você já sabe.

Mamãe não olha para mim. Continua com a cabeça encostada no meu cotovelo, quase de leve, enquanto uma miríade de franjas rosáceas avança pelo céu desde o leste, adentrando-se na terra.

– Ai, Fer – disse. E logo depois, respirando fundo, quase murmurando: – Ai, Fer.

Sinto um nó na garganta. Sobre nós, o rastro de um avião cruza o céu com um rugido surdo e me lembro da vovó, de seu caderno de folhas coloridas e de seu sorriso direto, e sinto tantas saudades que tenho de engolir em seco umas duas vezes, para não perder a voz.

– Você sabe o que a vovó diria? – pergunta mamãe, como se tivesse me ouvido pensar, afastando-se de mim e sentando-se muito ereta no banco.

Nego com a cabeça.

– Não.

Não responde de imediato. Quando acredito que não vai mais responder, diz com voz muito clara:

– Diria que seu pai fez um favor a você. Pelo menos uma vez, ele lhe fez um favor. – Não sei por que, mas não gosto do comentário. E nem sei por que sabia que diria algo assim. E mais: eu me sinto mal, fisicamente mal, embora quando paro para refletir, entendo que deve ter razão. – Que ele fez um favor, desaparecendo assim – acrescenta –, e que agora você já não tem nenhuma desculpa.

Eu me viro para olhar para ela.

– Nenhuma desculpa? Para quê?

Ela abaixa os olhos e esfrega as mãos. A escuridão é cada vez mais tênue e não é mais preciso adivinhar as formas. Elas começam a ser vistas.

– Para continuar se escondendo da vida, meu bem – diz ela. – Para que mais?

– Eu não me escondo da vida, mamãe – disparo em seguida.

– Sim, você se esconde, Fer – retruca ela, com um meio sorriso que conheço bem. – Você se esconde porque tem tanto medo que ela volte a machucá-lo, que prefere não vivê-la. – Quando quero responder, ela se adianta. – Sei muito bem do que estou falando, filho, acredite em mim.

Não digo nada.

– Mas você sabe de uma coisa? – insiste, colocando sua mão em minha perna, em um gesto que pretende ser conciliador.

– Não.

– Você foi muito valente. – Olho outra vez para ela, que assente. – E no fundo, o fato de seu pai ter ido embora não tem importância.

– Ah é?

– Sim – diz, assentindo novamente, mais devagar. E logo depois: – O importante é que você tenha se atrevido a perguntar. Querer saber. Isso não é dado a todo o mundo. – Ficamos em silêncio por uns instantes, enquanto um silvo apagado se perde por alguma rua próxima. É o caminhão de lixo. A cidade não para. – Eu não fiz isso – diz ela, abaixando a cabeça. – Vivi quase cinquenta anos de minha vida com medo de perguntar.

Engulo em seco novamente, e estou a ponto de abraçá-la, mas quando me movo, ela se afasta um pouco, procurando Shirley com os olhos semicerrados, até encontrá-la junto a uma cerca. Em seguida, diz:

– Eu não quero ver você assim, Fer.

"Ai."

Fico quieto no banco, alerta, e logo sinto minhas costas tensas e contraídas. "E eu não quero mais ouvir nada", estou a ponto de lhe dizer. "Quero que nos levantemos, quero voltar para casa, deitar e ficar assistindo ao canal de notícias vinte quatro horas, até pegar no sono. E que nada mude. Quero tempo. Mais tempo."

– Eu não quero ver você assim – disse mamãe.

– Assim como?

Dá de ombros antes de responder.

– Assim – diz, baixando um pouco os ombros. – Sem uma vida. Refugiado em minha casa enquanto espera que aconteça algo para que as coisas mudem – completa rapidamente. Em seguida, nega com a cabeça, num gesto de preocupação, quase de tédio. – Porque por mais que as coisas mudem, se você não as vê, se não estender a mão para tocá-las, nunca perceberá que já não são as que eram. Não acontecerá nada, Fer. Nunca acontecerá nada.

Sinto um gosto amargo na boca. Não estou gostando disso. Não estou gostando do que ouço. E nem de ouvi-lo dos lábios de mamãe. Quando estou prestes a me levantar e dar a conversa por encerrada, ela volta à carga.

– Seu pai não é todos os homens do mundo, querido – diz, sem esperar minha resposta. – E tampouco sou todas as mulheres. Ninguém é todo mundo, nem ninguém é repetido. Parecido, pode ser. Repetido, não. E isso é a vida, Fer: encontrar os parecidos e esquivar-se dos repetidos. O resto vem ou não, aparece ou não. Dói ou não.

Ela aperta minha perna, e quando reparo em seus dedos finos sobre o músculo, de repente, me sinto pequeno. Tanto que o nó em minha garganta começa a se desfazer. Passa a ser água e também sal.

– Você tem de sair e dar uma oportunidade a si mesmo, porque se continuar assim, tão assustado, vai chegar à minha idade e um dia se recordará somente do que nunca foi. E isso é tão triste, meu filho...

Eu me viro para ela e, com uma voz seca que não reconheço, entre as dezenas de vozes que tenho em meu catálogo de tons, e digo-lhe:

– Não sei como você conseguiu perdoar papai.

Ela recebe a pergunta inclinando-se um pouco para trás para aparar o golpe. Depois olha para o céu e sorri.

– Eu perdoei o meu marido – diz, retirando a mão de minha perna, e acariciando-se com a ponta dos dedos a têmpora onde, embora não a veja, sei que tem uma cicatriz que carrega desde o dia em que atravessou o vidro da porta da sala de estar e voltou do hospital toda costurada. – O pai de vocês, não.

Ficamos olhando para a frente, vendo os cachorros deambularem sobre os canteiros, fungando e desfrutando da liberdade desta madrugada, sem outros cachorros. Duas pessoas atravessam a praça e se perdem pelo lado oposto.

– Não sei por onde começar, mamãe.

Ela se vira para mim, pega o meu braço e apoia a bochecha nele.

– Você já começou, meu bem.

– Já?

– Sim – diz, assentindo. – Você começou perguntando e voltando a pisar na terra. Agora falta se atrever a voar só, longe ou perto, dá na mesma, mas só. E voltar a tropeçar, arriscar a sorte por aí e a confiar, Fer. Você é jovem demais para jogar a toalha. Vai ficar pequeno demais, você vai perder muitas coisas. E eu não quero ajudar nisso. Não peça isso para mim, filho.

De repente, me sinto como se estivesse me afastando de seu lado, como se ela estivesse me empurrando, muito suavemente, mas empurrando. Para longe. Fora. "Não me quer com ela", penso, e embora em seguida despreze a ideia, a frase fica ressoando em minha mente por alguns segundos, machucando.

– Você não pode ficar eternamente na minha casa, filho – diz, adivinhando de novo. – E, por favor, não se aborreça – acrescenta, com a mão erguida para impedir-me de falar. – Digo isso por você. – Não falo. Sei que ela o diz por mim, mas mesmo assim machuca. Tanto que baixo a cabeça porque não quero que me veja chorar. – Mas sobretudo, eu o digo por mim – comenta, encolhendo-se um pouco no banco de ferro, enquanto sobre nós, o céu se abre em tons de azul, de malva e pinceladas avermelhadas, criando um falso telhado com uma roseta gigante. Sinto mamãe encolhida. Ela está assim e sua voz também. – Porque se você continuar na minha casa, se continuar muito tempo comigo, quanto mais você demorar a ir embora, mais dolorida para mim será a sua partida. Vai me doer tanto que não quero nem pensar agora. Então, faça isso e faça rápido, porque vou sentir tantas saudades que vou ficar louca de pena, e isso me aterroriza – diz, pondo sua mão em minha cabeça e acariciando meu cabelo bem devagar, enquanto estou respirando água e vejo como as gotas estão manchando as duas lajotas que tenho entre as pernas.

Os minutos vão passando, ela me acariciando e eu já com saudades dela, e com vontade de dizer tantas coisas que até então nunca lhe disse, mas não encontro voz. Gostaria de aprender a lhe dizer "obrigado", mas sei que nunca encontrarei o tom nem a voz que procuro para exprimir até que ponto minha vida é especial, porque sua forma de me olhar a faz assim. Gostaria de dizer a ela que se não o faço é porque não tenho essa dimensão na voz e não sei onde se aprende isso. E que sorte termos nos encontrado. Que boa sorte a nossa!

– O que dizia a vovó sobre os amanheceres violetas? – Ouço-a perguntar ao meu lado com a voz trêmula, enquanto não para de fazer carinho na minha cabeça.

Inspiro umas duas vezes antes de falar e seco meus olhos com os dedos.

– "Noites de lua cinza e brisas encontradas, amanheceres violetas", dizia.

Ela assente.

– Sim, mas dizia algo mais. Você não se lembra?

Quando me viro para olhá-la, eu a vejo sorrindo, ela também tem faíscas de luz molhada nas bochechas, e está olhando para o céu. Sobre nós, um mar de línguas violáceas, lilases e anises se misturam ao que resta da noite.

– Sim – digo a ela. – Dizia: "Não há amanheceres violetas sem olhos que os reflitam, nem longos caminhos sem pés que os percorram."

Mamãe sorri.

– É isso mesmo – diz, parando de acariciar meu cabelo e apoiando sua mão em minhas costas. – Você ainda tem muita entrada para percorrer, querido. E eu gostaria de vê-lo – acrescenta com uma voz cansada, enquanto apoia sua outra mão no banco e se levanta com um pequeno arquejo. – Vamos? – pergunta, protegendo os olhos com a mão, fazendo-a de viseira.

Caminhamos abraçados, atravessando devagar a praça. Max e Shirley trotam soltos ao nosso lado, tranquilos e confiantes, enquanto os primeiros carros rodam nas ruas adjacentes, ronronando na manhã.

Ao chegar ao lado da fonte seca, mamãe se detém de repente e, erguendo a vista, diz com olhar de menina esperançosa:

– Poderíamos tomar café da manhã com chocolate quente e croissant. Você quer?

Quando abaixo a cabeça para olhá-la, seu sorriso é leve, com a mão em minha cintura, e o céu se reflete em seus olhos, colorindo-os de violeta, e gravando neles alguns breves amanheceres novos. Sobre as pupilas de mamãe vejo gravado meu retrato, rodeado de nuvens e céus mutantes que ela ignora, e que passam acima de nós como sobre uma cidade que começa a despertar, com o que traz o dia. Hoje, agora, a cidade que amanhece em tom violeta somos ela e eu na praça. Sozinhos, juntos e com todas as nossas ausências. Hoje somos mamãe e eu, amanhecendo violeta.

– Claro, mamãe – digo a ela, aproximando meu nariz do seu cabelo e dando-lhe um beijo. – Claro que quero.

Então, ela apoia a cabeça nas minhas costas e ficamos assim por alguns segundos, vendo a luz avançar, vinda do mar até nós, como se alguém levantasse devagar o tecido que nos separa do dia, entre azuis, anises e laranjas. Depois, seguimos andando juntos, pouco a pouco, cada um no seu ritmo, rodeados pelos cachorros.

Adentramos nos primeiros balbucios do ano novo.

Para casa.

Agradecimentos

Gostaria de agradecer a Sandra Bruna, por tudo o que temos vivido; a Quique Comyn, por tanto; a Ofelia Grande, porque sempre volto, e a volta me faz bem; a Pilar Argudo, que alegria e que interesse sempre; a todos(as) os(as) *graniteros(as)* (www.graniteandrainbow.com), empenhados em fazer as coisas bem; e sobretudo à minha equipe do Facebook: vocês são uma legião, e todos tão importantes, e ajudaram tanto na escrita desse romance que grande parte dele é de vocês. Não me perdoaria citar uns e deixar os outros de fora.

E, sobretudo, obrigado às mulheres da família, porque quando precisamos reaprender a viver, foram as primeiras a obter sucesso.

Twitter: @Palomas_Alejand
Facebook: facebook.com/Avenidadeladesazon11

1ª edição Abril de 2015
papel de miolo Pólen soft $70g/m^2$
papel de capa Cartão Supremo $250g/m^2$
tipografia Stempel Garamond LT Std
gráfica Imprensa da Fé